全職搭檔
下
愛看天
illust.EnLin

# Contents

# 第九章　全民運動會

李盛東很忙，隔了幾天才派人過來送孫辰母子回去。也是在當天，那女人就讓李盛東拉起了警報，手段無非就是那三種，一哭二鬧三上吊。

這次用的是第三種，也是李盛東最反感的那一種。

李盛東趕過來的時候已經晚上了，他公司的事情很多，家裡偏偏又打來一通要命的電話！自己都忙得腳不沾地了，還要管這些，李盛東一想到就生氣，臉色也格外陰沉。

他推門進去時，司機正在房間裡安慰那女人。那女人還在哭，看到李盛東進來的那一刻，情緒又不安定起來。

「東哥！別趕我走……我還有這孩子，真的不知道該去投靠誰才好。我們不會給你添麻煩，真的，東哥，我只想在這裡安安靜靜地過日子……孩子還小，總不能讓人知道他有一個在監獄裡的爸爸，人家會看不起他的啊！」她哭了半天，抽抽噎噎地說出自己最想說的話，「我實在不想回去過那種日子了，他從監獄裡出來……肯定也會……」

李盛東煩躁地拉了拉領帶，讓領口鬆一點，眉頭皺成一團，「肯定什麼？妳不想走是吧？」

那女人縮在沙發上，小心地點了一下頭，看起來楚楚可憐。

李盛東踢了一腳茶几，發出「咚」的一聲悶響！他的臉都黑了，「你他媽就算不想走，也不該打電話給我媽！」

李盛東這輩子最恨別人有事就跟他家裡打小報告，這件事就算是丁浩做的，他也會把人抓過來打一頓！

靠！他就不該對女人心軟！看現在惹得一身腥！

女人似乎嚇到了，臉上的眼淚成串地往下掉，「東、東哥……」

裡面的房門響了一下，李盛東從眼角瞥見一個小腦袋往外探了一下又立刻縮回去，關門的聲音很輕，但是現在大半夜的也聽得見。

喀嚓一聲，像是在提醒盛怒的李盛東。

「出去談。」

李盛東不想讓孩子聽見這些亂七八糟的事，沉著臉拉著那女人的手臂去隔壁。

李盛東敲響隔壁的門，李夏今天晚上去打工了，只有李華茂一個人在。

而李華茂白天為李盛東當了一天翻譯，累到一沾枕頭就睡著了。現在半夜被敲響家門，還迷迷糊糊地，還沒看清楚是誰就被人推開了。

「噯噯噯，你幹嘛啊？」

李盛東當面摔上防盜門，差點碰到李華茂的鼻梁。

他的臉色還是不好，拽著那女人的手都用了一點力氣，「我借用你家一下，你去那邊陪那小子，等等就好了。」

李華茂看著家門當面「啪」地一聲關上，半天才反應過來，氣得怪叫一聲，踢了門一腳，「流氓！！強盜……強盜都沒這麼無恥的！」

李華茂到隔壁跟司機聊了一會兒，他這陣子在李盛東那邊工作，多少也認識了幾個人，還算有點共同話題可聊。

這邊的隔音很好，但是李華茂總覺得能聽見李盛東踹沙發的聲音……李盛東那個臭脾氣，在他身邊待三天就能摸清楚。簡單來說，就是人不犯我，我不犯人，但要是給臉卻不要臉，他也會下狠手收拾。

李華茂有點擔心李盛東動手打女人。

旁邊的司機對那女人也有些不滿，「她這次太過分了，打電話到東哥家裡，還說得含含糊糊，差點把老太太騙來！」小司機呸了一聲，很維護李盛東，「也不看看自己是什麼人，賴上東哥可沒好處！肚皮裡的孩子不姓李還敢亂說話……」

李華茂有點驚訝，「真的不是李盛東的孩子？」

小司機哼了一聲，「哪是啊！當年跟著東哥的女人多得很，像她這樣的也很多，一找上門我們就偷偷查過了！喏，上次進幼稚園時就做了體檢，一下就驗出來了，不是！」

李華茂聽對方得意的口氣，一點都感覺不到有什麼值得自豪的地方，勉強笑了一下，「你們又當司機又當保鏢，還兼職查私生子啊？還真忙。」

小司機更得意了，他沒什麼學歷，就是靠這身耐打的本事跟著李盛東。李華茂這幾句話聽在他耳裡，跟表揚沒什麼區別。跟著李盛東的人都同一副德行，怎麼樣都覺得別人是在誠心誇自己！

小司機跟李華茂吹牛吹了半天，最後一瞥那扇關著的房門，指了指那邊，提醒李華茂。

「您跟這家人住在一起，很熟吧？那孩子剛才……應該受到刺激了……」說完嘖了一聲，「也沒見到他哭，轉頭又縮回去了。他跟著這樣的媽媽也倒楣，倒是個機靈的孩子，可惜沒教好。」

即使這番話說得含含糊糊的，李華茂也能聽懂，坐在沙發上跟著嘆了口氣。

這時候，他也不好進去對小傢伙說什麼，畢竟他只是住在隔壁，偶爾買零食給他的叔叔，能憑什麼身分去安慰他？這是人家的家務事，他不該插手，也管不著。

天快亮的時候，李盛東走了，汽車發動的聲音跟李盛東的脾氣一樣暴躁，轟隆隆響著，駛出了社區。

李華茂看到那女人紅著眼睛出來，帶著孫辰，隨後也上了司機的車。司機對她們不苟言笑，想必是李盛東早就留了話，沒多說什麼就把他們送走了。

孫辰走的時候，還有禮貌地跟李華茂說了再見。他揹著自己的小書包，也不知道是什麼時候收拾好的，連衣服都難得穿得很整齊。

一個晚上的時間，這個小孩似乎就不再淘氣了。

李華茂回到自己的房間繼續補眠。也不知道是做夢還是自己胡思亂想的，他的腦海裡掠過了許多事。有初戀的那個學長、他幫自己布置的人生規畫這些事情，跟現實比起來似乎有些可笑。

生活裡總是要有柴米油鹽、陳穀子爛芝麻的一團俗氣。高興的事多，煩心的事也不少，李盛東遇到的這件事更是可以放在八點檔播的狗血劇。但是不論多反感，這都是真實存在的，甚至每天都會由不同的人在不同的地方上演。

美滿的家庭，不是事業和金錢可以換來的。李華茂在努力地為將來的美滿做準備，卻不肯輕易去試探，哪怕已經踏出了一隻腳，稍有不對也會立刻縮回來。一如在飛機上搭訕丁浩時那樣，丁浩沒放在心上，他也不記得。李華茂把這當成考試前的練習題，一再重複地練習，卻怎麼樣也不敢帶著准考證上場。

他把愛情想得過於美好，把家庭想得過於幸福。

女人與男人的愛情就像複雜的方程式，沒有幾道明線、暗線都不能輕易解決了，更何況是男人之間。像丁浩和白斌那樣幸運的人實在少得可憐，但誰都想要那樣的感情啊。

他覺得白斌跟丁浩與其說是愛情，不如說是親情。血濃於水的那種，任誰都拆不開、分不斷。

李華茂躺在床上亂想很多，他覺得自己應該放下一些心底固執的想法。社會是個好學校，不受點傷害，大概永遠都得不到自己想要的東西。

他偶爾也會有想往前踏出一步，又忍不住想起初戀的時候。關於學長的事，他很少想起來了，但總是忘不掉那種心臟被揉成一團的酸澀，沒有多痛，就是很容易讓人嘆息。也許他放不下的不是那個人，而是自己付出的那些努力……李華茂摸了摸自己的頭髮，自嘲地笑了一下。

三年前，他在飛機上沒有白流眼淚，至少這教會了他一件事——如果你沒有勇氣就改造外表，裝作很有勇氣的樣子吧。就像他一直堅持留著這頭捲髮一樣，他只是不希望因為自己的膽小、怯懦，再次失去機會，並提醒自己：我是不同的，也可以試著追求一下幸福。

但李華茂追求幸福的過程不是很順利，他覺得他天生就跟一個人犯沖，要不然為什麼每次都會被那個人打斷？

第三次追求幸福被打斷的時候，李華茂忍不住嘆了一口氣。

打斷他的人原本走出去了，卻又馬上折返回來，皺著眉頭叫他，「那邊的捲毛，你把頭抬起來讓我看看？」

李華茂從醫生的懷裡探出頭，有點哀怨地接道，「丁浩，我怎麼在哪裡都能碰見你啊！」

扶著他肩膀的醫生立刻收回手，扶了扶眼鏡，神色也有一點尷尬。

「丁浩，我不知道你要來……」

言下之意是如果他知道丁浩要來，就不會碰李華茂一片衣角了。

丁浩在門口看看李華茂又看看張陽，眉頭都皺起來了。他前幾天跟白斌出去玩，看到李華茂的時候，這個人還沒跟張陽扯上關係啊。

「李華茂，你換得真快啊，前天在酒吧唱歌的那個不要了？」

這次輪到李華茂氣憤了！哪是他不想要啊，丁浩那天來晃了一圈，遇見了人是不要緊，但是他一走，駐唱的那個歌手就開始向他問起丁浩了！

他是要找自己的幸福，可不是幫丁浩牽紅線！

李華茂一想起來，臉色就不好，藏頭露尾地哼了句氣話，「跟狐狸精跑了！」

張陽咳了一聲，覺得還是應該先把之前的摟抱事件解釋一下，他不太想讓丁浩誤會。

「這是我的病人，我們……」張陽想了一下，似乎在尋找合適的詞彙，「我們剛認識，只是在例行檢查。」

丁浩倒是有點不好意思了，「啊哈哈，其實你們……也滿適合的。那什麼，張陽，我是不是打擾到你了？不然我下次再來拿藥吧。」

張陽連忙攔住他，「是幫奶奶拿的藥吧？我來。我前幾天就想打電話給你了，就怕你在忙，呵呵呵。」

張陽拿出準備好的病歷。那是他專門為丁奶奶準備的，他前陣子回家，還特意去看了老人，真的當了一次家庭醫生。

「奶奶身體還不錯，血壓也很穩定，就是鍛煉運動不能做太久，容易傷到骨頭……」

丁浩在旁邊接話。他對丁奶奶的關心，瞬間就把李華茂的事蓋過去了。

「對對對，奶奶昨天打電話給我還說一上樓梯，膝蓋就吱呀響！」

年輕醫生看著丁浩微笑，發現丁浩對他說話和往常一樣，才放下最後一絲緊張。

李華茂在旁邊吃起乾醋。他看出來了，又一個對丁浩有意思的……嘆了口氣，他再看了一眼那個醫生，還是轉身出去了。

李華茂覺得感情的事可以稍微放緩一點，他的錢包告訴他，事業也同樣重要。

正巧，李盛東也打了通電話給他，意思是想雇用他。

『你要來嗎？一天一千人民幣，還是上次的翻譯工作，這次要忙到跟德國公司那邊交接完。先說好，在港口驗貨很累的啊。』

上次的工作，李華茂做得還算順手，自然就答應了。這次的工作比較密集，他特別向徐老先生請了假。分院也開學了，從總部來的新老師成天跑來伺候徐老先生，也不差李華茂一個人，徐老先生便大方地允許了。

李夏聽到後說要跟著學，卻被徐老先生訓斥了一頓。

老先生恨鐵不成鋼：「你看看你這學期的成績！我都不好意思說你了，李夏，你的中文寫的是字嗎！我沒給你不及格就算便宜你了！」

李夏低著頭，左腳踢右腳地小聲辯解，「我……我是外國人……」

後面幾個憤憤地咬耳朵，「他又說他是外國人了！明明申請了助學金！」

旁邊的人立刻附議，「就是啊！就是啊！還批准了！獎學金也拿到二等的！」

後面的人痛心疾首，「差一分就是我的了啊！就差一分啊！」

◆

李盛東最近對一件事特別火大。

他媽領養了一個小男孩，還發紅蛋給每個鄰居。等李盛東知道的時候，李老太太已經帶著紅蛋快到D市了。

李媽媽打電話給他的時候，說的雖然都是埋怨的話，但也不難聽出那一絲絲藏不住的高興。

老太太裝著生氣的口吻跟他說：『東子，我帶孩子來找你了，等等就到！不用來接我們……這孩子認識路呢！他媽說孩子還沒報戶口，你明天就帶他去報吧！我孫子還得上學呢。』

李盛東當時正在帶幾個德國工程師在碼頭上查看進口的機械。他在這幾樣大機器上下了血本，如果裝運時少一個螺絲，都要再運回去。他好不容易才耐著性子查驗完、交接好，就一路飆車回去市區。

李媽媽果然已經到了，帶著孩子在李盛東的社區門前等著。看見李盛東回來，老太太很高興，把帶來的幾個包包往兒子身上堆，催他上樓，「快上樓吧……在後面的是誰啊？」

後面的是李華茂，他軟著腿腳從車上爬下來，在花壇那邊乾嘔了好一陣子。

這一路上，李盛東恨不得把車當成飛機開，同車的李華茂看他的臉色不好，嚇得不敢說自己今天要回學校，不回這邊。

李媽媽也是個熱心腸，看見李華茂跟她家東子住在隔壁，又聽到是在李盛東那裡工作的，立刻自作主張地拉著李華茂進家門。

「來來來，你們這些年輕人啊，一整天都忙著賺錢，不吃飯！我一看你就知道你的胃不好！來家裡，阿姨做頓好吃的給你！」

李華茂的力氣哪有李媽媽大，被按在沙發上起不來，「阿姨，我……」

李媽媽不給他走的機會，她看李華茂的年紀不大，把他當成李盛東這一輩的孩子照顧，「留下來吧，一頓飯不算什麼！東子的脾氣不好，肯定常常對你們嚷嚷吧？他就是脾氣大，呵呵。」

她這麼一說，李華茂更不能走了，允允諾諾地坐在沙發上，緊張得不敢動彈。

孫辰坐在茶几對面的小椅子上，也低著頭，半天都不動。這孩子瘦了很多，也沉默許多，李華茂看著他張了張嘴，還是沒出聲安慰。他不知道該對這個孩子說什麼才好。

這時，李盛東在抽悶菸。他們李家的規矩是男人不進廚房，這也正好給了他審視面前這個孩子的機會。

李盛東揉了柔眉心，問他，「你媽呢？」

孫辰的聲音很小，但是說得很清楚，「跟人跑了。」

李盛東知道這個答案，但是從一個孩子嘴裡問出來，還是有些不舒服。

廚房裡隱約傳出切菜的聲音，還有熱油的滋啦聲，孫辰這幾天一直能聽見這熟悉的聲音。李奶奶總愛一邊熱油鍋一邊切蔥花，有時候來不及，先扔了一半進去，炒出來的蔥花都是焦黑的，老太太總會挑出來才給他吃。

他看到李盛東就哭了，摸了一把眼淚說，「叔叔，我媽和奶奶要了好多錢！她說我是累贅，但是奶奶疼我……你、你把我送回去吧！我不拖累奶奶，我記得回家的路，記得很清楚！嗚嗚嗚！」

李盛東半天沒說話，看著那孩子聳著肩膀，一抽一抽地哭。

這孩子不再大聲嚎叫、乾打雷不下雨了，只在哭太凶時才抽一口氣，身子抖得厲害。母親對他再不好，也是可以撒嬌的港灣，但是他知道自己被拋棄了，已經沒有可以撒嬌的資格了。

李盛東夾在手裡的菸都快燒到手指了，最後他按熄菸蒂，對孫辰說：「先去洗臉吃飯，吃完飯再說。」說完，起身去陽臺打電話。

李盛東找人確認了一下是怎麼回事，很快就得到了答案。

那女人聽說丈夫越獄出來了，害怕他知道自己幹的這些事，就跟一個去新疆販賣棉花的商人跑了。臨走前，她嫌孫辰拖累她，又不甘沒藉著孫辰弄到錢，就大著膽子去找李媽媽。老太太給了她一筆錢，還想留住她，但那女人哪敢留下，拿到錢就跑了。

『東哥，我們也是剛剛才知道……老太太那邊我們也不敢過去。不過您放心，我們抓到那女人的話一定會好好教訓她！錢絕對會幫您拿回來！』

李盛東對錢的事不是很在意，只是心裡那股氣實在難消，聽到對方這麼許諾，頭一次沒要兄弟對女人下手輕一點。聽到對方連詛咒帶罵地說了半天，他又淡淡問了一句，「小孫出來了嗎？」

『……是從監獄跑出來了，但是半路又被抓回去了。聽說這次他們搶了槍，還傷到人了，有個警察到現在還昏迷不醒。』對方說得很小心，『估計是出不來了。』

這裡的意思，包含了槍斃和無期徒刑。

李盛東掛了電話，在陽臺抽了一會兒的菸。等他走進屋裡時，他媽已經擺好一桌的菜，正在幫孫辰綁圍兜，「哎喲！真好看！我當年看人家丁奶奶做得很好看，也做了一個。這一晃眼都二十多年了吧，東子死活都不戴，幸好辰辰你能戴！」

孫辰還是不怎麼說話，但是對李媽媽要怎麼擺弄都沒有意見，格外老實，看到都有點心疼了。

李華茂在旁邊坐著，眼睛也紅了一圈，看來剛才他帶孫辰去洗臉的時候也哭了。

李盛東看自己老媽高興成那樣，到嘴邊的話又咽了下去。他很久沒看到自家媽媽這麼高興了，他跟他爸在外面忙，幾乎沒時間回家，尤其是他爸還在外面養了一個……他媽真的很久沒有這麼高興地笑了。

再抽出時間吧，等他忙完這段時間再說，就當作哄他媽高興幾天。

期間，李媽媽對李華茂很熱情，尤其是聽說了李華茂的高學歷，驚訝得直咂舌。

「哎喲喲，乖乖！這是那什麼……海龜吧？」

李華茂吃了人家的飯，也稍微放鬆了一點，「哪是啊，阿姨，我不算啦！我只是『海帶』，從海外歸來，待業在家！還在到處打工呢！」

李媽媽聽了直笑，更覺得這個孩子好，有本事又沒脾氣，連李華茂那頭捲著的頭髮都讓李媽媽覺得文質彬彬的，充滿了藝術氣息。

「真好。」老太太感慨了一句，「我最喜歡這些文化、藝術的了！平時也常常參加一些文藝活動呢。」

李華茂很感興趣，追問了一句，「阿姨，您平時還會參加文藝活動啊？」

李媽媽得意了，「當然了！我的扭秧歌扭得可好了！很有……藝術氣息！」

李華茂的一口水差點沒噴出來，臉憋得發紅，跟著李媽媽句尾的幾個字小聲重複幾遍：「好，秧歌也很藝術的……呵呵……咳咳！」

李盛東夾著菸，也挑了一下唇。他看著李華茂那頭捲髮和白淨的臉，覺得有點順眼。最近忙得很，那個人臉上很久沒塗抹了，現在仔細看，李盛東才發現他很容易臉紅，嗆了一下就紅到頸根了。李盛東把眼神收回來，幫李華茂夾了一塊排骨，「多吃點。」

李媽媽看了一眼，也跟著夾了一塊排骨給李華茂，笑得熱情，「這個脆骨多，多吃點啊！」又幫孫辰夾了一塊，「你也多吃，看你這個皮包骨的可憐模樣！像小貓一樣。」

孫辰抱著飯碗頓了一下，又繼續慢慢吃飯。那塊排骨他嚼得很香，吃得眼淚都快掉下來了。

李媽媽在這裡多住了幾天，想多留下來照顧兒子，還有孫辰的戶口、上學的事，她也想讓李盛東儘快辦完，讓她放心。

李盛東忙得團團轉，但也不敢把人趕回去。倒是李華茂就住在隔壁，時不時就幫李媽媽繳個飲水費、瓦斯費什麼的，李媽媽對他也很好，每次李盛東來不及回來，她又做了一大桌菜的時候，就會叫李華茂過去吃。

老太太的脾氣直爽，也不拐彎抹角，「快過去吃吧！東子又不回家了，成天就會剩菜！我今天看電視，說是放在冰箱裡也容易會有細菌，我們得加把勁都吃光啊！」

李華茂覺得李盛東的脾氣，有很大程度上是跟他媽學的，只是把直爽變成了暴躁，外加幾句粗話。不過聽多了，他也不覺得很野蠻，相反地，野蠻也是一種魅力……

李華茂想起今天在辦公室的時候，李盛東讓他去買菸的事。

李盛東抽菸沒有固定的牌子，但是菸癮很大，口袋裡沒有菸，脾氣就會格外煩躁。所以當李盛東一摸口袋，開始皺眉頭的時候，李華茂就猜他是沒有菸了。

果然，李盛東開口，「李華茂，你去幫我買盒一菸，隨便拿一盒金將軍就好了！」

李華茂只武裝到外表，內在還是很淳樸的。他沒抽過菸，自然也沒什麼研究，在樓下找了半天才找到一個賣菸的小鋪，仔細選了幾個盒子，猜硬盒的會比較貴，就拿了一盒金色硬盒的將軍菸。

李盛東拿到菸的時候愣了一下，「這是什麼？」

他平時抽慣了蘇菸、雲菸，這種雜牌還是頭一次見到。

李華茂也愣住，「金將軍啊。」

「這他媽是金色的將軍菸，不是金將軍！」李盛東笑了，還是拆開來點了一根，對他噴了一口煙，說的話格外流氓，「你啊，等以後會伺候男人就會懂了。」

李華茂頭一次沒跟他對槓。現在想起來，當時他的心臟跳得格外厲害，也不知道怎麼了，無法再像以前一樣對李盛東隨心所欲地展現自己。

李盛東的脾氣很壞，眉毛挑起來的時候很邪氣，摸著鼻子罵人的時候很陰險，對女人、小孩很有原則，對自家媽媽很孝順……

李華茂覺得心跳又加快了，就像……就像當年偷偷喜歡著學長一樣緊張。

李媽媽看到李華茂捧著手裡的那碗米飯發呆，試探地喊了一聲，「華茂啊，多吃菜！這些都是東子愛吃的，給你嘗嘗。」

李華茂夾著芸豆，莫名有些臉紅，「啊，好！謝、謝謝阿姨！」

◆

丁浩最近很興奮，他聽說了一件很熱鬧的事——李盛東他媽領養了一個長得很像李盛東的小男孩，發了紅蛋給每個鄰居。

丁浩是個閒不住的人，尤其是有關李盛東所有丟臉的事，他都像打了雞血一樣，特別熱衷於收集。當年，他幼稚園時就特地幫白露編寫了一本「白露丟人事蹟大全」，到現在還留著呢，他就等著白露結婚的那天，裝到盒子裡送給她老公了！

李盛東丟人的事很多，可是沒有一件能跟這次一樣既讓李盛東丟人，又讓他鬱悶的。丁浩正好跟著白斌去開發區，就順路去找李盛東了。

丁浩不把自己當外人，一進門就找沙發坐下，端著茶杯，語重心長地跟李盛東聊了半天。「盛東啊，誰不是人生坎坷呢？我覺得你還賺到了，你看，一頂帽子換一個兒子……」

李盛東在對面寫字，聽見丁浩這番話，手一抖，差點把手裡的簽字筆捏斷！

他抬頭瞪了丁浩一眼，「別胡扯啊！誰他媽戴帽子了！」

丁浩善解人意，立刻重申自己的中心思想，「我是說，你給人家戴……」

李盛東黑著一張臉，把手裡的筆摔到丁浩腳下，額頭上連青筋都爆出來了，「屁！」

丁浩看他五官猙獰，心裡猶如喝了蜂蜜水一樣舒坦。欣賞了一下李盛東的變臉表演，丁浩覺得也不能老是抓著這個人戲弄，李盛東這孫子可是真的會翻臉。

丁浩回頭對旁邊的翻譯笑著說，「喲，華茂啊！今天碰見李盛東，沒受傷了吧？」

看見李華茂搖頭，他立刻感嘆一句，「命真硬啊！」

李華茂琢磨了半天，怎麼聽都覺得這句話不像在誇獎人。

丁浩在李盛東這裡蹭了兩杯好茶，臨走時想起白斌，又跟李盛東要了一盒帶走，「這個顏色和味道都不錯，我帶回家給白斌嘗嘗。」

李盛東的嘴角狠狠抽了一下。他聽到丁浩剛才說的話，牙酸，再看到丁浩眯著眼睛笑的模樣，牙更酸了。李盛東覺得這個人就是存心來惹他的，實在忍不住就回了一句，「丁浩，你可以別在白天噁心人嗎！你……快回你家！」

丁浩倒是還想再賴一會兒，不過有人跟李盛東的想法一樣，親自開車過來接了。

白斌敲響李盛東辦公室門時，李盛東正跟丁浩對槓，看那模樣，是被丁浩氣得不輕。

李盛東回頭看見白斌，立刻喊道，「白斌，你來得正好。快把人帶回去，他在這裡一說話就氣得我胸口痛……」

丁浩笑得很壞，「回去讓你兒子幫你揉揉？」

「兒子」那兩個字加重了力道，一聽就是沒安好心。

李盛東張口就想罵人，但是看見白斌坐到丁浩旁邊，想了半天還是把那句髒話咽回去。

白斌如今步步高升的，他哪惹得起，這次是真的憋到胸口痛了。

白斌這次來，不只是要接丁浩，他還有點事要找李盛東。

市內最近為了宣傳，花了大錢在中央台輪番播放宣傳短片，效果不是很理想，所以曹市長想辦馬拉松運動會，到時候請中央台的記者來實況轉播，既健康又環保，還有宣傳作用，一舉多得。

市內的高層制定好了方案，接下來就該企業出力了。冠名的事不花錢，想搶的人多得很，而且這件事很划算，不但給了地方長官面子，還能上電視宣傳，比廣告費還省呢！

這次算是形象工程，為這個工程冠名的，通常都是市內首屈一指的大企業。大企業之間也各有聯繫，這件事就算是友情贊助，也不能明著招標傷和氣。

白斌的話說得很明白，篩選出來的幾個企業裡，李盛東的公司還是排在前面，「因為我跟白傑是兄弟，關係過於密切，白傑的公司就不參與這次活動了。」

丁浩在旁邊聽著，深以為然地點頭，「我也這麼覺得，你們都姓白，參與進來不太好……噯，白斌，我能申請嗎？」

李華茂在旁邊悶笑。丁浩要是冠了夫姓，關係還比白傑密切吧？

李盛東估計也想到了，點了菸又笑，「丁小浩，你乖乖待著吧，你那點小資金，不夠投資一次的！」

李盛東的口氣有點狂，但是他也有狂的資本。前一段時間「東達」剛被批准了一個兩百萬噸的保稅油庫，惹得不少人眼紅，算是狠狠出了一把風頭。

丁浩眼睛轉了一下，立刻改口，「對、對！李盛東出，我跟在後面，加個名字就好了。」

李盛東不高興了，「丁浩，你少來這套啊，要我出錢，我就會全出，你少跟著在後面加名字，玩這一套……」

丁浩厚著臉皮去跟他攀交情，「別介意啊，哥，你帶上我吧！」

李盛東心裡還有一口氣堵著，死活不肯鬆口。就這麼一點小事還附帶了另一個，有夠丟人！

他不再理丁浩，扭頭問白斌，「你剛才說的獎金，我這裡贊助二十萬可以吧？」

他已經把這件事當成自己的了，說的話雖然粗俗，但也實在。

丁浩用鼻孔一哼，「二十萬？夠從國外帶整架飛機的黑人來跑步嗎！」

這是本次馬拉松的亮點，要強調和諧，全世界一起奔跑的和諧。

李盛東也用鼻孔跟他說話，「我說的是，美金。」

丁浩不說話了，坐在白斌旁邊一臉憤慨，臉上恨不得寫上幾個大字：呸！你這個臭不要臉的暴發戶！

李盛東看著丁浩的模樣，心裡終於舒坦了一點。

◆

這次的馬拉松，市裡十分重視，直屬機關都會派人參加，一個部門給了十二個名額。有部門老弱病殘多的，都得硬找壯丁來，低於四十五歲的都要上場。

曹市長更藉這次宣傳，好好整治了一下綠化環境，從南方運了一些景觀用的大樹來種。這些樹在北方是也能活，但是葉子很明顯地枯萎了。曹老頭急得不行，也不知道下面的誰想了一個主意，幫每棵樹吊了一瓶點滴。還別說，這樣還真的有用，沒幾天，樹就有了起色，還變成了當地景觀，很多人特意跑來看，他們看見大樹打點滴也覺得新奇。

曹市長也主動加入了馬拉松的大軍，親自報名要參與。老頭的年紀偏大，可是精神很好，他在D市待了很久，這兩年也快退休了，對這個城市有很深的感情。在市長的號召下，全市掀起一陣晨跑熱。每天早上，多了一些在市府前練習跑馬拉松的人，有老有少，神采奕奕。路旁多出了大片大片的濃郁綠蔭，晚上，各大樓、護城河橋的欄杆上也掛著五彩小燈，人們散步都是笑呵呵的。

D市這個老城市，漸漸開始散發出年輕的活力。

馬拉松準備了兩個專案，十公里和五公里。五公里的算迷你馬拉松，是為各單位、各企業的女員工準備的。當然，男人也能跑，只是這次馬拉松統一發的T恤有點問題，十公里是藍色，男女都能穿，五公里是粉色……男人也能穿。

丁浩也積極參與，他本來報的是五公里，一見到那件衣服，立刻改報名十公里越野組了。

白斌倒是很喜歡丁浩穿那件粉色的，顯得秀氣又乾淨，不過藍色的也好看，有活力。而且重要的是，白斌穿的也是藍色的，他對此十分滿意，甚至用手機跟丁浩穿著衣服自拍一張。

丁浩歪著頭，生怕會跑到鏡頭外面，倒是把白斌擠出去了一點。

丁浩覺得不好意思，主動穿上粉色的T恤，又跟白斌照了一張。

白斌第二次拍比較有經驗了，弄成連拍，最後一張還微微低著頭，像在親吻丁浩。他沒給丁浩看最後那張，自己偷偷藏起來了。

而「東達」財大氣粗，得到前十名的話，不但獎金豐厚，還發放福利給每位參賽者，有六百元人民幣的購物券，可以在D市各大商場購買運動鞋一雙。

徐老先生也安排了名額，李夏他們更是在各種利益的引誘下，馬上就參與了。他身高高，腿又長，跑起來特別快，徐老先生覺得他們有希望能進前幾十名，就分了任務給李夏，「一定要進前五十名！跑出我們Z大的氣勢，聽見沒？」

李夏立正敬禮，口號喊得歡樂又響亮，「保證為人民服務！！」

後面的幾個人使勁拉他的衣袖，「錯了！是保證完成任務……你這樣真的能代表我們出去嗎！也太沒文化了！」

徐老先生的嘴角抽了抽，不自覺地開始往後找其他人。他覺得李夏不出去抹黑Z大就不錯了，爭光的事，得找個可靠的。

海關這邊也派出了隊伍。他們人少，總共才十五個人，除去一個正關長、兩個副關長，其餘人員全上場，正好湊齊十二個人。丁旭在裡面算最年輕的關員，自然報名了十公里。他穿著統一發放的藍色T恤，眉目俊秀，看起來就是比別人多一份雅致。

丁旭不太習慣別人看著自己，尤其是站在旁邊盯著看。他用眼神示意了幾次，沒有效果，忍不住開口，「肖良文，你能不能看一下別的地方？」

肖良文站在旁邊幫丁旭遮擋太陽，聽見他問，果斷拒絕了，「不行，我得看著你。」

丁旭的眉頭微微皺起。

肖良文這樣跟著他有一段時間了，他這種盯法不如說是時刻提高警惕的保護。丁旭覺得肖良文很奇怪，「我說，你最近是不是有什麼事瞞著我？」

肖良文身上也穿著藍色的T恤，不過跟他的面孔不太相稱，怎麼看都像穿錯了衣服。他聽見丁旭問話，依舊搖頭否認了，「沒有，我就是想跟著你。」

丁旭從來沒見過這麼懶得撒謊的人……這分明就是在說，我有事瞞著你，但就是不能告訴你。

丁旭也不問了，自己去站好位置，等著比賽開始。

那邊的丁浩也被白斌拎著囑咐一番，「浩浩，你等等跑的時候要小心，人很多，別被擠到了。還有一開始一定要慢一點，摔倒可不是鬧著玩的。路線記住了嗎？再重複一遍給我聽聽。」

丁浩翻了個白眼，指著旁邊每隔幾百公尺就有一個的碩大路標指示牌給白斌看，「白斌，這樣我還能迷路嗎？」

白斌的眉頭還是皺著。他這次的任務是陪同曹市長，之後還有幾個訪談，實在抽不出時間來照顧丁浩。想了想，他還是把在家說的那些話又說了一遍。

「過金水橋就沒有攝影機了，記者主要是全程跟著那些種子選手，你要是跑不動了，就從那邊繞路回家，知道嗎？」看見丁浩點頭，這才放他走，「你們公司的位置在海關旁邊，找得到吧？」

丁浩笑了，拍胸脯跟白斌保證，「當然能啊！找人最少的地方就是了！」

丁浩跟海關那些人在同一棟大樓辦公，大家抬頭不見低頭見的，都認識。那邊的汪科長一看見丁浩來，立刻動了心思，「小丁啊，你能不能幫我頂一下？我家裡真的有事，女兒今天學校有活動，不去不行啊。」

丁浩立刻答應下來，他也認識汪科長，平時在大樓的餐廳常常一起吃飯。

「沒問題啊！您去吧，孩子的事都是大事呢。」

汪科長連聲謝過丁浩，把自己戴著的袖標遞過去，「等等跑的時候，把這個別上去就可以了，太謝謝了，之後再請你吃飯啊，丁浩！」

丁浩跟他揮手告別，「沒什麼，呵呵，交給我吧！」

看到汪科長連衣服都沒換就匆忙地騎自行車走了，他不由得一陣感慨。他們家小白昊在幼稚園裡也有活動，可是去參加的名額早就排滿了。白老爺搶先占了第一個，其次是白傑、麗莎，白露不甘示弱，硬是搶先丁浩預約了。等輪到丁浩的時候，都得等到小學了，唉！

丁浩這次跟丁旭一組，一邊戴上袖標，一邊跟丁旭搭話：「丁旭，好久沒見到你……們了。」

一抬眼看見肖良文，丁浩立刻多添了一個字，他也好奇，「肖良文，你怎麼也在這裡？來代替別人跑嗎？」

肖良文不太方便解釋，聽見丁浩這麼說，略微點了點頭，「對。」

丁旭也跟他打了招呼，看到丁浩直接過來頂替，還有點擔心。

「丁浩，你過來我們這邊，那你們那邊人數夠嗎？」

丁浩對他笑了笑做熱身，「夠啊！我們公司人多，缺我一個也看不出來，你就放心吧！」

市府前面的街道已經清出來了，會路過的主要交通路線也都拉起了封鎖線，供大家跑步。現在人山人海的，大家都在等哨聲響起。

喇叭裡，比賽開始時傳出一聲哨響，藍色和粉色的海洋立刻動起來，滿是活力。

李夏扛著學校的大旗，邁開腳步跑得很快，後面幾個人跟了一下子就看不見他了。他們覺得，李夏扛著旗，到了目的地插上去之後，好歹也能混個團體獎。有獎就有錢，大家欣慰了。

因為還有記者在拍，這夥人也不敢先溜走，過了「金水橋後就沒攝影機」這件事在廣大群眾裡偷偷流傳開來，幾乎想偷懶的都知道了。

徐老先生派來的隊伍裡，就有五個人知道這件事。他們慢悠悠地跑過金水橋，看到旁邊的老爺爺一大把年紀了，還在跑，也有點不好意思，又往前跑了一站。這時，開始有人跑回去了，還有幫公司單位扛旗子的人把旗子拉下來，捲好後帶著，扛著竹竿跑回去。

那幾個偷懶的人也開始放慢腳步，準備開溜。有一個鞋帶鬆了，躲到橋上的人行道綁鞋帶，另外幾個扶著欄杆看風景，還催促道，「快點，快點，等等大家都溜走，我們就不好離開了。」

旁邊的人用手臂撞他一下，「噯，你看看橋下的人是誰？」

這座石橋的裝飾作用比實際作用大，下面沒多少水，只有一條不到小腿高的小河緩緩流淌著，還有大片緩坡，有石子路和供人休息的座椅，不少青年都在晚上來這裡談戀愛。環境好，燈光也朦朧，要摸摸小手、談談心也很方便。

但是現在青天白日之下，橋下的那位大個子就摸上一位女孩的小手了。女孩害羞帶怯的，看起來也不像想拒絕的模樣，但是在橋上看的那幾位著急了！

「那是李夏吧？」

「怎麼會不是！你看旗子，那上面不是還寫著我們學校的名字嗎！！」

聽他們這麼一說，綁鞋帶的也急了，剛綁好一隻腳就站起來往前看，「哪裡？李夏在哪裡？」

李夏在橋下那片翠綠的草地上，一頭金髮與肩上扛著的杏黃大旗交相輝映，硬生生讓巴著欄杆往下看的那幾人急紅了眼！他們看著那杏黃大旗隨風搖擺，Z大研究所的名字若隱若現，一副小心肝恨不得揉碎了。

那幾個人著急地趴在欄杆上喊李夏，「噯！噯！李夏，你在幹嘛！怎麼不跑了啊？」

李夏在跟一個長髮美女交談，聽見有人叫他，還扛著旗子抬頭看了一眼。看見是認識的人，笑著對他們揮手，「你們先走吧！我遇到一個同學，等等再過去！」

橋上那幾個恨不得找一塊石頭，扔下去砸醒他！

浪費時間就是浪費金錢啊，李夏你這個敗家子，偏偏在這時碰見同學！

那幾位快急哭了，「你先把旗子扔上來給我們啊！」

這邊想逃跑的人遭到了報應，另一邊想偷溜的也被制止了。

丁浩過了金水橋就想抄近路，還沒轉進小路就被丁旭攔下來了。

丁旭抓著他的袖子，拉著他往前跑，「你少丟人啊，丁浩，這次有電視臺來拍！還全程直播報導呢……」

丁浩向他辯解，「我不是想溜！那邊有個近路，一樣能到目的地，真的！我前幾天就查好了，從那條小路走，比五公里還近啊！」

丁旭不聽他的，把丁浩推到自己前面，在後面盯著他跑，「不行。你走這條路吧，我跟你一起跑！」

後面的肖良文不說話，只是寸步不離地跟著丁旭。

跑步的人有好戲看，沒跑步的人樂子也不少。

市裡為了舉辦馬拉松特意封了幾條路，之前雖然曾經通知過大家，但難免還是會有人不知道。一位帶著釣竿、小椅子的老爺爺就不知道，等來到市府路上，看到黃色封鎖線才知道。他大老遠地來這一趟也不容易，正想問一下執勤交警能不能通融一次，他只帶自行車過去，絕對不會妨礙到大家跑步。

交警也有任務在身，實在不能答應他，「爺爺，您下次再來吧，今天是真的不行。我們這裡在戒嚴呢！」

老爺爺說了半天，交警還是不鬆口，老頭也氣憤了，「我說！你們這運動會要開多久？說個時間給我知道啊！」

交警把時間告訴他，「要等到下午兩點半了。」

老頭也很倔，從自行車後座上拿下小椅子，一屁股就坐在封鎖線旁邊，「好，我等！誰不等到兩點半，誰不是人！」還跟交警槓上了。

◆

李盛東今天沒來現場，因為他有點私事要處理。

曹市長安排的時間很充裕，為了想多宣傳一下，晚上還準備了一場演出，把頒獎典禮挪到第二天。李盛東就抽出今天的空檔，準備把孫辰送回去。

臨走時，李媽媽很失落，扯著李盛東的袖子去廚房，躲起來問，「東子，你跟我說實話，這真的不是你的孩子？我們也不是養不起，你別悶在心裡，不行的話，媽幫你養啊……」

老太太有點著急了。她怎麼看都覺得孫辰跟李盛東小時候很像，那雙眼睛、那些壞心眼，真的就是活脫脫的小李盛東。她只以為自家兒子是因為孫辰他媽的事，心裡不痛快，還想勸一勸。

說實話，李老太太也不喜歡孫辰的媽媽，一來就要錢，像在賣孩子。可是她喜歡這孩子，孫辰來的這幾天也改了不少壞習慣。孩子都是一張白紙，你耐心教，他自然能學好，李老太太帶孩子久了，聽到小孩一口一聲「奶奶」地叫她，是真的捨不得。

李盛東也不瞞著他媽了，把檢驗結果告訴她，「真的不是，我那裡還有醫院的報告，我拿來給您看看？」

老太太已經開始抹眼淚了。她年紀大了，這些年也把年輕時的火爆個性磨平了，實在盼望家裡有大有小，能過安穩的日子。

「我才不看那些！你忘了前年也有女人拿著什麼鑑定書來家裡嗎？這些紙才沒辦法當真……東子，你年紀也不小了，早點成家，家裡有人照顧你，媽才能放心啊。」

李盛東扯下一條掛著的毛巾，遞給老太太，小聲哄著，「媽，我也想啊，但是一直找不到中意的人啊……」

「你別亂拿。」老太太把毛巾又掛回去，抽了張紙巾幫自己擦臉，之後像想起了什麼，含含糊糊地跟李盛東說，「東子，我知道你這幾年一直很喜歡丁浩，但我們也不能硬搶啊……你也搶不贏人家白斌，實在不行……」

李盛東挑眉，他媽的聲音太小了，又帶著鼻音，他沒聽清楚，但是也模糊地聽懂了一些。

李盛東哭笑不得，「媽，您在說什麼啊！當年我跟丁浩那是……」

李媽媽立刻打斷他，老太太心疼兒子，怕他拉不下面子，「媽知道，都知道！兒子啊，你喜歡什麼都可以，真的！媽悶在鎮上的時候，常去丁奶奶那邊玩。唉，人家丁奶奶想得很透徹，養個孩子只不過能跟著你二十年，不撫養老人的多得是！但我們家不缺錢，你就找一個順眼的，能照顧你的，這一照顧就是八十年……」

當年，李盛東被丁浩他爸打了一頓，不過那也是她家東子不對，居然扒了丁浩的衣服，最後還是她去向丁奶奶賠罪道歉的，這一來二去，倒是跟丁奶奶成了好鄰居。

而她現在說的這些話，原本是丁浩拿來哄丁奶奶的，李媽媽聽到之後，也當真了。

李媽媽來這邊住的這陣子也看過丁浩好幾次。老丁家的人長得就是好看，丁浩長得比小時候還漂亮，說話又中聽，實在是個好孩子。陪丁浩來的那位寸步不離，李媽媽偷偷打量了一下，白斌的氣度，自家東子實在比不上。人家白斌年紀輕輕就在市內當官，一表人才，長得也有排場，又有當大官的老爺爺照顧……也難怪丁浩不跟東子交往，唉。

「我看那個誰也滿好的，長得沒丁浩好看，但也不差……住在隔壁也近，煮飯、做事，手腳也很俐落，還能說好幾國的話，裡裡外外都在行……」

李盛東的手機響起，也把他媽說的話遮掉了一大半，比手勢表示想先接電話。

「喂？對，今天就過去，小孫那邊安排好了嗎……不帶孩子，就我一個人過去看看。好，過來吧，這邊都收拾好了，馬上就能離開。」

李盛東掛了電話，像沒聽見剛才那些話，對他媽擺擺手。

「我還有事，先走了，您別忘了吃飯。喔，晚上也不用等我，我今晚不回來了！」

李媽媽看到自家兒子帶著孫辰急匆匆地走了，站在門口還想說什麼，想了想還是閉上嘴。唉，兒子大了，有些事還是讓他自己做主吧。

李盛東讓司機把孫辰送回去，自己去了別的地方。司機帶著一路沉默的孫辰抵達後，孫家人並不是很熱情，甚至沒有請他們進去。司機有點尷尬，尤其是周圍還聚集了一些看熱鬧的，更讓人渾身不舒服。

孫老爺爺出來看了一眼，但也只是看了看，並沒有說要把孫辰領回去。

「這也不一定是我們孫家的孩子啊……」

周圍的人嘻嘻哈哈笑起來。

司機皺起眉頭，他沒想到連孫家的長輩都是這種態度。

孫辰的年紀比跟著他媽離開時大，現在能感覺到周遭對他的嘲諷，那種毫無善意的笑容刺得他眼睛發酸。小孩吸了吸鼻子，含著一泡眼淚，又慢慢憋了回去。

他沒哭。

好不容易等幾家親戚、大人都到齊了，他們這才請司機跟孫辰進家裡。

孫家人的條件並不好，幾位聞訊趕來的親戚對孫辰的到來，很直白地表現出厭惡。他們之前被孫辰媽媽鬧得有點煩了，對孫辰沒有任何同情。

過來之前，司機被李盛東叮囑過，如果有這種事情發生，那就不用客氣，用錢砸他們！

司機跟著李盛東很久了，一身暴發戶氣息也無師自通，從口袋裡掏出厚厚一疊現金就砸在桌子上。

「小孫之前幫了東哥的忙，東哥說了，他如今犯了錯出不來，他的孩子就由公司提供撫養金。你們誰養，這筆錢就按月匯給誰！」看到一圈的人都震住了，他又特別瀟灑地補充，「學費另計！」

這次有不少人重新看向孫辰，但是仍有點顧忌孫辰那個愛找麻煩的媽媽，不太願意惹麻煩。

孫辰都只是默默地聽著。他低頭看著地板，像是要把那片青灰色的水泥地面記住一輩子。

這時，李盛東則坐在監獄會面室裡，隔著玻璃看著裡面的男人失聲痛哭。

「東哥，我……我該死！我鬼迷了心竅，給那幫畜生開車！他們只說是從南方運貨……我真的不知道是毒品，要是知道是那玩意兒，我哪敢碰啊！後來放我們出去的也是警察，他們想順藤摸瓜找到那批貨……我也是瘋了，我想家、想老婆孩子，我想出去想到快瘋了！他們搶走槍，打傷了警察，有三個人逃走了，我跟剩下的都抓回來了。東哥，我知道這次我是出不去了……」

李盛東靜靜地拿著話筒，看著對面那張明顯蒼老許多的臉，聽著那人泣不成聲的悔恨。

「我老父還有兄弟照應，但我的老婆、孩子在外面沒辦法過生活啊！我跟您跪，東哥，求求您幫我照顧我老婆、孩子，給她們一口飯吃……我來生替您當牛做馬……」

這個男人放下話筒，真的跪下了。

會面室的空間很小，他沒辦法完全跪下，只固執地用頭磕著細長的木製檯子。眼淚砸下來，心裡的滋味苦辣得難以形容，他是真的後悔了。

李盛東當年帶了一幫兄弟，這個小孫，曾經為他擋了一刀。他是一個硬漢，即便求人，也不願意拿以前的人情來說嘴。後來李盛東去開公司，小孫就沒有再跟著李盛東了，這個之前動過刀棍、沒讀過多少書的地痞流氓過慣了刺激的日子，等到後來成了家，逐漸有了壓力，想要認真工作賺錢的時候，卻被無端捲入這場禍事。玻璃牆裡的男人沒有埋怨，他說：

「東哥，這是我之前沒聽您的話，貪戀過去的……報應。」

李盛東沒跟他多說什麼，只是告訴他，幾天之後會讓人送一點吃用的物品進去給他。

小孫哽咽著，他記著李盛東的好，又實在沒有什麼理由讓李盛東為他養家。之前的話是憑著一腔血氣說出口的，但是李盛東沒有答應，他想問又不敢再提。

眼看李盛東要走了，男人還是忍不住喊了一聲，「東哥……？」

李盛東嗯了一聲，也不知道算不算答應了，「你，好自為之吧。」

走出監獄的大門，李盛東聽著身後鐵門關上的沉悶吱軋聲，心情也有點煩。頭上的太陽出奇得大，照得他忍不住瞇起眼。李盛東抬頭看著白花花的天空，嘴裡嚼著兩個字，「報應……」

司機早就在外面等了，看見李盛東過來，立刻把車門打開，「東哥，事情都辦好了。」

李盛東坐在後面，旁邊的小孩還是揹著書包，有些不知所措地坐在那裡。

看見李盛東坐進來，他抬起腦袋來看他，「叔叔？」

李盛東看到孫辰紅了的眼睛，臉上倒是沒哭花，揉了他腦袋一把，抱著他往外看。

「孫辰，你知道這是什麼地方嗎？」

孫辰看著那個大門，門旁掛著雪白的大牌子，印著漆黑的大字。他不識字，但是聽到裡面的廣播聲，還隱約瞥見了持槍站崗的警察，多少有點意識到了。

李盛東告訴他，「孫辰，你記住。以後不管別人怎麼罵你，這都不是你應該來的地方。」

孫辰聽著李盛東的話，攥著拳頭，一眨也不眨地盯著外面。等到看不見了他才回過頭，趴在李盛東懷裡哭了，「叔叔，他們說我也該關起來……總是笑我、一直都笑！等我長大了，我、我一定要讓他們笑不出來！嗚嗚！」

他還小，說不出嘲笑這樣的字眼，但是那種感覺沒有差別。他之前不懂，也不知道該如何討大人歡心，但是現在這個孩子長大了，他發誓從今以後一定不會再被別人嘲笑了。

李盛東難得地有耐心，被哭濕了外套也沒發火，讓這小傢伙靠著自己睡著。司機小心地問道，「東哥，我們是直接回去，還是再去別處散散心？」

李盛東嘖一聲，「散什麼心？帶著這孩子，是想被抓吧！先回去吧，說不定能在晚上回到家，老太太還能高興一次！」

司機連忙點頭答應，又小聲地跟李盛東彙報孫家那邊的事。

孫辰是被一個表姑姑收養了，戶口挪到那邊去，雖說不是很近的關係，但是跟孫家住得不遠。有錢撐著，事情就辦得很順利，沒費多少功夫。聽到孫辰從幼稚園到高中的學校都安排好了，那家人才徹底鬆了口氣，高興地收下錢，又送孫辰上車。

孫辰的學校安排在D市，還是原本那家幼稚園。

司機見到李盛東自從見了小孫，臉色就不太好，想跟李盛東說說話解悶，「東哥，我一開始就覺得孫辰這孩子命好有福……」

李盛東笑罵了一句，「亂說！他的命好你看得出來？」

司機聽到李盛東的話有所緩和，立刻也笑了，「我可不敢！東哥，您才是他命中的貴人！這孩子要不是有您，能有個家嗎？他要是知道您連學校都幫他安排好了，肯定會高興到哭出來！唉，我小時候怎麼就沒遇到這麼好的人，國中沒念完就出來工作了！」

李盛東罵了一句滾蛋，倒也笑了。他低頭幫孫辰擦乾眼角的淚水，也不知道是說給司機聽，還是說給自己的，「積點陰德吧。」

李盛東到家的時候，他媽剛準備好晚飯，打開門看見李盛東跟孫辰，真是又驚又喜。

「喲，東子你們怎麼現在就回來啦？」

李盛東抱著孫辰進門，跟他媽開玩笑，「您怎麼這麼說？我就不能回家吃頓晚飯嗎？呵呵。」

李媽媽高興壞了，又是幫他們拿拖鞋，又是掛衣服的，「能能能！怎麼不能啊！只差一道菜就煮好了，正好開飯！」

老太太忙完這邊，又對廚房喊一句，「華茂啊，快把菜炒一炒吧！東子他們回來了！」

廚房傳來咚的一聲，聽起來不像起鍋的聲音，倒像是手沒拿穩，鍋子磕了一下。

磨蹭了半天，李華茂才端著一盤炒芸豆出來，臉上被熱出了一層汗，「阿姨，我放這裡了。我家還在煮粥，先回去了啊。」他是來幫忙的，沒想到李盛東會回來。

李媽媽哪會讓他走，「一起吃吧，人多飯才好吃呢！喔，對了，把你那鍋粥也端過來，我們一起吃！」

李華茂有點傻眼，「啊？」

李盛東看到他瞪眼就覺得好笑，覺得他像自己以前養的那隻小烏龜，探出脖子瞪大眼睛，像不敢相信一樣。

他對李華茂揮了揮手，跟著逗了一句，「去吧，連鍋子都端過來！我們等著開飯呢。」

李華茂眨了眨眼睛，這次更像李盛東養的寵物了。

◆

李盛東躲過了第一天的馬拉松，市裡的一眾中階主管可沒躲過，都被曹老頭帶去跑步了。曹老頭身先士卒，一把年紀了還堅持不掉隊。不過他畢竟有了歲數，跑到一半就撐不住了，一雙老手臂老腿太久沒鍛煉，突然做起劇烈運動，真的有點吃不消。

跟在後面的祕書看見了，連忙打電話叫司機來把老先生接回去。他們早就過了有攝影機的金水橋，攝影師也開車去追那些黑人了，那才是跑步的主角，跑得飛快。

曹老頭想到還要出席明天的頒獎典禮，也不再勉強。他的心意也到了，就帶著後面幾個老同事一起上車，臨走時還囑咐白斌，「白斌啊，你可要給我看好了，不能出亂子，知道嗎？有事就打給何隊他們，他們都在外面執勤！」

白斌點頭答應了，「好。您快回去休息吧，晚上還有得忙呢。」

結果晚上的演出曹市長沒到場，請別人代表發言。丁浩坐在中間靠前的位置，用手臂在下面撞了一下白斌，「噯，聽說曹老頭是白天太累了？他真的親自跑了一趟啊？」

白斌原本是前排的票，為了跟丁浩坐在一起，特意跟別人換成不起眼的位置。現在都晚上了，露天表演也只有台上明亮，他們說話，別人看不真切。白斌低頭回了丁浩一句，聲音很小，「沒跑完，跑了一半。」

丁浩感嘆了一聲，「曹老頭也真拚命，我都沒跑完一半呢。」他被丁旭拉著跑了一會兒就溜了，倒是碰到了扛著大旗的李夏。李夏後面跟著四五個人，你一言我一語地在罵他，一路押赴終點。

這場演出沒有多精彩，請來的明星都是唱美聲、民族樂的，重技巧，氣氛不夠嗨。底下大多是年輕人，誰有耐心聽這個，丁浩撐著腦袋，眼看就要睡著了，一邊拍蚊子一邊問白斌，「什麼時候結束啊？聽他哼哼，我都睏了！」

白斌看了一眼節目單，讓丁浩再等一下，「不到半個小時了，蚊子一直咬你嗎？我去車上拿花露水來……」

丁浩搖頭，拉著白斌的手臂沒讓他動。就剩半個小時了，丁浩懶得來回跑，隨口哄白斌，「我這是在幫他們打節拍，炒熱氣氛呢！」

白斌被他拉著起不來，也就沒再堅持。演出馬上就結束了，散場人多時更不好找丁浩。

等到最後時，氣氛確實熱烈了一把。那幾個得獎的黑人跳上臺，一人獻唱了一曲，還有一個帶著自己的鼓上來，十分熱鬧！下面跟著鼓掌，好不容易聽到一首歡快的了！一整晚都是歌頌祖國、歌頌文明，還有一個詩歌朗誦——我愛你，黃河！聽得丁浩都想起徐老先生了。

晚上回去的時候，社區裡已經沒幾家亮著的了。丁浩跟白斌在外面多逛了一下，他看完演出又想吃燒烤，難得白斌念在他今天跑步很辛苦的份上答應了，自然一次吃到爽。現在他的胃飽得很，繞著社區轉了兩圈才稍微好一點，回去後還被白斌以幫助消化為藉口，強制「運動」了一把。

丁浩的大腿上被叮了一個包，越抓越癢。他來回翻滾，倒是把白斌剛滅下去的火挑起來了。

白斌按著他，咬住耳朵警告他，「不許亂抓，剛抹了藥。」

丁浩跟白斌解釋了一下，他也是迫不得已啊，「我知道剛抹了藥，可是特別癢！要不然你幫我抓抓，你看，腫了好大一個包吧？」

白斌幫他捏了兩下，「你不去想它就不會癢了。」

丁浩哼哼兩聲，覺得白斌只是按著沒用，又伸手下去抓。白斌抓住他不老實的爪子，貼過去跟丁浩建議，「要不然，我們做點別的事……分散一下注意力吧？」

丁浩沒反應過來，剛嗯了一聲就被白斌從側面挺進去，那一聲立刻由一聲變為二聲，一下拔高上去！

「白斌……你、你怎麼……又來啊！」

白斌咬了他的鼻子一下，又笑著含住他嘴巴，「誰叫你不乖乖睡覺。」

丁浩那裡也剛上了藥，又剛被開拓過，白斌動起來自然很順暢。等兩人都舒服了，丁浩早累得直接趴著睡著了。他連白斌幫他擦身體都沒感覺，就更想不起腿癢的事了。

◆

第二天的頒獎典禮是在下午舉行，李盛東他們都出席了。

這次李盛東還要上臺頒獎給運動員，他之前跟電視臺說好了，讓他們多給幾個特寫鏡頭。這傢伙為了上電視，還特意穿了一身考究的西裝，坐在那裡翹著腿，十分得意。

丁浩看著他那身西裝，就格外彆扭。他覺得李盛東的這副打扮，就好比肖良文昨天穿的藍色T恤，兩人都是不小心穿錯了衣服吧。就李盛東那張小人得志的臉，穿得花花綠綠的就算了，實在不值得費心配這身好西裝。

李盛東也發覺到丁浩目光不善，回頭看了他一眼，「丁浩，怎麼樣？看傻眼了吧，哥隨便打扮也是一表人才。」

丁浩撇嘴，嘟嘟囔囔地回答，「……是，是傻了……」

李盛東沒聽清楚，還以為丁浩在誇他。他略微挑起眉毛，湊過去跟丁浩搭話，「我說，最近有筆生意滿賺的，哥帶你一個，要來嗎？」

丁浩看他一眼，沒怎麼動心。李盛東這孫子有錢肯定會自己賺，哪還會想到他。

丁浩唔了一聲，「什麼生意？你先說來聽聽。對了，我不做違法犯紀的事啊，你要是敢帶我上黑船，到時候我就舉報你以求自保……」

「知道知道！你都說多少遍了！」李盛東掏了掏耳朵，他這次是真的想帶丁浩一把。

好歹也是從小一起長大的，從丁浩做生意開始，他還真的沒幫過多少忙。不但沒幫忙，他還搶了丁浩的地，前段時間似乎還搶了丁浩的一船外貿貨。嘖，李盛東覺得這次必須幫他一次，好歹丁浩也喊過他一聲哥。

「往C國出口輪胎。我找了一船貨，沒什麼手續，價格也便宜，到時候分這個數字……」李盛東比了個手勢，利益相當可觀。「怎麼樣？那邊我熟，而且那邊也認可五星紅旗，掛上之後幾乎就沒人會查。」

丁浩看著他比的數字有點心動，但是又問，「那些輪胎沒問題吧？」

李盛東笑了一聲，「是家用車，沒問題，而且用這麼便宜的價格弄出去，你還想要給他們保固是嗎？」

丁浩如今可不是一個人，他身旁還有一個白斌，做事自然小心許多。因此他跟李盛東打了個馬虎眼，讓他再等等，「那什麼……我回去想想。等幾天吧，我想好了就打給你！」

他們嘀嘀咕咕地說了一會兒，頒獎典禮終於開始進入正題。前面絮絮叨叨、念報告的人下去，換成曹市長上來主持。

曹老頭昨天跑了一趟馬拉松，腿都腫起來了，今天是硬撐著來參加頒獎典禮。他拿著稿子站在臺上發抖，還在說話，「這次！活動辦得、很成功……！」

丁浩在底下看都於心不忍了，太敬業了。

曹老頭的致詞水準比前一次高多了，幾句話就點明主題，各單位都點到了，特意表揚了海關。人家只有那些人，還硬是跑進了前三十名。表揚完就是頒獎，李盛東站在上面看起來還像那麼一回事，微笑、握手，遞出獎牌與證書。

丁浩在下面感嘆，真是人靠衣服馬靠鞍，李盛東換了一個鞍，果真不一樣了。

李盛東這次是帶著李華茂來的，因為他等等還要去碼頭，就直接把人帶過來了。李華茂在後一排，丁浩不方便扭著脖子跟他說話，倒也給了李華茂一個盯著臺上看的機會。

頒完獎，有名次的在後臺領獎金。這次就是李盛東的風格了，直接提著一箱現金在那裡等，人來了就給現金。鑑於前幾名的數額比較大，他直接給了一張卡，場面相當氣派。

沒有跑出名次的也有份，各單位有三個抽獎的名額。

徐老先生他們全軍覆沒，市政府顧及他們這些知識份子的面子，頒發了一個友誼獎。這說白了就是安慰獎，沒什麼實際意義，唯一的好處就是能多抽一次獎。

李夏他們聽了半天報告，就等著最後的抽獎。這幾個傢伙仗著李夏個子高，手臂長，讓李夏抓緊機會伸手去「搶」獎券，還不忘記圍在一旁出餿主意，「李夏，等等你要記得往下抓！好的通常都在下面！」

另一個也提醒他，「光抓下面不保險，你上、中、下分開抓！」

被擠在後頭的也不甘寂寞，看不見還不忘出壞點子，「噯噯！要不然你等等抓幾個出來，抓出來就好辨認了！我看見那邊拿電鍋的是紅色紙條的……」

幫他們抽獎的工作人員不高興了，女孩把李夏的手拍開，一臉嚴肅，「你們是哪個單位的？先登記再派一個人來抓，記住了，只有一個！」

躲在李夏後面沒擠過來的學長還有點委屈，「他們怎麼可以讓兩個人來抽獎？」

女孩的眉毛都豎起來了，哼了一聲，「他們沒搶！」

那幾個被訓了一頓，衡量一下，最終還是派出李夏當代表。

李夏臨去的時候，學長學弟都一臉鄭重地託付他，「李夏同學，歷史的時刻就交給你了！你一定要抽到好的，我們這個月吃什麼，就看你這一抓了！」

李夏被他們推到前面，那群人還在幫李夏打氣，只差喊「加油」了。幾個人齊齊盯著李夏伸手進去，摸了一張出來，是黃色的。

小女孩看他們一眼，遞出一個輕飄飄的小盒子，「一盒紙巾。」

那群人拿著紙巾，還在安慰李夏，「沒事，沒事，我們還有三次機會！李夏，你往下面抓！攪一攪再抓啊！」

李夏照他們說的，又抽了一張上來，黃色的。

那幾個人在接過女孩遞過來的紙巾時，內心複雜難安，拍了拍李夏的肩膀也不敢說話了，「那什麼，要不然你本色發揮一下？」

李夏本色發揮了一次，抽得又快又準，黃色的。

小女孩笑了，她發獎品發了一陣子，還真的沒遇過這麼倒楣的，「喏，一盒紙巾。」

後面幾個人接過籤紙的時候，都快哭了，「姊，您能幫忙換一個嗎？」

小女孩大方地幫忙提高了一個層次，拿了一塊肥皂給他們，「給你們。還有一次機會，快點，後面還有人在等呢！」

李夏握著拳頭，哈了一口氣，像要把好運集中在這裡一樣，伸手到抽獎箱裡，半天才抽出一個來。

這次不錯，是藍色的。

「終於不是黃的了！」後面幾個嗷嗷叫，湊過去一臉迫切地等女孩給他們獎品，「這一個是什麼？滿好的吧？別說了，肯定比紙巾好！哈哈！」

小女孩抿著嘴笑，「這次不錯，抽中了一個健身器材。」

李夏他們幾個拍手笑著，還沒笑完，就再次被無情的現實擊倒在地。

女孩遞給他們一個精美的盒子，笑得跟花一樣，「給你們，一根跳繩。」

那幾個拍手的不高興了，這、這跟抽到面紙有什麼區別啊！有個學長忍不住懊悔出聲，「真不該讓李夏來抽！他平時喝百事可樂都不會中「再來一瓶」的！李夏，你、你、你都對不起你這頭髮了啊！」

# 第十章　大營救

丁浩回家後就全招了，把李盛東說的那件買賣，一字不漏地轉達給白斌。

說實話，他很動心。雖然他平時也是在做生意，但是從來沒一次賺過那麼多，鈔票一把抓的感覺很是不錯，丁浩十分迫切地想感受一把李盛東那樣的暴發戶氣息。

白斌大致聽了一遍，明白了。李盛東說的這件事沒問題，而且那邊跟中國的關係不錯，一般來說，將東西出口到那邊都賠不了，尤其是李盛東弄來的這些輪胎。但這些很可能不是全鋼子午線輪胎，甚至有一部分連子午線輪胎都不是，李盛東自始至終都沒說清楚用途，就是想鑽漏洞。

白斌問了一下價格，聽到丁浩報了一個數字，倒是笑了，「他還真敢開口。這筆交易不要緊，可以做，出口去那邊沒什麼問題。」

話雖這麼說，他腦海裡還是下意識地掠過了幾個幫得上忙的人名。白斌對於丁浩要做的事，向來都會提前準備好。他謹慎習慣了，尤其是對丁浩，因此不會有半點馬虎。

丁浩打電話給李盛東，把這樁買賣確定下來。白斌在一邊聽著，也拿小本子記了一下時間。

白斌對海上的事不太懂，但是聽到李盛東說運輸地點在小港，還是皺起眉頭，「怎麼去小港，那邊的港口條件沒有我們這邊好吧？」

丁浩舉著電話立刻學舌，把白斌的話轉達過去。

李盛東那邊磨蹭半天，才說一句，『都方便……都方便……』

丁浩不信，他如今跟白斌同一個鼻孔出氣，把李盛東當成敵人。

「你騙誰啊！李盛東，你老實說吧，是不是想偷偷運什麼見不得人的東西？」

李盛東這次拉高了聲音，『亂說！我就是想拼船，省個運費！』

丁浩將信將疑，「真的沒外加什麼？我到時候會跟你一起去港口看啊！」

『來來來！你能翻到，算你有本事。』李盛東乾脆把自己的想法都招了，『還有兩百多台電視拆成零件了，弄過去也是送人。我說丁浩，你也太小心了，這點東西夠塞牙縫嗎！還一直追問……』

聽到李盛東嘟嘟囔囔地交代完，丁浩實在問不出別的才掛了電話。

他還是不放心，「白斌，要不然我不弄這一船了？李盛東說話跟放屁一樣，不能相信。」

白斌捏了一下丁浩的臉，「又亂說話。沒事，去C國不要緊。」

這是國際形勢下的局部特權，白斌說得隱晦，但是也能讓丁浩聽懂。

李盛東辦事有點慢，更加重了丁浩的疑心。丁浩鑒於李盛東往日的作風，實在對那個孫子放心不下，等到去港口運貨裝船的時候，還是親自跑了一趟。

丁浩這次是真的誤會了李盛東，李盛東會延期運出是有原因的。

一個是跟他拼船的人又介紹了一個來，三家一起弄。這艘貨船是李盛東自己找來的，他的輪胎雖然占了大部分，但也占不到一半，自然就答應了。其次是他們家翻譯出了一點狀況，讓李盛東很頭疼。

雙料博士的李華茂同學，做了一件不太符合高級知識份子的事——他失身了。

那天的情況是這樣的，李盛東從德國公司進口的機器終於全部弄完了，李盛東一高興，就弄來了幾大桶的德國原裝啤酒。德國大鬍子們很高興，他們覺得這邊的啤酒沒有家鄉的好喝，這次看見酒就像見到親人，舉著杯子連連勸酒。老外連比帶劃地拍胸脯告訴李盛東，這啤酒絕對好喝，自豪得很，差點害人以為是他們在請李盛東喝酒！

李翻譯夾在其中，困難地做著翻譯，他不但要把德國朋友的話告訴李盛東，還得盡量把話說得委婉一點。翻譯的過程中，時不時就被人灌一杯，以至於他都不知道自己是怎麼跟李盛東回去的。

然後事情就發生了。李翻譯在一個陰霾的清晨轉醒，他的心情也如同此刻的天氣，同樣陰沉。

起初是覺得渾身都痛，像半夜被人拖出去暴打了一頓，再扭頭，一看見旁邊光著半邊身子的李盛東……他的心都開始疼了。

李盛東半睡不醒地略微睜開眼皮看看他，正好跟李華茂對上眼。李華茂的臉色不太好，也沒功夫跟他鬧，一句話就揭開了兩人之間的那層薄紙，「我喜歡你……我是說，滿喜歡你的。如果你覺得昨晚……能接受，我們就試試看吧。」

這次輪到李盛東躺不下去了，他裹著半截被子，跟李華茂坐在床上大眼瞪小眼，剛張開嘴又被李華茂用一句話堵回去。

「我是第一次。」李翻譯抱著被子，趴在自己的腿上悶悶地說了一句。

這不像要人負責的意思，倒是有幾分傷心……他對暗戀很有經驗，但是滾床單這種事確實是頭一次。李華茂怎麼樣都沒想到自己準備了那麼久，第一次竟然會在這麼糊里糊塗的狀況下發生。

這太突然了，他沒有心理準備，最後的防線終於崩塌了。李翻譯拿出自己全部的勇氣，乾脆主動跟李盛東坦白，豁出去了，不再當縮頭烏龜。

李盛東聽到那幾句話也覺得很突然，咳了一聲，眼神避開一點，又移過去。最後他還是伸手拍了拍李華茂的肩膀，「我覺得，你可能有點誤會……昨天晚上，我們都喝多了……」

李華茂不聽他鬼扯，紅著眼睛抬起頭來，「你就告訴我能不能吧！」

能不能？李盛東還真的沒直接回答。他昨天晚上喝多了，但是也記得大致的經過。他沒當場睡了李華茂，不過，確實上下摸索了一遍，這裡、那裡全看了，全摸了。

李盛東也說不清是怎麼回事，就是想看過一遍。可是別人的他又不想看，等帶著酒意把李華茂看完、摸完，甚至用手指捏著人家前面的東西玩了一會兒，這才帶著幾分明白睡著。

明白了什麼？他又說不清楚，那種感覺在腦袋裡一下就晃過去了，沒抓住。

李盛東知道他媽一直想找個人照顧他，私下甚至隱晦地提過李華茂的名字。提過許多次後，李盛東也漸漸這麼覺得了——他認為李華茂就是他的人，昨晚算是驗貨，並且看得很滿意。

如今酒醒了，兩人坦誠相對，李盛東倒有點尷尬。

一來是李華茂身分特殊，他是丁浩的學長，李盛東也一直把他當成朋友對待。二來是李華茂把關係挑明了，讓李盛東很被動。這就跟你買一樣瓷器放在家裡，是屬於你的，但是你也必須屬於它嗎？李盛東自由慣了，猛然聽到李華茂的話，心裡十分彆扭，像被人試著把鐵鍊鎖在身上一樣不舒服。

李華茂等了一會兒，看到李盛東坐在那裡不說話，就起身走了。

他還是住在丁浩的房子裡，也繼續留在李盛東那邊做翻譯，就跟什麼事都沒發生一樣，只是李翻譯不再太過留意李盛東，開始尋找下一個真心人。

李翻譯這些年的理論不是白學的，雖然初次實戰失敗，但這也不能阻擋他尋找「第二春」的勇氣！

這次輪到李盛東坐不住了，李華茂對他一副公事公辦的表情，換成別人就立刻有說有笑的。以前李華茂不喜歡跟外國人有過多接觸，如今都跟李夏那個假外國人勾肩搭背的了！

李盛東心裡糾結，很是糾結。他盯著李華茂放在李夏手臂上的手，就有種一把拉下來的衝動。

而李夏沒感覺到別的，就是覺得這幾天李華茂幫他準備的料理特別好吃，還不讓他給錢分擔伙食費。李夏感動得眼淚汪汪，覺得只是陪學長散步、讓學長摸摸肩膀、掐手臂就能天天吃肉，真是太划算了！

至於，李華茂的想法很簡單，現在尺寸的問題他已經看開了，覺得應該把人品放在首位。他想到那天早上李盛東的沉默，心裡就一陣難過，忍不住把手放在李夏手臂上左捏捏、右摸摸，嘴裡嘀咕咕地說著自己才能聽懂的話。

「沒事，不可能有手腕這麼粗……深呼吸、放輕鬆……放輕鬆……」

這是在將理論結合實際，把李夏當成標本練膽量。

李盛東看著自家翻譯再次當眾摸上李夏的手臂，終於忍不住了。他一把將菸蒂扔到地上，狠狠地踩了一腳，連說話的語氣都很凶狠，「李華茂！你給我過來！！」

李華茂看了他一眼，剛才的那點心思收得完全看不見，很平和地開口：「有事？」

李盛東不好說是跟蹤他們來的，摸了摸鼻子、找個藉口說，「過幾天有一批貨要往外運，拼船的是外國人，你跟我去趟小港。」

李華茂跟他簽的合約還沒到期，李盛東又是老闆，他也只能答應下來。

李華茂臉上沒什麼表情，依舊不溫不火地回了一句，「知道了。」

李盛東還想再說什麼，但李媽媽買完東西回來了。老太太身邊還站著一個女孩，隔得很遠，看不清楚是長什麼模樣，倒是李媽媽的聲音聽起來很高興，要李盛東過去，「東子，這邊！」

李盛東看了李華茂一眼，還是走到媽媽那邊，不過臨走時還不忘再跟李華茂重複一遍。

「你記得，把手機開著，我到時候來接你。」

李華茂點頭說好，臉上都帶著笑，「好，我手機一直都開著。」

李盛東也不再多說，他實在不知道該說什麼才好，就匆匆走去李媽媽那邊了。

李華茂臉上一直帶著笑，站在那裡一動也不動，讓李夏低頭看了他一眼。

李夏的神經還沒粗到被人掐了手臂還沒知覺的地步。李華茂的臉部表情控制得很好，但是情緒都洩露到手上了。李夏等李盛東走了之後，小心地問自家學長，「你們，是不是吵架了？」

李華茂搖頭，依舊緊緊抓著李夏。

如果是平常，李盛東叮囑他一句「把手機打開」的話，他估計會高興到一整晚都睡不好。但是他現在心裡只有委屈，因為他的手機一直都開著，等著那通等不到的電話。他終歸還是希望李盛東能打來說幾句解釋的話，哪怕是一句「對不起，以後我們還是朋友」最起碼也算斷了他的念想啊。

「……你、你大爺的！」李華茂紅著眼眶，忍不住跺腳罵了一句，「生兒子沒屁眼！」

李夏看看自家學長，又看看李盛東遠去的背影，有點搞糊塗了。

李夏很單純，他往工作與加薪的方向猜，試著安慰了一下李華茂。

「學長，你要習慣這種事，這沒什麼的，忍一忍就過去了啊！」

李華茂瞪著他，一腳踢在這個傻大個的膝蓋上！李夏還沒喊疼，他就先開始哭了，「這是能忍的事嗎！！嗚嗚……大爺的！你大爺的……早晚會遭報應！」

另一邊，李盛東是去幫他媽搬西瓜的，穿著幾千塊的襯衫，扛著一袋西瓜往家裡走。

老太太跟李盛東一樣，喜歡跟人合購東西。她在門口看見有賣西瓜的，跟同個社區的女孩一起合買了一袋，兩人扛不動，就讓李盛東幫她們送上去。

他媽還在後面嘟囔，「轉彎小心點！別撞到西瓜了……糟蹋糧食會遭報應啊！」

李盛東聽到報應那兩個字，鼻子忽然發癢，忍不住打了個噴嚏。不知道為什麼，今天一聽到這兩個字就覺得格外陰冷。

◆

肖良文這幾天盯人盯得有點緊，丁旭晚一點下班，他就立刻打電話去問。丁旭知道這個人就在外面站著，但是他都打五六通電話了，實在懶得接，就掛斷了。

接著，辦公桌上的座機也響了。丁旭揉了一下眉心，看著那串熟悉的號碼，接起來，聲音有些無奈。

「肖良文，我說了今天要加班，你不用等我，先回去好了。」

那邊的肖良文沉默了一會兒，『裡面還有其他人嗎？』

丁旭的眉頭皺得更深了。肖良文這句話像他的盯梢一樣，也是最近很常聽到的。

丁旭有一種被懷疑的錯覺，他覺得肖良文不像在盯他，倒像是接到什麼情報，懷疑他跟別人有過多接觸一樣。

「肖良文，你能不能告訴我你到底在擔心什麼？」

聽到那邊一如既往的沉默和一句抱歉，丁旭也不知道該對這個人說什麼才好。

『餓了嗎？』

「沒有。」

半晌，還是丁旭先緩和下來，他實在沒辦法對肖良文這傢伙真的生氣。在外面站了這麼久，會餓的應該是他吧？丁旭又耐著性子跟他解釋了一下，「有幾份報關單用錯了年限聯，系統掃描不進去，只能用手打，我再忙一會兒，你先回去吧。」

肖良文不說話，固執地不肯掛電話。

丁旭嘆了口氣，看了一眼手錶，這傢伙快大半個月沒離開他的身邊了，今天下午更是站在外面不肯走，「要不然，你進來等吧。」

肖良文這次很快就答應了，一邊走一邊問丁旭，『不會被其他人看到嗎？你不喜歡別人提起我們的事。』

丁旭看著那位從大門走進來的人，還有那頭逆光依然可見的平頭，嘴角挑起一個笑。

「算了吧，這裡還有誰不認識你啊。」

肖良文坐在大廳一側的長椅上，遠遠地看著丁旭，握著手機還在通話。

『我不打擾你，就在這裡待一下子。』

「你明天不用過來了。」丁旭看到坐在角落的那個人僵了一下，心情倒是好了一些。「我從明天開始要跟班去港口工作，查驗很忙。」

那邊的人立刻又放鬆下來，『好。』

「還有，我這次去的是小港，你別找錯了地方。」

『好。』

D市有三個港口，兩個正在使用，剩下一個因為航道淤積嚴重，停用了。這個小港的條件不是很好，初春時颳的風很強，六股繩擰成的粗纜繩都會被吹斷，小一點的船壓根不敢裝卸貨物。來這邊跟班工作相對辛苦，夏日時暴曬嚴重，看著碼頭跟海交接的地方，太陽光一照，令看的人兩眼暈花。

帶丁旭的是一群老人，他們是老前輩了，是開關時最早進來的那批，帶出了不少辦事俐落的徒弟。一群老人難得又遇到來這邊的新人，看見丁旭很是熱情，連聲招呼他，「來了？先過來坐，等他們過完地磅就能開工了。」

丁旭應了一聲，拿著單據之類的坐下來。他的坐姿太規矩，反倒讓那幾個帶他的老人笑了，拍拍他的肩膀，讓他放鬆。「丁旭啊，你隨意一點！我們這裡跟大廳不一樣，在自家辦公室還不許抽菸……噯，老胡！你怎麼拿我的菸去抽啊？」

對面那個還不住手，翻出兩根，自己點了一根，又把另外那根夾在耳朵上。吸了一口，似乎還不滿意，「好啦！就你這個細得跟火柴一樣的菸，平時要請我，我都不抽呢！要不是我老婆說我帥不好，把我買菸的錢都沒收了，我會拿你的菸來抽嗎……」

這邊也笑了，罵了一句老東西，自己也點了一根。

那個人看到丁旭坐在那裡不動，也對他遞出一根菸。丁旭沒接下來，說了聲不會，扭頭就看見值班室外面那碩大的「禁止吸菸」牌子，他沉默了。

值班室裡的幾位老人對他擺擺手，「別看那個啦！那是嚇唬外人的，不在貨物附近點火就沒關係。」

他們都恨不得紮根在港口了，成天盯著藍天大海，沒有一點娛樂，風景又看到膩透了，再不抽菸就真的要悶壞了。

等貨物都運達碼頭，他們幾個才把菸熄滅，站起來準備過去。一輛軍牌豐田接待車比他們快一步到達，直接貼著圍網停下來，走下一群人。

前面幾個穿軍裝的直接進去了，旁邊還跟著一個一身軍裝的女人，臉長得不錯，就是個子矮了一點，穿了一雙至少十公分的高跟鞋。大老遠就看見她的一點前鞋面，後面有一根細長的高跟支撐著，走路喀喀作響。

帶丁旭的前輩看了一眼那輛車，嘴裡哼了一句，「是邊檢的，剛換了個長官，每次有船來都愛過來晃一圈。那都是靠關係進來的，來這裡養老！」

丁旭跟在他們後面，等到了碼頭前沿，船上已經放下梯子，做好了簡易的安全措施。梯子的入口站著一個邊檢的執勤小戰士，一臉嚴肅地立正站好曬太陽。

那幾個老海關故意走得很慢，多拖了一會兒，讓他們曬太陽曬個過癮。

邊檢來的長官自然不用跟著曬太陽，現在正在陰涼處跟一個人握手談話，笑得跟彌勒佛一樣，看起來很有氣度。旁邊的軍裝女人踩著高跟鞋幫他們拍照，他們這位長官有上報的習慣，每次都要弄點資料回去。女人的個子很矮，相機舉起來都擋不住對面那位的平頭。

丁旭一瞥就看見了，那位也正在不動聲色地尋找他，兩人對上眼，丁旭略微點了一下頭又跟著前輩去忙了。就這樣，肖良文的心情也出奇好了起來。

他看見丁旭在他的視線範圍裡，就覺得特別安心，尤其是現在這個時候。

臨上船的時候，丁旭遇到了一點麻煩。他有編制，但是因為父親的關係，政審遇到一點難題，上面的人賣了一個面子，雖說也安排好了，但是有一些手續沒有辦齊，例如登船查驗的手續。

站在門口的邊檢小戰士可能是新來的，不太瞭解情況，堅持不讓丁旭進去。他說話的語氣還很生硬，「不行！沒證件不能進去！」

海關這邊也火了，他們從沒受過這種待遇！按理說，邊檢是管人，海關是管物的，這裡本來就不該讓他們進來，但是因為小港沒那麼多規矩就算了。但是看到他們這一身制服，竟然還不讓人進去！這他媽的太欺負人了！

後面那個邊檢的長官也察覺到出事了，帶著其他人過來，一邊走一邊問，「怎麼了？這是怎麼回事？」

那個小戰士一五一十地全說了，估計是他們長官平時叮囑的，一定要把人管好，沒證件不能讓人上船云云。

海關這邊悶著不說話，看他們格外不順眼。對面邊檢的長官也皺著眉不說話，這些叮囑是他交代下去的，如果不按照這個辦，他會很沒面子。

跟過來的肖良文看不下去了，他從沒讓丁旭在外面受過這樣的委屈，正準備開口時，又想起什麼似的抬頭看了一下連接碼頭和船的梯子。

那個梯子是折疊的，看起來不太安全，尤其小港又是這樣的環境，這麼高的地方，下面只用了一張破漁網接著。肖良文皺了眉，把想說的話咽下去。

他知道丁旭為這份工作受了不少委屈，可是丁旭有懼高症，還有那艘船上誰知道會不會有……比較起來，他更擔心丁旭的安全。

他要丁旭平平安安的。

貨主來得正巧，一來就先打了圓場。丁浩看見丁旭先驚訝了一把，然後又驚喜了，他覺得今天的戲有看頭。

「喲！長官們都到齊了啊？來來來，先來一包菸……啊？不能抽、不能抽！我知道這是碼頭，有貨不能抽，留著以後解乏啊！李盛東，愣著幹什麼，快給菸！」

李盛東是真的愣住了，他低估了丁浩的不要臉。話都讓丁浩說了，錢都讓他拿……呸！！

李盛東常年走貨，跟這邊的聯檢機構也很熟，但是發到丁旭手上的時候，他略微停頓了一下，遞了一包過去。

「會抽菸嗎？」

丁旭說了聲不會，但是依舊接過菸。來之前，前輩有告訴他這是規矩，丁旭當真了。

肖良文在旁邊看了一眼，沒出聲，眼神又飄到船上去了，專注得像船上有隱藏的敵人似的，盯得一眨也不眨。

丁浩看看這個，看看那個，眼睛眯起來。

李盛東說幾句話就活絡了氣氛，那個長官也借著這個臺階，大方地讓丁旭上去了。

「這次給同事一個機會也是可以的！跟我們上去學習一下如何處理情況，正好老胡你們也該退休了，有人接班多好！哈哈。」

他以為自己講了個有趣的笑話，但幾個海關早就在心裡開始罵娘了。本來不該讓邊檢上船的，現在因為丁旭的事，倒變成他們賣了個面子。

「不用！不用！」帶丁旭的前輩臉上笑著，打定了主意，等等下船的時候要一一搜他們的身！就是懷疑他們私藏貨物怎麼樣！他囑咐丁旭幾句，告訴他，「你留下！我們這幾個老人再爬一次船艙，我們還爬得動呢！小丁啊，你可要幫我們看好了場子！」

李盛東很頭痛，他兩邊都不想惹，惹到邊檢很麻煩，惹到海關更是走不了。

好不容易開始登船查驗。這是艘舊式的貨船，分了幾個大艙，不同的貨物分開放置。

海關登船前先和船長要航海日誌，做了記錄才進去做例行檢查。船很空，沒什麼可疑的地方，儘管大部分船員都是中國籍人士，還是又讓他們核對了一遍。在這期間，邊防以這艘船掛著外籍的名號，要了一份名單。那個長官說了，凡是上下這艘船的「人」，他們都要管。

幾個老海關被氣到不行，查完自己的，扭頭就走。

邊檢的長官跟在他們後面，還在提自己認為適當的建議，「我跟你們的汪科長見過幾次面，很熟！你們這就要走了？不是還要取樣嗎！你們每次都喜歡搞一些雜七雜八的來取樣……怎麼只取輪胎的？」

那幾位快忍不住了。這艘船上有三種貨，除了一大半的輪胎，就是一批大理石板和三台出口的壓路機。大理石板還沒完全卸貨完畢，無法抽取，他們不取輪胎，還去取一台壓路機啊？一台十幾噸的機器，我還取一個來驗，腦子有病吧！

兩家聯檢機構鬧得很不愉快。邊檢來了很多人，走得也快，只露了個面就沒再來了。海關的人輪流盯著，監控室有一個人值班，現場也有一個，確保裝運貨物在這期間沒有差錯。

小港這邊三天兩夜的工作，丁旭分派到在中間那一天巡查現場。

李盛東是貨主，自然得每天都來看兩眼。李華茂是第二天才被拖來的，他不太想見到李盛東，尤其是他現在剪了頭髮。

李翻譯沒什麼出息，第一次失戀的時候幫自己留了一頭捲髮，提醒自己要勇敢面對人生；第二次失戀的時候，哭著跑去剪了短髮，罵了句「去他媽的人生要勇敢」……

李華茂的一頭捲髮，如今變成了順滑的短髮。衣服雖然低調了一點，但依舊帶有豹紋的痕跡。

他站在李盛東面前有點不自在，扭著脖子看別處，「我說了我不想來……」

李盛東正在打量他，說不清是怎麼回事。李華茂沒了那頭捲髮後，身上豹紋的標誌倒是變得清楚起來了；臉上乾淨了，那委屈的模樣也有幾分有趣。

李盛東打量著他，隨口回了一句，「我需要翻譯啊。」

李華茂瞪他一眼，「碼頭這麼小，一眨眼就能看遍，哪裡有外國人了？」

李盛東上次說太快了，他只知道是合資的企業要往外運，哪知道有沒有外國人跟著。如今他也是在騙李華茂，只能繼續哄，「怎麼會沒有，那船上就……有幾個……」

李盛東看著對面那個人不信任的眼神，不太自在地摸了一下鼻子。

「這是預防萬一……噯！我說你等等！我白給你薪水了嗎？讓你來就來，哪來那麼多事值得你問啊！」

李華茂悶著不說話，他也一肚子氣呢。人家電視上演的狗血劇情裡，早上起來發現睡錯了人，好歹還會甩下一捆鈔票！李盛東這個死摳門！竟然還跟他算起這個月薪水了！呸！！

李華茂跟在李盛東後面，不管老闆說什麼，他都歪著頭不回話。等遇到丁浩的時候，這才稍微把腦袋轉回來一點，但是緊接著又深深埋下了。

丁浩圍著李盛東轉了一圈，把後面那位剛拉直身板的鴕鳥拉出來，一臉驚訝地摸了一下他變順的短髮，「這個是真的？」

「廢話。」李華茂的腦袋都快低到胸口了，嘟囔一句，「你有見過誰……大熱天的頂著假髮亂跑嗎……」

丁浩還在感慨，「這肯定是經歷人生挫折了，要不然怎麼會捨得把命根子去掉啊！我說，你讓人下剪刀剪下去的時候，心疼嗎？」

丁浩形容得像李學長剛受了宮刑，連看他的眼神都帶著無比的同情。

李華茂低著腦袋，氣得直發抖。他要是打得過丁浩，早就咬他了！

李盛東看不下去了，過去勸兩句，「丁浩，嘴上留點陰德啊！小心遭報應……」

丁浩看看李盛東又看看李華茂，那眼神太毒了，一句話就道破了他們倆的心思。

「我說李盛東，你這麼護著他，不會是把我們家學長怎麼了吧？」

丁浩的一句玩笑話，立刻讓這兩個人都僵住了，這次倒是異口同聲地回答丁浩，連語氣都一樣，迫不及待地否定：「沒有！」

丁浩圍著他們轉了一下，笑得一臉欠打，「沒有就好，沒有就好。我說學長，鄭老師今天讓你去相親，你可得保持這個狀態！現在的女孩就喜歡這種害羞型的，我們還等著喝你的喜酒呢！」

丁浩使壞完，又溜去別的地方了，幾句話就讓這兩個人立場調換。

這次輪到李盛東不高興地哼了一聲，說話陰陽怪氣的，「原來是要去相親，難怪還剪了頭髮，我就說呢……」

徐老先生的確提過相親的事，可是李華茂拒絕了，而且他剪頭髮的原因，實在跟面前這位找碴的李老闆密不可分。李華茂一想起來就一陣血氣翻湧，尤其是被李盛東這樣誣陷，更是怒火攻心，「關、關你屁事！」

李盛東一聽到這句話，也怒了，「怎麼？被我說中了？前一段時間我就覺得不對勁了，平時跟我頂嘴也是你，那幾天怎麼就突然害羞了……靠，你是在打兩手算盤吧？男女都行，還真不忌口！」

李華茂的眼眶都紅了，「你都知道我……之前對你？」

李盛東也倔強地應了一聲，「對，我都知道！早就看出……看出你不正常了！」

要是早幾天聽到這句話，李華茂肯定會一巴掌甩過去。

他的眼淚在昨天剪掉捲髮時流得差不多了，現在實在沒有哭的心情。李華茂的眼眶紅了一下，又慢慢收回去，再看李盛東就像在看陌生人，「我回去就把剩下的薪水還你，對不起，你這些錢我不想賺了。」

他推開李盛東，自己走了，雖然沒離開碼頭，但是擺明了就是不想跟李盛東在一起。

李盛東心裡也不好受，事情弄成這副樣子，還不如讓李翻譯抽自己一巴掌來得痛快。他也不知道自己是怎麼了，平時他不可能會說出這種話，但是聽見李華茂把那頭寶貝捲髮剪掉是為了去相親時，李老闆的心裡彆扭了。他甚至覺得，那頭捲髮與其為了一個女人剪掉，還不如繼續留著礙眼！

兩個人都是一副彆彆扭扭的模樣，而李盛東一股火氣上來，蹙著眉頭鬆了一下領帶，覺得心裡悶得很，這感覺比知道孫辰他媽去自己家認親時還不痛快！

李盛東決定等制服了這傢伙，一定要讓他留捲髮，要往臉上抹白粉也行！看他怎麼去相親！

連他自己都沒注意到，他的潛意識已經認為自己跟李華茂遲早會在一起——他把李華茂歸為了自己人。

跟李盛東拼船的老闆只來了一個，就是出口壓路機的那個。那個老闆看起來是頭一次做出口業務，對流程格外不放心，每天都比李盛東早來，仔細盯著，生怕有個差池賠了錢。

小港沒有弄集裝箱，散貨裝起來很麻煩。李盛東的那堆橡膠製品沒事，就算掉進海裡也能飄起來，可是壓路機就難說了。拼船的老闆看到碼頭上在搬運貨物，動用了一台承重二十噸的起重機搬運，四根細鐵絲晃來晃去的，風一吹，掛在上面的車也跟著晃，很是驚心動魄。那個老闆不停擦汗，好歹只有三台，即便把車身拆開來運，也沒費多少功夫就搬上船了。

丁旭站在一旁，視線落在那批大理石板上。帶他的前輩今天沒有來，自從昨天開始，他們對這船貨的監管好像就一下子放鬆了。丁旭皺眉，帶他的前輩雖然說話沒什麼遮攔，但絕對不是不負責任的人。

丁旭來回摸著那些蓋著簡易遮擋帆布的石板，手指滑過，帶起一些石粉。有人在後面拍了一下他的肩膀，一個穿著工作服的碼頭人員提醒他，「麻煩讓讓，我們要起貨了，別受傷了。」

丁旭看了他一眼，那個人的帽檐壓得有點低，正在檢查大理石板的簡易搬運裝置。他蹲下身看了一下捆綁著四角的帶子，確定不會在中途鬆開，一點一點地檢查得很仔細。

吃晚飯的時候，丁旭接到船方的通知，因為這兩天天氣很好，海上風浪小，裝運貨的速度比預計得迅速不少，可能今天晚上就能裝載完畢。跟李盛東拼船的那個貨主也特意來找丁旭說了一聲，他們的手續辦好了，只差最後的放行通知單，所以來提醒丁旭，讓他做好提前放行的準備。

碼頭上是日夜輪流作業的，設備的運轉收費不低，而且光船停靠一天的噸位費就大約二十萬人民幣，這些可都是算在公司頭上。因為天氣風度的關係，延誤幾天或提前放行都是常有的事。

提前放行需要幾位貨主同時簽字。李盛東的輪胎早就裝完了，痛快地先簽了字；由於丁浩也有在合約上掛名，下午剛到家，就被李盛東拖來碼頭了。

丁浩有點不高興，一邊簽字一邊嘟囔，「李盛東，你幫我隨便簽一個不就好了？我剛到家，還沒喝口水就聽見下面有人在死命按喇叭……我說，你是在哪裡找司機的？怎麼跟黑社會一樣？」

李盛東的臉色很難看，他也是被臨時通知叫來的。他坐在丁旭的值班室裡，被肖良文擺了幾次臉色，但除了肖良文那張冷臉，旁邊陪他來的李翻譯也讓他有夠鬱悶！

拼船的貨主是個中年人，他跟著跑了兩天，臉色都有點疲憊了。他等丁浩簽完字，立刻把登記完的所有單子拿給丁旭看，「真是對不起，我們是小企業，運輸的成本希望能省就省……太麻煩您了……」

他連連道歉，讓在座的各位倒是有點不好意思了。李盛東先發話，擺手讓他坐下來再說，「老洪，你太見外了！這是好事啊，早點辦完，我們大家也能早點回去休息！來來來，站著幹什麼，快進來坐！」

拼船的洪老闆訕訕地笑了一下，走進來坐下。

李盛東原本跟李華茂各站在一邊，看到洪老闆走過來，立刻熱情地起身讓出自己的位置，去跟李華茂擠了。

沙發有點小，幾個大男人坐在一起有點擠。李華茂自從李盛東坐過來就不停往外挪，他一動，李盛東就靠過去一點。李翻譯實在被擠到受不了，還想再挪，但差點就要掉下去了，他因此懶得再往外挪，歪頭撐著手臂看向別處。

他一放鬆、不太排斥了，李盛東心裡也舒服了一點，不再擠他了。

丁浩在一旁打著哈欠看丁旭認真核對，又勾又畫地在每頁做標記。他等得有點不耐煩了，白斌還在家等他一起吃飯呢，有完沒完啊。他忍不住催促丁旭，「我說，能快點嗎？」

丁浩這句話真是說到了洪老闆的心裡，也出聲應和了一句，「我們的手續都辦好了！通關的文件下午也送來了，最底下那份……能快點嗎？」

洪老闆問得很小心，但是藏不住那份迫不及待的心情，看起來很著急。

外面又有人敲門，這次是碼頭的工作人員，穿著一身長袖工作裝。這邊晚上有點冷，他也沒摘下帽子，帽沿依舊壓得很低，「船在催了，明天會颳大風，不好走。」

洪老闆聽見他這麼說，又看向丁旭，「這個，別的都弄好了……」一切就等丁旭去船上看一下放行了。

「好。」丁旭掃了那個碼頭工作人員一眼，沒有在他身上停留太久，「我打電話給胡科長。」

胡科長就是帶丁旭的老鳥，也就是昨天的那群老海關。他們接到丁旭的電話有點意外，不過聽丁旭說明完情況，就很痛快地答應放行了。關於放行的事他說得很簡短，沒有幾句話，倒是哈哈笑著跟丁旭開幾句玩笑，『小丁啊，你在碼頭可得照顧好自己，那邊是海上，風浪很大，不過等天亮就好了。』

丁旭嗯了一聲，「知道了，胡科。」

掛了電話，他神色如常地整理好桌面上的單據，拿著自己的工作證，示意要跟洪老闆他們一起出去。

「這些資料沒問題，不過還是需要去船上一趟。我們最後要檢查一下船上人員的攜帶物品，希望您能理解。」

這一項通常不會特意檢查，尤其是外籍船，因為容易引起糾紛。丁旭這幾天表現得像個新手，跟在前輩後面記著筆記，而洪老闆也是剛開始做出口買賣，對這些事不太懂，聽到是最後一個步驟就立刻點頭答應了。

「我懂！我懂！都是為我們好，呵呵……」

丁旭一動身，肖良文立刻跟著站起來，「我也去看看，熟悉一下流程。」他一定要跟在丁旭身邊，這幾天更像鐵了心似的賴著不走。

肖良文是本市的納稅大戶，跟海關也很熟，加上這幾天一直跟著在碼頭上跑，洪老闆只以為他真的是去考察的，略微遲疑一下也點頭答應了。

洪老闆笑著跟肖良文客套幾句，又看向李盛東他們，「李老闆，一起去吧？為了我們這一船的貨，這兩天也勞您受累了！」

李盛東想了想，也不多推脫，起身跟著走了。李華茂這次倒是很有自覺，跟著一起去，看見李盛東有點驚訝，他倒是笑了，「你不是說船上有老外嗎？我這個翻譯不跟過去多不好啊，都對不起您給的那些薪水了，對吧？」

李盛東挑了一下眉毛，「知道就好！乖乖跟著，別亂跑，要是大半夜掉進海裡，我可無法把你撈回來！」

李華茂翻個白眼，「是，跟著你就倒楣啊……我都習慣了。」

他們兩個一路一邊鬥嘴一邊走出去後，值班室裡的丁浩也想離開，不過他不是跟著去船上，他要回家。

洪老闆看到丁浩往外走，連忙攔住他，「丁少，船在那邊呢，走錯路了。」

丁浩笑著跟他擺手，「你們去吧，我對這些也不懂，去了也沒事幹，先回家了。」

洪老闆不讓他走，又勸了幾句，「丁少也一起去看看吧，萬一還要簽字，還得跑去找您呢！」

丁浩看到比自己歲數大的人這麼小心地說話，也有點拉不下面子。他如今改過向上了，被人這樣說幾句也不好意思繼續坐著不動，只能起身一起過去，「好吧。」

那個碼頭工作人員在前面帶路，走得很快，跟後面幾個人隔著不短的距離。

晚上，碼頭的風吹得有點大，丁旭的外套被吹得直作響。肖良文走在前面，那頭平頭，風無論如何都吹不亂，只是西裝外套被吹了起來。

丁旭看著他的背影，似乎看到他跟多年前的肖良文重疊起來，那個時候，這個臉黑心黑的傢伙也是堅持走在他前面。

肖良文說過，就算死，他也要死在丁旭前面。

——我無法看著自己失去你。

——我不知道自己會做出什麼……

——丁旭，我動了槍，你會恨我吧……還有，你會為我哭嗎？

丁旭上船前跟李華茂說了幾句話，見到他搖頭，又去找丁浩了。

李盛東看見他們兩個咬耳朵，表情更怪了。等丁旭走了，立刻過去追問李華茂，「他跟你說了什麼？」

李華茂只以為他是擔心海關再找麻煩，攏了攏被風吹起來的衣領，縮著脖子答道：

「沒說什麼，他就問我帶手機了沒……」

按照規定，進入碼頭臨檢區域是不許帶手機的，主要是怕影響到海上船舶接收信號。李華茂是守法良民，一進來就上繳了，現在還放在大門口警衛室呢！

李盛東看了前面的丁旭一眼，還是有點不放心。他當年上學時把丁旭當成了女生，那幾年丁旭還沒成熟，確實很漂亮。可如今丁旭的身高拔高了，雖說還是模樣俊秀，但明顯能看出是男人了。李盛東頭一次覺得丁旭也有點不能放心，尤其是李翻譯在這段時間連假外國人李夏都不放過，就更危險了。

他忍不住上前，低聲跟李華茂多說了幾句，「我先跟你說好啊，你可別打他的主意，人家肯定看不上……」

「知道、知道，看不上我，對吧？」這句話李老闆一連說了好幾天，李華茂都快能背起來了。李翻譯忍不住反抗了一句，對李盛東翻白眼，「你怎麼管那麼多啊？人家看不上我，就會看上你，可以了吧？」

李翻譯無心的一句話，正戳中李盛東當年不堪回首的往事。李盛東這次被嗆得厲害，嘴巴張了張，愣是說不出話來。

丁旭找丁浩借手機是對的，這位一看就不是守法公民，身上不但帶了手機，還有兩支。丁旭過去跟丁浩說了幾句話，風有點大，丁浩並沒有聽得很清楚，這時，前面的洪老闆又來叫人了。

洪老闆看了看手錶，又看看丁旭，很迫切地問，「梯子已經放好了，我們上去吧？」

丁旭點頭說好，跟著洪老闆走了兩步，又跟丁浩說，「丁浩，你有懼高症，就別勉強自己跟過來了。在這裡等我們，我們等等核對完船員的情況就下來，很快。」丁旭看著他又補道，「不會等到天亮。」

丁浩愣了一下，馬上笑著接話，「好，好！那真是太謝謝你了。我就在碼頭上等吧？你們快點，天氣很冷，我還想回家喝口熱湯呢。」

丁旭都這麼說了，洪老闆也不好再勉強丁浩上去，帶著幾個人一起上了梯子。丁旭稍微落後他一點，跟在後面走得很慢，握著粗糙防護欄杆的手握得緊緊的。

他知道身後是肖良文，聽到後面比他還緊張的喘氣聲，心裡忽然放鬆了一些。

丁旭大概明白是怎麼回事了。這船貨有問題，他跟胡科長講電話時，對方提醒了他一句：海上風浪大，等天亮就好了。

這句話丁旭以前聽過一次，也是帶他的老海關說的。以前緝私局還沒成立的時候，海上緝私的事也是由海關負責，那幾年事情很多，開快艇追船的戲碼很普遍。老海關們說，他們當年爬緝私艇才叫大膽，那些歹徒身上配著槍，可不是鬧著玩的。

海上風浪大，說的不只是天氣，還隱晦地指有情況。等到天亮，這句話的意思大概是原計畫天亮就會有行動。

丁旭心裡想著，臉色不露出分毫。他認識李盛東跟丁浩，尤其是丁浩，如果知道這船貨有問題是不可能參與進來的。那麼，李盛東跟丁浩排除嫌疑……剩下的就只有拼船的洪老闆了。

丁旭要做的就是穩住船主，穩住洪老闆，盡力拖延時間。

李盛東也是貨主，這次上來沒什麼特別的事，只是陪丁旭再檢查過自己的那艙貨物。有幾個船員打開艙門，陪他們一起進來，貨物放得很整齊，大部分是散裝的橡膠輪胎，只有個別是已經打包起來的。丁旭有意拖延時間，拆了兩個木箱。這種做法不是很合理，李盛東在後面，臉色不太好看，因為他裝箱的這幾個貨物有一部分藏了電視機。不過李盛東的運氣還不錯，拆開的這兩箱都沒有散裝零件，可是他臉色依舊不好看，因為丁旭已經讓人拆第三個了。

船長是個外國人，他用英文和李華茂交談幾句，又指了指丁旭。

李華茂把他的話翻譯過來，有點為難地對丁旭開口，「他說，你這是很不尊重的行為。以往沒有在船上這麼苛刻檢查的海關人員，而且他們的船沒有違規記錄，希望能儘快起航。」

洪老闆對丁旭如此細緻檢查也有點不放心，擦了一下額頭上的汗，一起建議，「是啊，是啊。這艘船畢竟不是中國籍的，弄出事情也不太好……」

丁旭不聽他的，依舊讓人把第三個箱子打開，「開封。」

拆開第三個的時候，果然發現了一部分夾藏的零件。

李盛東沒騙人，這些東西數量不多，而且在國內不值多少錢。但是發現了夾藏，就必須重新上報，丁旭認真地把箱子編號記下來，「李盛東，你的貨艙裡有違規貨物，這屬於私藏，需要重新再檢驗。」他把寫完的單子撕下來給李盛東，準備出艙下船，「請明天交齊罰款再來申報，抱歉，今晚船不能……」

「小心！」

丁旭還沒說完，就被肖良文護住了。肖良文往一旁連退幾步，手臂上挨了一記鐵棍才擋住。

洪老闆身後的幾個船員都去撿角落裡的鐵棍，一齊圍攻上去。

「他們是在故意拖延！別讓他們下船……！」

李盛東也踹翻了一個船員，拖著李華茂躲到另一側的輪胎堆裡，「這他媽怎麼回事！！靠！洪老闆你瘋了啊？！」

洪老闆像是被逼急了，眼睛都瞪出了紅血絲，「別跟他們廢話！實在不行就扔到海裡……天亮之前必須開船！！」

聽到這句話，已經有船員放下手裡的鐵棍，掏出腰間的手槍。

會扔到海裡的，從來只有死人。

這時丁浩在下面縮著脖子站著，旁邊有個碼頭的工作人員，不知道是在看船還是在看丁浩，站在他面前不走。丁浩從剛才丁旭說的話裡聽出了一點不對勁的地方，有懼高症的明明是丁旭，可是丁旭那句話聽起來又不像在開玩笑，像在提醒他什麼。

丁旭說，不會等到天亮。

看著眼前的大船，丁浩不聲不響地按下口袋裡的手機。他換了不少手機，可是最方便按的那個快速鍵一直都是白斌的號碼。

白斌接到電話的時候，正在書房，接起來先是一陣嘶嘶聲，因為港口的信號一直都不好。

白斌沒有起疑，從書房繞去客廳陽臺，再聽的時候，就察覺到不對勁了。

電話裡的聲音很輕，還能聽到風吹過的嗚嗚聲，白斌聽到丁浩在跟什麼人對話，斷斷續續地傳來幾句。

『……今天晚上放行，這艘船什麼時候會到啊？提前了一天，能省下不少……』

『碼頭上的風大……挺冷的啊。』

白斌聽著丁浩鎮定自若地說話，心臟沒來由地加快——他有一種很不好的預感。

『……呵呵，我們不辛苦啊！人家海關只有一個人驗貨才辛苦呢……唉，我覺得不用等到天亮就能結束！！』

這句話的聲音很大，白斌聽得很清楚。他害怕通話會為丁浩帶來危險，立刻掛斷，撥了幾個特殊的號碼。

白斌對這些號碼很熟悉，這是非常時期才需要聯繫的人，但他沒想到有一天會用在丁浩身上。

電話響了兩聲就被接起來，那頭的聲音聽起來很懶散，但也帶著軍人的強硬，『喂？』

白斌皺著眉頭，把聲音壓低，「潘峰中校，我需要你帶隊協助……對，軍需物資可以在許可權內調動。」他稍微平緩了一下聲音，又補充道，「請當成A級任務對待，必要時，可以高出一格調取物資，由我承擔全部責任。兩個小時內，請務必到D市小港。」

另一頭吹了一聲口哨，聲音倒是認真起來，『放心吧！你擔責的話，高出三格以內都能取到物資！』接著是幾聲踢床板的聲音，似乎在叫人起床，『你們幾個，起來了！去給我把七八一團的直升機搶來！白斌，一個半小時，我們絕對能到！』

白斌掛了電話，也開車趕往小港。他看了一眼腕錶，現在已經是淩晨了，從市區趕往小港的路並不好走，平時需要一個多小時才能到。白斌很擔心丁浩，心急如焚，一路上都沒放開過油門。

等到了小港的大門監管處，門口已經停了十幾輛的緝私警車。全副武裝的緝私警察正在陸續進入，白斌站在港口大門，聽著那些從自己身邊小步跑過來的「嚓嚓」聲，心臟不受控制地收縮。

他平生第一次後悔，不該這麼輕易就答應讓丁浩出門，不該讓他接下這單買賣……

白斌的眉頭擰成一團，他看著從小港延伸出去的那段引橋，甚至能隱約看見停靠著的船舶。

——天色微亮。

船艙裡被輪胎塞得滿滿的，帶著一股濃重的橡膠味，熏得人直皺眉頭。

李盛東拖著李華茂躲在一處角落，手捂著李華茂的嘴，小心地打探四周。

李華茂的腰也被他死死勒住，嘴巴裡也有他手上的汗味。兩人緊貼在一起，這麼近的距離下，他能聞到李盛東身上淡淡的血腥味。

剛才一片混亂，他還來不及看清楚就被李盛東捂住頭壓倒了。李盛東應該是替他挨了一棍，他還記得聽見鐵棍敲在皮肉上的悶響，聽那聲音，那一下可砸得不輕。

李華茂怕壓到李盛東的傷口，稍微前傾一下，立刻被勒得更緊了。

「別動。」

李盛東貼著他耳朵說話，聲音沒比喘氣聲大多少，甚至連嘴唇都貼上來了。

他不會安撫人，只能再抱用力一點，讓李華茂不要擔心。李盛東現在沒有什麼花花心思，他在心裡估算了一下船上的人數。

他剛才踹倒兩個，可能一時半會爬不起來；那邊的肖良文出手更狠，估計躺下的那幾個人都暈倒了，他得儘快想到逃出去的方法。

李盛東的記性很好，他進來一次，就記住了船上的路線。船艙裡很簡陋，只是用露天的鐵皮加蓋成的，這種船艙的照明設施不好，加上外面天還沒大亮，也許可以冒險……李盛東聽到那些人扔下鐵棍，為槍上膛的聲音，忍不住低聲罵了一句。

感覺到懷裡的李華茂縮了一下，他又下意識地勒緊手臂，低頭看一眼。

「沒事，別怕啊。」

李華茂僵在那裡不敢再動，只感覺到勒在自己腰上的那隻手臂很用力，手臂上傳來的熱度也一直彙聚到心臟。那種莫名的心跳又開始復甦了，正一點一點地加快。

肖良文那邊的情況比他們糟糕，這些人一開始就把注意力放在他們身上，肖良文早就料到他們會有槍枝，所以沒有靠拳頭蠻幹。他身邊還有丁旭，現在不是逞英雄的時候，安全才是最重要的。

一旁的橡膠輪胎厚重，被子彈射中雖然不至於穿透，但也立刻漏氣、塌陷了一些。

肖良文躲在後面，仔細聽了一下，「三把槍。」

子彈應該也不多，那些人只是威脅性地開了幾槍，喊話讓他們出來，並沒有多浪費子彈。

丁旭和他擠在一起，船艙裡的燈只能照亮前半部分，而後面放了太多貨物，不容易看清。丁旭的帽子不知道掉到哪裡去了，額上的頭髮被汗浸濕一縷，不過看起來也有心理準備，並不慌亂。

「最晚還有半個小時，胡科他們會來支援。」

他看了肖良文一眼，見到對方只是點了一下頭，沒有太大的反應，忍不住又提醒道：「他們還有半個小時才到。肖良文，你有帶槍吧？」

看到肖良文搖頭，丁旭忍不住火大起來。這個人是怎麼回事？在生死關頭還騙他！

「肖良文，我明明在你抽屜裡看過……」

肖良文看著他，眼神難得堅定，「丁旭，我很久沒動槍了，以後也不會再碰。」

丁旭不說話了，他幾年前曾在肖良文抽屜裡見過那支藏起來的手槍，兩人還為此發生過爭吵。

丁旭一直都不贊同肖良文做這些事，他的潛意識難免會把現在的肖良文跟過去的他重疊起來。過去的肖良文，沒有那麼自控，而現在的這個，已經在默默之中為他付出、改變了許多。

丁旭說過的話，他都記得。雖然做得不好，但是他在努力改變自己。

為丁旭對他的好，也為他們今後的安穩生活。

肖良文摟住丁旭，低頭在他額上親了一口，「沒事的，相信我，我會帶你出去。」

丁旭抓緊他胸前的衣服，手指將他的衣襟勒到變形，「……你……你明明知道今天會發生這些事情！明明都知道……為什麼偏偏今天沒帶！」

以前不知道爭吵過多少次的話題，在這生死存亡的時刻顯得有些可笑。

「我剛從X市回來的那次，就得到消息說那批毒品北上了。直到前幾天，我才確定它們流到了這裡。丁旭，我知道你工作上不順利，你比他們都優秀，但是每次都不會被提拔……是因為你父親的關係吧？」

肖良文的聲音很輕，卻讓丁旭抓著他衣襟的手漸漸失去力氣。

「我想讓你立功，又不能告訴你、打亂你們的計畫。可是我又不放心你……抱歉，我只能用自己的笨方法來陪你。」

丁旭的眼眶有點泛紅，他從沒聽過如此動人的情話。即便如此，他還是很氣肖良文不顧他自己的安危，氣肖良文沒有告訴自己這些。只不過是為了他身上的這件衣服，比起活生生的人，這些有什麼可比的？他忍不住嗆了肖良文一句，「你……是來陪我送死的嗎？」

肖良文更抱緊他一點，在他耳邊保證，「我不會讓你死的，丁旭。」

丁旭的聲音有點哽咽，難得帶了點怒氣，像是回到了他們小時候。

「你也不許死！可惡！平時一點都不聽話，怎麼今天偏偏不帶槍，你是故意的吧，肖良文！」

「丁旭，我……」

「閉嘴！等回去再收拾你！」

依舊是凶巴巴的口氣，但是這次，難得心意相通了。

肖良文在他頸間蹭了一下，笑著說了聲好。

他曾經歷過幾次這樣的場面，但是從沒有一次值得他這樣銘記，甚至……帶著一些溫暖。他已經開始期待回家之後的事情了，「回去之後，我再也不會惹你生氣了，丁旭，我……」

接下來的話被船體的一陣晃動打斷，丁旭的臉色不太好，肖良文也皺起眉頭——船開動了，這意味著這幫人準備逃跑，等到了大海上，他們要活著逃脫的機率更小了。

原本在碼頭上等的丁浩此刻也被人拿槍指著，一步步逼上船。丁浩的雙手高高舉起，一副「我很配合」的樣子。

「大哥，我跟他們不熟……你先放了我吧？我回去絕對不會報警，真的！我發誓……好好好，我不說了！」腦袋上被砸了一下，丁浩稍微沉默一會兒，又忍不住說，「……您把手槍拿好啊，我覺得可以先把保險栓掛回去，這樣開著太不安全了……好好好！我閉嘴、閉嘴！」

拿槍指著丁浩的，正是那位碼頭的工作人員，他聽到丁浩沒完沒了地說著也很不耐煩，又用槍戳了一下丁浩的後腦勺，讓他走快點。

「快上去！要開船了！」

丁浩在心裡罵了他一句！他媽就是開船了，才要走慢一點好嗎！真以為他傻了嗎？你要開船逃跑，我這個人質還配合你？是誰腦袋被驢踢了，這麼大公無私啊！！

丁浩上了甲板，很是鬱悶，依舊保持雙手高舉，不敢惹怒歹徒。他的命很金貴，還等著跟白斌過一輩子呢！正嘀咕著，他就聽見一陣轟鳴聲，由遠及近傳來。

丁浩抬頭看著天上那個盤旋不去的東西，有點傻眼。

後面持槍的那個人也有點結巴了，「這、這他媽是什麼？」

丁浩吞了口唾沫，「不、不知道……」

後面那個人著急了，手裡的槍沒拿穩，抖了幾下都撞上丁浩的耳朵，語調嚇到都變了，「媽的……

直升機、直升機……！」

潘峰帶來的人第一時間接到命令，要控制船的去向。現在船上的走私販已經察覺了，在船出逃的情況下，要保證營救成功的首要條件就是控制住船舶。直升機上的配備齊全，他們下達了信號干擾命令，在低空盤旋了幾圈後，船果然不再航行。

直升機在一定程度上配合了緝私艇的行動，幾艘小艇靠過去，將船團團圍住。船上的人不多，但是因為嫌犯手裡有人質，讓救援人員不敢輕舉妄動。

船艙裡的人也做出了回擊，向空中鳴槍示警！

白斌在封鎖線外聽著槍響，抬頭看了一眼，額間緊皺不展。

他是以特殊身分和潘峰一起進來的，姓潘的軍痞做了兩手準備，在空中和路上都布置了人馬。有幾個點跟緝私警相撞，還硬把人家趕走！潘峰他們在部隊裡霸道慣了，是靠實力說話，而且D市配備的緝私警人手少，裝備也沒他們好，所以這些傢伙就習慣性地欺負人。

D市的這些人也是脾氣好，看到他們開頭的特殊字母標誌，硬是忍了下來。

潘峰不在直升機上，因為他們分批行動，碼頭上也留了幾個人，預防萬一。要不是緝私艇都開出去了，看他們的眼神，估計也會搶一艘來用。這與他們受過專門訓練有關，同時也與部隊的作風薰陶有關，他們會這麼大膽又敢下手，都是在軍隊裡薰陶出來的！

幾年前，軍隊裡有這麼一句話：你會開拖拉機嗎？會開拖拉機，就給我上！

軍人摸打滾爬習慣了，只要會摸最簡單的操縱杆，幾乎所有運輸工具都敢開。飛機、快艇、裝甲車……不都是同一個操縱杆嗎！在過去的戰爭年代，高素質人才都是這樣鍛煉出來的。

潘峰穿著一身迷彩軍裝，在碼頭燈塔的隱蔽處觀察情況。他看起來不太緊張，情況這麼危急，也沒見到他把衣服穿好。幾年不見，他依舊是那副嘴角含笑的痞子樣，皮膚曬成古銅色，露在外面的胸膛跟當年一樣騷，唯一有改變的可能是他的肩章。

當年的潘中尉變成了潘中校。他跟白斌不同，不是家族下放來歷練的子弟，這是他自己紮紮實實換來的軍功。

胸前的接收器發出嗶嗶聲響，潘峰接到，立刻傳達下一步的任務。

「偵察組控制制高點，隨時提供可靠資訊！」

「狙擊組、逮捕組下軟梯，重點鎖定一號貨艙！狙擊組去佔領制高點，逮捕組接近現場營救人質！可使用爆破手段！重複一遍，可使用爆破手段！」

說完這句，他又接通了白斌那邊。

他們這些空降部隊來得太突然，把人家原本布控的部隊嚇了一跳。潘峰沒時間跟他們解釋，給了白斌一個他們專用的通訊器，都交給白斌去解釋了。

「白斌，跟他們說緝私艇靠上去。」

那邊沉默了一下，『船上有人質。』

潘峰笑了一下，「知道，我保證不會讓他少一根頭髮！」

白斌這次沒再遲疑，答應了他的請求，『好，我去說。』

現在這種情況下，已經沒有和平談判的可能。如果要保證人質的安全，閃電進攻是首選方法。

只有快，才能控制住，才有保障。

白斌明白潘峰的意思，但是一旦事情發生在丁浩身上，他總會忍不住再三考慮、再三確定。往日的果斷抉擇沒了，他的整顆心被持續不斷的槍鳴聲緊緊揪著，白斌皺著眉頭，看著逐漸清晰的海面，在沒有離開碼頭多遠的船上，他甚至能看到船尾甲板上的那抹米白色。

那是他昨晚幫丁浩披上的外套……

空降部隊的動作很迅速，現在已經強行打開了倉庫門，爆破進入。

裡面的情況比他們預想的好，帶著的催淚彈都沒有用到。借助倉庫裡的橡膠輪胎當掩體輔助，部隊順利解決了裡面的歹徒。他們的裝備規格高，佩戴的紅外線夜視鏡在船艙裡起了作用，輕鬆分辨出哪些歹徒攜帶著槍械之後，再度突擊，大大加快了營救速度。

而且，他們爆破進入的時候，門口已經橫七豎八地躺著幾個人了。其中還有流血不止的，看那傷口，是槍傷。

關於這些重傷倒地的人，被營救出來的丁旭是這麼解釋的。

丁旭扶著旁邊的肖良文，臉色淡淡地說了一句，「船員之間起了內訌。」言下之意，是他們自己互相誤殺的。

潘峰帶來的那幾個軍人互看了一眼。他們剛才跟那幫歹徒打了一場，可不認為那些人有這麼高明的槍法。不過這些軍人也不傻，聽見丁旭這麼說，也沒再多問。

他們的任務是把人救出來，其他的都不管。

被營救出來的四個人都是大難逃生，反應各不相同。丁旭和肖良文兩個互相扶持著，一貫的沉默，另外兩個姓李的，要不是礙於場合不對，幾乎就要吵起來了！

李盛東正沉著臉，一掌接一掌地推著李翻譯的額頭。他是火大了，也被惹急了。

「你他媽腦袋是被門夾了嗎？你念了這麼多年的書，都拿去餵豬了……靠！誰讓你用額頭去撞的？幸好那個人手裡是拿著鐵棍……呸！剛才那一棍要不是打偏了，你的腦袋早就開花了！」

想起剛才李華茂推開他，替他挨的那一下，李盛東心裡就忍不住冒火，現在也分不清是生氣還是心疼，總之就是火大。

他忍不住又推了李華茂的額頭一下，「靠，你腦袋進水啊……」

李華茂的額頭上蹭破了一大塊皮，又被李盛東來回推了幾下，痛得眼眶都紅了。剛才那一棍是揮向李盛東後腦勺的，想起那時候的危險，李翻譯的心裡也不好受，一陣陣地抽痛，快哭出來了。

「你才腦袋進水……」

他使勁揉了一下眼睛，把眼裡的那絲狼狽也揉走，啞著喉嚨頂嘴道：「我下咒了！我說要你這個人渣生兒子沒屁眼！！我下的咒還沒應驗呢，才會不讓你死……死得這麼輕鬆！！」

李盛東罵了一句，出貨艙前把那個人狠狠擁進懷裡，算是徹底服了。

「李華茂，你他媽也夠狠的！」

這句話不知道是在說那句詛咒，還是李翻譯的那股傻拚勁。

其他幾個船艙的歹徒也沒讓他們花多大的功夫，空降部隊和緝私警配合，個別擊破，順利將人抓捕起來。倒是甲板上的那個人有點麻煩，那個人似乎不是亡命之徒，抓著人質不肯放手，甚至斷斷續續地跟他們喊話：

「……我、我是被逼的！我女兒生病了，需要錢啊！對，錢……我還沒拿到錢！他們沒給我錢，你們不能抓我！我沒犯罪！我是被逼的……」

那正是抓著丁浩的碼頭工作人員，他的神情有點激動，手槍一直沒有離開丁浩的腦袋。丁浩聽著他瘋瘋癲癲地喊話，都能感覺到槍管跟著顫抖。他吞了一下口水，這要是一激動按下去……可就要命了。

空降部隊接到潘峰的指示，讓隊上有談判經驗的人上前規勸。

「你現在只是幫凶，情節不是很嚴重，還有將功贖過的機會……」談判的人一邊舉起雙手示意沒有武器，一邊觀察著那個碼頭人員的表情，在其能承受的範圍內緩慢接近，「如果殺害人質，就是重罪了。」

勒著丁浩脖子的手鬆了一下，但是當談判人員再靠近一點，立刻又勒緊！那個碼頭員工的眼睛已經紅了，「不！你們騙我！都退後！」他拿槍顫著手，敲了丁浩的腦袋一下，提出要求，「船！給我一艘船……立刻！！」

談判人員向後退了兩步，根據微型耳機裡的下一步指示，指向船的另一側。

「在這邊，你要的船……」

「你們都退後！！」

周圍的人默默向後退了一些，但是罪犯的情緒不穩定，期間一直拿槍指著丁浩，出聲威脅。等到他們退得夠遠，才拖著丁浩往船側走去。

丁浩被勒到幾乎快要翻過白眼，他是被倒退著一路拖過去的，別說試圖反擊了，好幾次都差點自己絆倒自己。這個人質也不好當，丁浩覺得他還是老實等待救援好了，尤其是腦袋上有一支打開保險的手槍。

丁浩正想著，冷不防被往後折過去，眼前看到一片海水湧動，他差點沒暈過去。

丁浩自覺自發地提出本分要求，「我說，您一定得抓好我啊……」

歹徒比他嚴肅多了，人家是在逃命，拿槍敲著丁浩的額頭要求他，「放軟梯！快！！」

丁浩這才看見下面有一艘空的緝私艇，他的頭被敲了好幾下，也不敢含糊，把掛在船尾的軟梯放下去。

「你也下去！」

丁浩被那個人扣住肩膀，只能單手下去，下得緩慢又艱難。他覺得自己的手臂快扭斷了。

那個持槍的碼頭工作人員還是不放心，他心裡緊張，一邊對丁浩吆喝，一邊小心翼翼地扭頭打量。

扭頭之間，他跟丁浩的腦袋稍微錯開一些。

砰——！！

白斌站在碼頭上，也聽見了那聲槍響，以及緊跟著墜落的那兩道身影，那裡面有他再熟悉不過的人……白斌一眨也不眨地看著那抹白色的身影落入海裡，濺起了浪花，然後消失了。

他有點不敢相信自己的眼睛。

潘峰從燈塔下來，伸展了一下身體，關節發出劈啪聲響，不過精神還不錯，「白……」

白斌對走近的傢伙，回頭就是一拳！他出手突然，又用了全身的力氣，潘峰差點被他一拳打翻在地。即便這樣，要不是旁邊的人反應快，將白斌攔住，白斌會再衝上去揍幾拳！

潘峰猝不及防地挨了一拳，也有些惱怒了，捂了嘴角對白斌低吼回去，「白斌，你瘋了！」

「我他媽是瘋了！」白斌的眼睛跟那一抹帶著血的海水一樣紅，也幾乎快滴出血來，「我就是瘋了……才會聽你的！！」

『報告潘隊！報告潘隊！目標已擊斃，人質被快艇安全救出！再重複一遍，人質安全……』

潘峰上衣口袋裡的通訊器嗶嗶響個不停，這些話的音量不大，但也足以讓白斌聽見。

潘峰索性坐在地上，用手擦掉嘴角的血水，對白斌咧嘴笑了一下，「白大少，下次聽清楚了再下手……嘶，真他媽的痛！」

白斌瞪著他，臉色依舊鐵青。

丁浩被安全救出了，他在海裡掙扎的過程中，還多虧了李盛東的那些輪胎。營救李盛東的那些個軍人下手特別狠，把露天船艙的加固鐵皮炸飛了一塊，輪胎像在滾水裡的餃子一樣，掀翻了半個海面。丁浩剛從海裡掙扎出來，就一頭套進輪胎裡，營救的人下手快，就連輪胎帶人一起拉上來了。

「謝謝……謝謝！麻煩幫我把這輪胎拿走，太謝謝您了！」

丁浩被緝私艇送回碼頭邊，濕漉漉地爬上去，一抬頭就看見了白斌。他想露出微笑安慰一下白斌，但一張嘴就打了個噴嚏！

他也不知道該說什麼，抓了抓被海水浸濕的頭髮，還是對白斌笑，「白斌，我沒事……」

白斌把自己的外套脫下來幫他披上，握住丁浩的手第一次發涼，都不比剛從海裡撈出來的丁浩暖和多少。

「我們回家。」

這次的動靜鬧得有點大，董飛和潘峰留下來處理剩下的事情，白斌實在沒心情再待在碼頭了。他嚐了一把心被提起來的感覺，現在還沒完全放回肚子裡，即便開車，也抽出一隻手來握著丁浩的。

停在社區樓下的時候，白斌還是忍不住在車裡吻住丁浩，他這次是真的被嚇到了。

丁浩不敢多說話，老老實實地張嘴讓他啃了半天，他的配合倒是緩解了白斌的情緒，吻到最後變成了唇與唇輕柔的碰觸。

白斌抵著他的額頭，也不管對方還是一身海水味，碰到了才算安心。

「我看到你掉進海裡，差點跟著跳下去。」

丁浩笑了一下，貼著他的額頭蹭了蹭，「幸好你沒跳！你看那艘船開得不遠，其實離碼頭有幾百公尺呢！你就算跳下去，也……」

白斌把他剩下的話含進嘴裡，一併吞咽下去，「沒有下一次了，我保證。」

丁浩的舌頭推讓幾下，卻被纏得更緊了，乾脆放鬆力氣，讓白斌嘗個痛快。

等白斌放開他，丁浩覺得自己的嘴巴都快被他親腫了，大著舌頭反抗，「白斌，很痛……」

丁浩如今說什麼，白斌都會想得很嚴重，聽見一個痛字，立刻就想起丁浩在這天晚上受的苦。

白斌皺著眉頭查看丁浩，他剛才有些慌了，都沒先看看丁浩的身上。

「是不是傷到哪裡了？我看看。」

丁浩的一身衣服濕漉漉的，白斌扯了半天也沒看到多少皮膚，只看見丁浩的後頸有幾個紅印，像是被槍戳的。白斌心疼得直皺眉頭，扭頭又發動汽車，「不行，還是去醫院吧，我不放心。」

丁浩連忙按住他的手，攔住他，「噯噯！你好歹讓我回家換一身衣服啊，白斌，你讓我沖一下澡，洗一洗再去。」

白斌不答應，天氣不冷，沾到水髒一點也沒事，他就怕從那麼高的地方掉下來，萬一摔傷了哪裡就不得了了。

「去醫院，我幫你找間套房，檢查完再洗。」

丁浩還在掙扎，「那我的衣服……」

白斌打了方向盤，一路轉出去，「先檢查，等等我從家裡幫你帶過去。」

關於衣服的事，白斌第一次沒有兌現承諾。他陪丁浩到了醫院，就立刻開始做各項檢查，只來得及拿一身病患服讓丁浩換上。

白斌在旁邊等，哪裡也沒去，醫生讓他站在哪裡就站在哪裡，讓他關了手機就關手機，就為了能在旁邊親眼看著丁浩，陪著他。

丁浩身上沒什麼傷，就是手臂被拉下海的時候有點扭傷，還有就是耳朵裡有點進水，這個用棉花吸一吸就沒事了。保險起見，白斌還是建議醫生用繃帶把丁浩的手臂固定住，他總覺得丁浩傷得很嚴重，「這樣比較不容易碰到。」

醫生哭笑不得，「他這是扭傷了！骨頭又沒事。不用包紮，你用那個藥膏、藥酒按時幫他揉揉就好了。」

丁浩又被白斌壓著去做了腦袋的核磁共振，結果還沒出來，就被扣留在醫院的病房裡。白斌找的是個大套房，還有客廳，跟家裡沒什麼兩樣。

洗澡的時候，白斌更是理所當然地陪他一起洗，期間又仔細地檢查了一遍丁浩的身體，摸到丁浩後腦勺被槍管敲出來的紅印，又皺起了眉頭，「很痛？」

丁浩這次可不敢喊痛了，剛想搖頭，臉就被白斌捧住了。

白斌坐在浴缸裡，面對面看著丁浩，一臉的擔憂，連說話聲都輕了一點，「別晃，頭暈吧？」

他看著丁浩從高空墜落，心裡還是有點陰影，生怕突然有個後遺症。白斌如今可是承受不起這份刺激。

丁浩笑了，用腦袋撞他一下，「白斌，你放心！我腦袋好得呢！」

白斌也被他逗笑了，躲了幾下，還是把丁浩抱進懷裡，貼著臉使勁親了好幾口。

白斌抱著他一陣子才有點真實感，勒著丁浩的腰往懷裡帶，小心地不碰到他受傷的手臂，「也不知道泡了熱水行不行……」

丁浩自己活動了一下那隻傷殘的手臂，「白斌，其實我傷得也沒多重，現在也感覺不到痛。」

白斌依照醫生說的，幫他順著推拿幾下，「別亂動，傷筋動骨一百天，這種傷得好好休養。」

丁浩靠著白斌的胸膛，半躺在浴缸裡，舒服得快閉上眼睛了。他的手臂其實就是拉傷了，連扭傷都算不上，而白斌揉得很輕，推了幾下，丁浩簡直都要睡著了。

事實上，他真的睡著了。

等迷迷糊糊地醒過來的時候，丁浩發現自己已經洗乾淨，換了一身新的病患服，躺在床上了。他抬起頭去找白斌，發現門是虛掩的，透過門縫可以看見客廳那邊有一點亮光。白斌似乎在講電話，聲音很低，隱約能聽到一點。

「……是，沒怎麼受傷，就是手臂扭到了。嗯，會多留幾天觀察……您放心吧，碼頭那邊已經處理好了……好，我知道……」

丁浩側著身體壓到手臂，還真的有點痛，又自己翻過去躺平了。就這麼輕的兩下動作，白斌都聽見了，掛掉電話進來看他，「醒了？肚子餓了吧。我買了粥，起來吃一點再睡？」

他走過去開燈，又把保溫壺裡的粥盛出一碗，小心地餵給丁浩，「有點燙。」

丁浩快一天一夜沒吃飯了，也不跟白斌客氣，讓白斌端著碗就自己大口吃起來。粥裡放了細碎的肉丁，煮得香軟嫩滑，丁浩一口氣喝了兩碗才放下勺子。

肚子填飽了，這才有力氣問白斌，「剛才是誰打的電話？」

白斌又幫他盛了半碗，哄他吃完，「爺爺他們打來的，問你醒了沒有。對了，浩浩，我只告訴了爸媽一聲，不敢告訴奶奶。」白斌這裡說的爸媽是丁遠邊夫婦，他平時也跟著丁浩一起這樣叫，叫得無比自然。

丁浩對他的做法自然沒有異議，「嗯，不用跟奶奶說，我都沒事了，就別讓她知道。」

白斌點頭，表示知道了，他看著丁浩吃完，又去收拾飯碗。丁浩現在才看見白斌身上也穿了跟他一樣的病患服，有點疑惑地問，「白斌，你也生病了？哪裡不舒服啊？」

白斌把東西拿去客廳，回來跟他解釋，「沒有，我的衣服也髒掉了，沒回家去拿換洗的衣服，就隨便穿了一件。」

丁浩喔了一聲，忍不住又看了兩眼，笑著問他，「白斌！你說，這樣像不像我們小時候啊？我記得那件病患服也跟這個差不多，都是條紋的。」

丁浩說的是他跟白斌掉進水裡的那次。由於李盛東那孫子的罪行，白斌跟丁浩直接被救護車送到了醫院，兩人在醫院同吃同住，穿的小病患服也一模一樣。

也是從那個時候起，白斌就跟丁浩「同床共枕」了。

說起來，住院那段時間，也算得上是白斌童年的一件美好回憶。

如今兩人穿了一樣的病患服，再回想一遍，心裡都有點感觸。丁浩表現得極為明顯，他攀在白斌身上，看著他問，「你今天晚上還要看書嗎？」

看見白斌搖頭，他立刻親上去，「那我們做吧？」

白斌怕碰到丁浩的手臂，不敢推開他，又捨不得推開他，「你受傷了。」

丁浩貼著他的唇磨蹭半天，聽見他這句話就笑了，在白斌嘴上咬了一口，慢慢地往他唇縫裡吐氣，「白斌，我真的沒事，你試試看啊？」

白斌被他撩得忍不住了。

他從丁浩上岸的那一刻就很想確認，確認丁浩真的回來了，擁抱、親吻都不足以讓他確定，唯有手足交纏、合二為一的那一刻，心臟才復位。白斌抱著丁浩，幫他穩定身體，手掌握著丁浩的腰來回撫慰著，稍微緩解一下猛烈進入帶來的刺激。

白斌的額頭帶著薄汗，控制了一下速度，「會不會、太快？」

丁浩夾緊了他，並不說話，只是偶爾牙關鬆開，溢出幾句喘息。

白斌親了他一下，唇角揚起一點笑容，身下的進攻卻更快了，他能從聲音裡聽出丁浩喜歡。

兩人在各方面都很有默契，這些年從未變過。小時候他想什麼，丁浩都知道，而丁浩想的，他從那雙骨溜溜亂轉的眼睛裡就能看出來。

「唔……嗯……不行！白斌、別……別在裡面頂……啊……哈啊！」

白斌吻住他的嘴，把誘人的聲音一起吻住。這些都是他的，是他一個人的。

「浩浩，放鬆一點。勒得這麼緊，我就進不去了……」

白斌還記得，小時候的他們穿著同樣的病患服，丁浩比他小，手腕、褲管都挽起一大截。這個小傢伙成天使壞，可是每次都樂於與他分享，白斌甚至覺得，丁浩是在用自己的方式逗他開心，讓他多笑笑。

丁浩做得很好，他每天都會被他逗笑，真的很幸福。

「唔……唔……」

最後緊要關頭，白斌壞心地吻住丁浩的嘴。每次在這時候堵住丁浩的嘴、用舌頭攪動，丁浩都會因為太舒服而哭出來，好像那些不能發出來的聲音都變成了眼淚，從身體裡逼出來。

白斌喜歡他情難自禁的樣子，更喜歡丁浩抱著自己，顫抖著釋放。

白斌含住他的嘴唇，一樣說了那句話。三個字，得到的回應一如既往的是劇烈的顫抖，以及快要哽咽的小聲。

白斌抱著他，覺得心再度被填滿。

這是他養大的，誰都不能奪走。

◆

丁旭立功了，船上的大理石板裡夾藏著一包包高純度的毒品，總共有一百七十五公斤。這玩意兒用一千克就可以判死刑，一下子從船上搜出這些，都能槍斃五分鐘了。

丁旭在此次的毒品走私案中有突出的貢獻，而且本人因公受傷，總關派來特派員，特地為他開了一次會。會議結束之後，丁旭的肩章做了調整，是最基本的一槓三星，特派員向他保證，以後也會考慮他的升遷，恢復他的待遇。

丁旭從關裡出來，就直接去了醫院。即便有了官銜，他心裡也不舒坦。丁旭還記得肖良文出來的時候，肩頭都被血沁透了，這傢伙悶不吭聲的，還準備自己去醫院隨便縫幾針，要不是看到丁旭臉色不好，估計都不會多待在醫院。

丁旭推門進去的時候，肖良文正在病房裡跟一幫人開會，看見丁旭進來後很高興，還招呼他來坐下，「丁旭，累了吧？這裡有水果，要吃嗎？」

旁邊站著一幫黑衣服的傢伙，統一的小平頭，看起來不像好人，但是他們在丁旭進來的時候，努力做出微笑。他們以前在丁旭面前說錯過話，被肖良文教訓過一頓，現在都老實了，不敢胡亂開口，見到丁旭也只是喊了一聲，「丁哥！！」

丁旭對他們點了一下頭，看著他們的髮型，又提了意見，「是比以前長一點了。」

那幫人很高興，不好意思地抓了抓腦袋，嘿嘿笑著。

他們以前是光頭，被丁旭說了一次「難看」，從那以後就統一改平頭了，幸好這次有通過。

肖良文把他們帶來的文件簽好字，讓他們拿走。

「可以了，明天下午再來一趟。西區的事先放著，不急。」

他們拿著文件畢恭畢敬地出去了，臨走時還體貼地幫忙關上門。

肖良文看著丁旭洗好櫻桃端出來，仔細觀察了他的肩章，忍不住瞇起眼睛笑了，「丁旭，很好看。」

丁旭坐在他床邊，語氣淡淡地回：「衣服沒換，只換了那麼一個小地方，有什麼好不好看？」

他拿一顆櫻桃塞進嘴裡，扭頭去問肖良文，「你吃不吃？」

肖良文有點愣住了。他看看丁旭，又看看丁旭嘴裡的那顆櫻桃，不太確定地問，「這個……是餵我的？」

丁旭垂著眼睛，用舌頭把櫻桃帶進嘴巴裡，「不吃就算了。」

肖良文幾乎是撲上去，吻住丁旭，汲取屬於自己的甜蜜，「我吃！」

他高興壞了，從來不覺得哪次受傷這麼值得過！以前受了輕傷，丁旭還會罰他睡客廳，哪有現在餵櫻桃的福利。當然，他私自出去做的那些事也不太對……

櫻桃早就被咬破了，肖良文這個粗人連舌頭都蠻橫得很，一通亂攪，簡直稱得上打架。丁旭被他親到最後，臉都憋得有點紅了，推了一把讓肖良文放開，「吃光了吧？」

肖良文有點不情願地放開，還是老實地點了頭，「沒了。」

丁旭做了一件讓肖良文目瞪口呆的事。他又拿了一顆櫻桃放進自己嘴裡，然後扭頭向肖良文示意，「還要不要？」

肖良文吞了吞口水，雖然美味在前，他還是先說出了自己的要求。

「吃了，回家也別讓我睡沙發好不好？」

這位有點擔心自己受傷會再次遭到冷凍對待，他不喜歡沙發，比抱著丁旭不能做更難熬。

丁旭笑了，唇舌間的鮮紅櫻桃誘人得不像話，「嗯，不讓你睡沙發。」

有了這句話，還等什麼？

肖良文這個人忍耐不了，立刻抱住丁旭「進食」。

櫻桃很甜，丁旭餵了他很多顆，如果不是要吐核，他都不捨得放開丁旭的嘴巴。

比起櫻桃，丁旭的嘴巴也很甜，讓人一貼上就不想放開。

丁旭今天出奇地配合，連肖良文解開他制服的釦子、抽出襯衫下襬，用手摸那滑膩的大片肌膚都默許了，直到肖良文打開他的皮帶，這才出聲阻止，「別……這是醫院。」

肖良文被他「餵」得心裡發甜，聽見他這麼說，貼過去親了一口，「我不進去，只摸摸……」

他喜歡丁旭的身體，好多次不能進入丁旭的時候，都是用手觸摸，然後回味著幫自己打手槍。

能在白天碰到這具身體真是太美妙的體驗了。

丁旭不太願意，不過也沒再阻止他。

病房裡的窗簾只拉了一層，還是能透進一些光，照得明亮。丁旭跨坐在肖良文身上，小心不去碰他的肩膀，上面還有槍傷，「你真是……太亂來了……」

肖良文正埋頭在他胸前，賣力用手和舌頭去享受自己的福利，聽見也只是停頓了一下。

「就這一次，丁旭，我很想要……」手指慢慢伸入褪了一半的褲子裡，小心擴張著，「我忍不住了。」

丁旭揉了一把他的平頭，「誰跟你說這個。喂，肖良文，我們以後實行獎勵政策怎麼樣？你不動槍，不再受傷的話……嗯……我、我就……哈啊……」

「滿足你」三個字幾乎是喘息地說出來，也不知道肖良文聽見了沒，但是能明顯感覺到那傢伙興奮了。

肖良文用手指一遍遍撫摸，從前到後，連縫隙都沒有放過。他看著丁旭顫抖著的腰，狠狠吞了一下口水，「這裡是特殊病房，除非按鈴，不會有人進來。」

丁旭又被他填入一根手指，抱著他的腦袋，小聲喘了一下。如果肖良文不那麼心急，這樣是很舒服，尤其是他提前抹了藥膏潤滑，三根手指的進入……似乎沒那麼困難。

「丁旭，我保證，再也不受傷了……」

灼熱的呼吸噴在耳邊，連同進入身體內的也是如此滾燙。挺動的速度不快，卻帶來難以言喻的熱辣刺激。

「我知道你擔心，呵呵。我以後，不會那麼拚命了……我想陪你一起……」

丁旭弓著腰背，奮力克制體內洶湧而來的快感，卻不知那樣只會讓自己不斷收緊，也只會讓那人更興奮罷了。

果然，搖擺的動作停頓一下，立刻又加快了。

等到肖良文洩了一發，丁旭全身都沁出了薄汗。他跪坐在肖良文身上，小心撐住微微發抖的腰問他，「你……很喜歡被餵櫻桃吧？」

肖良文還在感受餘韻，聽到丁旭這麼問，忍不住又起了反應。

這個人的嘴巴跟身體一樣老實，看著丁旭回答，「喜歡。」

丁旭嘖了一聲，他就知道肖良文腦袋裡淨是這些色老頭的想法，真是老土又好色！雖然彆扭，但他依舊沒有從肖良文身上下來。肖良文的肩膀受傷，這個姿勢比較好做，丁旭的小腹收放幾下，微微擺動腰肢，「還有沒有別的想要……做的？明天可不會答應你。」看著肖良文亮得嚇人的眼睛，他忍不住又補充一句，「不許……不許把櫻桃塞進來！」

肖良文覺得，今天真是他的幸運日，不，也許以後真的能過上好日子了。再動的時候，他忍不住把最肉麻的那三個字念了又念，直到丁旭臉色薄紅，用手拍他。

「有完沒完！都、都跟你說知道了，閉嘴，做你的！」

肖良文把自己深埋進丁旭的裡面，他正被自己深愛的人愛著，這恐怕是世界上最幸福的事了。

丁浩在醫院休養的這幾天，潘峰也來看了一眼。潘中校很多年沒有被人打了，尤其是臉，雖然他從白斌那邊撈了一些好處，但心裡仍有著壞點子。

他這次來，是故意來挑撥的。

潘峰坐在丁浩的病床邊，拿了一顆蘋果，隨便擦一把就啃起來。

「丁浩你不知道，我們當時都安排好了。談判是個引子，就是想讓那傢伙露出破綻，後面的狙擊手一直瞄準著！你也有感覺吧？啪——毫不猶豫就開槍了，哈哈哈！」

白斌在旁邊聽得臉色不好看，他現在最討厭別人講這些了，尤其是潘峰還用手比成槍的樣子，在丁浩的腦袋上戳。白斌看到潘峰動丁浩的頭，忍不住皺眉提醒他，「別碰了，那裡還有傷。」

這次輪到潘峰驚奇了，他盯著丁浩的腦袋，「沒有啊，看起來不像有傷……」他又仔細打量了丁浩全身，這次倒是笑了，「喲，脖子上這是怎麼了？有那麼多紅印，都是被槍管戳的吧？」

潘峰斜眼往下瞟，笑得更曖昧了。

丁浩把病患服的衣領往上拉，一點不好意思的表情都沒有，他臉皮厚，也不在乎潘峰笑他，還很自然地接道：「嗯，就是槍管戳的。」

潘峰咂了下嘴，摸著下巴讚嘆一句，「這把槍真利！」

好歹也是潘峰救下來的，丁浩對他的探望和及時相救表達了謝意，同時也委婉地指著自己的腦袋告訴他，「潘隊，您當初承諾不會傷到我一根頭髮，可是……您看，我腦袋這邊，被子彈擦過去燒焦了一縷……」

潘峰差點被喉嚨裡的蘋果嗆到，咳了半天才止住，「丁浩，沒人這樣說的！你也太過分了。」還沒白斌實在呢！

丁浩又遞給他一個蘋果，一臉誠懇，「當然，就算沒有實現『毫髮無損』的諾言，我也很感激您，還有您那些隊員。改天我們一起吃頓飯？」

潘峰接過蘋果，在手裡掂了兩下，看看丁浩又看看白斌，笑著點頭說好。

「好啊，到時候一起吃頓飯。先說好，酒得備足啊！」

丁浩連忙答應了，「那當然！」

他心裡還是很感激潘峰的，這個人是個可以結交的朋友。

聊了一會兒，又說起那天的驚心動魄，丁浩開了句玩笑，「潘隊，我看你們那幾個兄弟不像經常出這種任務！這次一來就直接爆破，下手很乾脆啊！」

潘峰挑起眉毛，也說了實話，「是啊！海上緝私的事我們沒幹過，平時訓練時不是偽裝成恐怖分子，就是反恐！下手都習慣了。」他看到白斌在旁邊又要變臉，哈哈笑著又接了一句，試著緩和氣氛，「現在任務也完成得很好，對吧？我們還是很在乎人質安全的嘛！」

傷到頭髮的丁浩勉強認同了潘峰這句話，但其他幾位不是很認同，他們的脾氣沒丁浩那麼好，身上還是受了一點傷。

李盛東離開碼頭就進了醫院。他身上多是被鐵棍及爆炸鐵皮弄的擦傷，傷得不重，可是處理起來很麻煩。李盛東沒選好躲藏的位置，跟空降部隊選的強行突破點一樣，破門而入的那一剎那，李老闆差點被炸飛。

李華茂傷得比他還輕，現在也跟著住進了同間病房。李華茂只是額頭有輕微的擦傷，包紮一下就沒事了，正坐在病床前幫裹成粽子的李老闆削蘋果。

李老闆在旁邊指揮他，「切大一點、大一點！這麼小一塊，夠誰吃啊？」

李華茂不聽他的，還是切成了細條。

「我自己吃，你怎麼這麼多意見啊，李盛東！臉上都捆兩圈了，你的嘴巴張得開嗎？」

李盛東聽了這番話，心裡舒坦了一點，看著李翻譯切完蘋果，美滋滋地張嘴等人餵。剛張開嘴巴，李翻譯拿起蘋果就餵進自己嘴裡，一邊吃還一邊對他嘟囔，「沒見過你這麼麻煩的，等等啊，我吃飽後幫你削……」

李盛東不高興了，「你那個不是幫我削的啊？」

李華茂對他翻個白眼，「廢話，我嘴巴也渴啊！你看你找的這間加護病房！護士不來，就連個送水的都沒有，要不是還有一袋蘋果，我都渴到想去喝自來水了！」

李盛東氣得扭頭不看他。他也口渴啊，這不是在想……趁兩人獨處能增進一點感情嗎！想起之前李華茂那段羞澀忍讓，李盛東心裡酸溜溜的，「你以前，對我好多了。」看到李華茂沒反應，又咳了一聲，「你以前！對我好多……」

李華茂捏了塊蘋果，塞進他嘴裡，硬是被氣笑了，「給你！吃吧，你嘴巴能張開嗎？噯！你別咬我手指！」

李盛東讓他餵了好幾塊，這才不吃了。他看了李華茂一眼，慢吞吞地開口，「你還會留在我這裡吧？」

話說得含含糊糊的，李華茂也跟他一起裝傻，「是啊。我跟你簽的合約還沒到期，就留在你那邊做翻譯吧！」不過他被李盛東傷了一次，看他不再作聲，忍不住又加一句，「等合約到期我就走，你也不需要翻譯了吧？」

李盛東急了，差點從床上坐起來，「誰說我不需要的啊！我、我是要走向國際的人……反正，你得留下！我說不定還需要翻譯！」

李華茂恨不得把盤子扣在他臉上，「不用說了！我知道……」

「你知道個屁！」李盛東按著他的手，不讓他走，「李華茂，你把我拖到這條路上，我才剛嘗出一點滋味來，你卻告訴我你要撤了？你玩我嗎？」

李華茂氣得發抖，「誰、誰玩誰了！李盛東，你講不講道理？我偷、偷偷喜歡都不行嗎！」李華茂暗戀了一輩子，這次終於光明正大地暗戀了，他覺得這樣跟李盛東吵架的自己真是蠢到家了。

那位抓得更緊了，一著急就把李翻譯扯進懷裡，粗聲粗氣地嚷嚷：「不行！我他媽都當真了！我們先交往一年，不行再說！瞪什麼瞪……就這麼說定了！！」

「李盛東，你這個烏龜王八蛋！」李華茂罵了一句，連帶震掉一串眼淚，把嘴巴咬得發紅，眼眶更是紅得厲害，「你要是敢、敢再耍我……你生兒子沒屁眼……嗚嗚！」

「噯！我說你這個人怎麼這麼狠啊……」

「閉、閉嘴！嗚嗚嗚！」

總之，李華茂沒走成，他被李老闆以「可能需要翻譯」的理由扣下了。也許一年，也許很多年，也許再也走不了了。

走私事件的另一個通知下來了，李盛東被送了一面大紅旗，上面寫著：見義勇為好市民。

跟這張紅旗一起送來的，還有一張罰款通知，上面明明白白地寫著此次爆破造成的廢棄物——就是他那一大半掉下海的輪胎——的清掃費用明細。當然，還有一些雜七雜八的費用，就連丁浩等人的醫藥費也都算在他頭上了。

李盛東拿著那張罰款單，臉都黑了。人都有一種攀比心理，尤其是被罰款的時候，更要問一下其他朋友被罰款了沒。

「丁浩跟我一起弄的，他被罰款了嗎？」

送紅旗來的是大祕書董飛，他委婉地對李盛東解釋了一下，「他也被罰了。」

應該跟錢沒關係，但是也算有一定的損失。

李盛東不傻，董飛這麼說，他就明白了——丁浩那孫子沒罰錢，只罰了他一個！

他心裡極度不平衡，看到董飛來，就忍不住覺得是白斌在整他。他就是貪一點便宜想拼船，雖然發生了這件事……這也不是他願意的啊。李盛東摸了摸鼻子，斜著眼睛看董飛，「這張單子上的錢，由我全出啊？」這可不是一筆小數目。

董飛避重就輕，指著那張紅旗提醒他，「丁浩沒有『見義勇為』的光榮稱號。」

李盛東嘖了一聲，「那把這張旗子給丁浩！」

董飛猶豫了一下，問他，「你只要罰款單嗎？」

李盛東不說話了。

在罰款單是必選項目的條件下，他還是留下了那面紅旗，不過每次看見，心裡難免一陣鬱悶。

而丁浩受到的懲罰微乎其微，白斌覺得這件事完全要怪自己疏忽大意，心疼丁浩都來不及了。家裡的長輩、晚輩們都輪番來看過丁浩，直到丁浩從醫院回到家裡，還有不少人來看他。

白書記夫婦從外省趕過來，看到丁浩臉色不錯才放下心。丁媽媽也在病房，丁媽媽剛退休，正好來照顧兒子，她跟白書記夫婦不常見面，以前也只是逢年過節時丁遠邊會帶她去拜訪一下，如今身分不同了，見面反而有點手足無措，「白書記、張姊……」

張娟對丁媽媽倒是很熱情，她家白斌很保護丁浩，連張娟也不敢對丁浩隨意開口，通常都只會誇獎，如果要往深處誇，那還得思索半天，生怕誇得不對會傷到丁浩的自尊心。

白書記問了丁浩的身體情況，聽見他說沒怎麼傷到之後，又囑咐丁浩多多休息。

「以後讓白斌幫你把把關，不用不好意思，一家人多操心一些也是應該的。」

丁浩趕在白斌前面開口，「對對對，下次我一定會讓白斌查清楚再去！都怪我貪財，嘿嘿！」他在下面捏了白斌的手，意思是不讓白斌再說自責的話，「我下次不敢了，您都不知道，白斌帶我三天一檢查，五天一會診的，全院的醫生我都快認識啦！」

白書記沒看見他們的小動作，倒是對白斌的做法表示贊同，「對，多看一下總沒壞處。浩浩，你好好休息，等好了，去我們那邊玩幾天，就當作散心。錢是賺不完的，不用急。」他指了指那邊的張娟，笑著告訴丁浩，「來G市，也可以跟你張媽媽學點小本事，她在那邊還是做得不錯。」

丁浩笑彎了眼，連忙答應，「好啊，等我好了就去，白斌今年的休假還沒用呢，對吧？」

他這麼一問，白斌也不好說什麼，點頭說了聲是，「到時候一起過去。」

張娟在一旁跟丁媽媽說話，也聽見白斌這句話了，看樣子是真的高興。她對丁媽媽也提出了邀請，「妳跟老丁有空也過來吧，忙了半輩子，也該到處走走，探探親了。」

這句「探親」說到了丁媽媽的心裡，她生怕丁浩在白家會受委屈，聽到人家真的把他們當成了親家，這才放寬心。丁媽媽笑著答應了，「好、好，等老丁忙完了，我們一定會去。」

白露也來看了丁浩，她是跟麗莎一起帶著小寶貝來的。小孩主動牽著白露的手，白露的神情完全是來跟丁浩炫耀的。

「丁浩，好好保重身體，多休養幾天啊。這次家長會我替你去，你就安心在家躺著吧！」

丁浩看了白露一眼，扭頭去問麗莎，「她怎麼還沒嫁出去？該不會沒人要了吧？」

白露的耳朵尖，聽得清清楚楚，眉毛頓時就豎起來了，「丁浩，你說什麼呢！」像是想起了什麼，白露眼睛轉了一下，蹲下去跟小寶貝說話，「今天白昊在幼稚園學了個新詞，我讓他跟你說說啊。寶貝，你今天放學的時候，跟姑姑說什麼？」

白昊看著她，小臉很嚴肅，「結婚。」

白露的眼睛都笑彎了，「對，要跟自己最喜歡的人結婚，寶貝你要跟我們家的誰結婚啊？」

白昊看看她又看看丁浩，眉頭微微皺著回答，「跟小爸爸。」

「不對啊，你剛才不是這麼說的！」白露不高興了，試著讓小孩說之前的話，「寶貝，你再好好想想，你不是說要跟姑姑結婚嗎……」

白昊看著自家姑姑，一板一眼地跟她解釋：「媽媽說，只能跟一個男生或者一個女生結婚。」這意思太清楚了，他為了丁浩，果斷放棄了白露同學。

這次輪到丁浩笑了，他招手讓白昊過去，「寶貝，來來來，到小爸爸這裡來！」他看著白昊走過來，猶猶豫豫地不敢太靠近，伸手把他抱到床上。「哎喲！都這麼重啦？真是長大了，哈哈！」

白昊靠著丁浩坐下，不敢動彈，小心地往外靠，「小爸爸受傷了，不能碰到。」

丁浩心裡甜滋滋的，抱住他使勁親了一口，「沒事！寶貝，你真是太可愛了，我想死你了。今天晚上別走了，留下好不好？」

白斌端水果進來就聽見了這句話。他就看了一眼，難得沒阻止，端著水果讓大家分了一圈，還囑咐麗莎，「回去時帶點水果回去吧，來看望的人太多了，送的水果也多，吃不完。」

丁浩在旁邊跟著點頭，他覺得自己可以開水果鋪了，光是果籃就堆滿了整間書房。

「白露也帶一點回去吧？在火車上吃。」

白露還在想小寶貝剛才的話，丁浩說什麼，她心裡都是酸溜溜的，忍不住想歪了，「我剛來，你就想要我走？」

白斌聽著他們對嗆，問了一下麗莎剛才發生了什麼事。麗莎笑著把白昊要跟他小爸爸結婚的話告訴白斌，白斌聽完也笑了。不過臨走的時候，他沒再讓白昊留下。

家人起先還瞞著丁奶奶，但是來看的人多，難免會有人回去傳話，就被老人知道了。丁奶奶急著要去看丁浩，在電話裡就開始替丁浩感到委屈，『浩浩啊，你沒事吧？哎喲，這是怎麼回事？你小時候都沒受過一點傷，我的寶貝浩浩這次可受罪了。』老人的聲音有點哽咽，沒說幾句又繞回來，『不行，我得去看看……』

丁浩連忙攔住她，「奶奶，這樣吧，我回去看您！啊，不不，我是說……療養！我們那裡不是有個溫泉度假村嘛，醫生說去那裡療養最好了！」丁浩瞭解丁奶奶，這時候跟她說身體沒事，老人肯定不會相信，得先穩住心態，「這個月不行，奶奶，我跟白斌想出去一趟，您就在家等我，我一定會回去！」

丁奶奶答應了一聲，聽聲音還是很不放心，『浩浩，你去哪裡啊？身體不舒服就別亂跑，有什麼事就讓白斌去辦啊。』

丁浩支支吾吾地遮掩過去，這件事白斌一個人真的辦不了，他們是要去解決個人大事的。

「我不是快要考試了嗎？滿忙的。奶奶，我保證抽空就去療養，您就在家等我吧！」

丁奶奶知道丁浩要考研究所，也沒再多說什麼，嘀咕了半天注意身體之類的，就掛了電話。

丁浩是要準備考試，但是這次外出，並不是為了複習。

他跟白斌出國了一趟，具體是去辦什麼事都沒跟別人說，就是回來以後，兩人手上都套了之前生日時送的戒指，這次，沒再摘下來了。

回來後不久，丁浩就參加了在職的入學考試。他心情好，加上白斌努力補習英文的成果，考完的感覺還不錯。丁浩為了保險，主要也是為了偷懶，報了個單證的在職，含金量不高。用丁浩的話來說，他是去學習知識，進行二次回爐改造的，也是為了在各方面充實自己。

丁浩這邊安定下來，進入學校後，白斌的心情也放鬆了一點。兩人忙完這段時間，白斌就提議回去看看丁奶奶，丁浩舉雙手贊同。丁奶奶前幾天還打電話來，說做了一些醉棗要給他，讓他帶回去吃，丁浩的嘴又饞了。

白斌這次索性請了長假，帶他一起回去。兩人買了一些東西，收拾好就開車回家。

丁浩在路上一直轉手上的戒指。他以前是把戒指放在懷裡帶著，如今套到了手上，還有點不自在。轉了半天，還是覺得太顯眼了，忍不住問白斌：「這麼戴好嗎？我怎麼覺得有點彆扭啊？」

白斌正在開車，聽見後轉頭看了一眼，看見他手上的小東西就笑了，「這樣不是很好嗎？我覺得滿舒服的。」白斌手上也有一枚，而且戴得極其自然。

丁浩看了他一眼，還是把手縮回袖子裡，扭頭看著窗外，「我們回去時應該很熱鬧。我聽說李盛東他們也回來過年了，還有張陽，都回來了……到時候大家一起聚聚吧？」

白斌點頭說好，「那就多留幾天，我陪你。」

丁浩不太放心，「到時候你的假就用完了吧？請了這麼久，還不回去上班好嗎……」

白斌正在等紅綠燈，現在人少，前面的紅色數字剛閃到五十八。他湊過去親了丁浩一下，聲音裡滿是笑意，「怎麼不行？我也得休婚假吧。」

丁浩在他嘴上咬了一下，也笑了。

丁奶奶在家準備好了飯菜，丁遠邊夫婦也早就過來了，一家人正擺餐桌，準備端湯來，就聽見了門鈴聲，跟門鈴聲一起響起的還有丁浩的大嗓門，「奶奶～奶奶我們回來啦！」

丁奶奶一邊應著一邊去開門，老人也笑得很開心，「來嘍！來嘍！我就知道是寶貝浩浩，這個急性子，聲音比門鈴還響！真是從小都沒變……」

門開了，站在外面的兩個人手裡拎著大包小包，尤其是丁浩，提著東西就先給丁奶奶一個擁抱！「奶奶啊，我想死您了！」

白斌站在後面看著他們祖孫倆親熱，臉上也帶著笑意，「奶奶，我們回來了。」

這場面跟很多年前一樣。那時候，小不點丁浩跟小不點白斌也是這樣，手牽手一起回來的。他們穿著同色的大紅色羽絨衣，有一圈毛絨，一人一隻厚手套，手套中間，用一根紅線緊緊相連。

真是，從小都沒變。

# 番外一　李夏打工記

丁浩的研究所入學通知下來了，報名的是Z大，依舊是跟著徐老先生。那些碩二生反過來叫他學長，一個叫得比一個親熱，其中以李夏為最。

李夏同學，碩二在讀，缺錢。

李夏的清貧在朋友圈裡有一定的知名度，這個大個子不會賺錢，而且往往不知道自己的錢是怎麼花出去的。李華茂作為大前輩，曾經也懷著一顆幫助同學的心，認真想為李夏找出缺錢的根源。

李華茂拿著紙筆認真地做記錄，「李夏，你這個月賺了四千塊，怎麼還不到十號就只剩下五百塊了？」

大個子想了一下，誠實地回答：「我買了個架子鼓。」

「一套四千塊？」見李夏點頭，李華茂又皺起眉頭，在房間裡找了一圈，抬頭問金髮大個子，「鼓呢？我怎麼沒看見啊？」

李夏抓了抓頭髮，有點不好意思，「那個，昨天鄰居嫌吵，我就轉手賣了……」

「賣了多少？」

「八百塊。」

李華茂一口血差點沒噴出來！手裡抓著的筆都有點不穩了，恨不得用筆戳李夏的腦袋。這裡面裝的肯定都是豆腐渣！

他深吸一口氣，「那還有三百塊呢？」

李夏站在桌子前面，更不好意思了，聲音也變小，「學長，我還要吃飯啊……」

對，就算是腦袋裡裝著豆腐渣的人，也是要吃飯的。李學長放棄同學愛，毅然決然地回去自己的小窩，再也不管這大個子的死活了，誰愛管就誰去管吧！

徐老先生對李夏的經濟狀況也表示擔憂，指派了幾個工作給李夏，有公開演講時去幫教授的忙之類的工作也都叫他去，李夏的日子因此漸漸好轉了。但是接下來的消息，讓徐老先生也棄李夏而去。

大個子捨不得自己的架子鼓，猶豫了很久，又悄悄把低價賣出的架子鼓高價收回來了……

徐老先生和李學長恨鐵不成鋼，憤憤罵道：「餓死他！餓死他……活該！」

後來還是丁浩解救了大個子。李夏以前做過照顧寵物的工作，雇主很喜歡李夏的陽光熱情，又幫忙推薦了幾份類似的工作。工錢不少，就是有個問題——星期日需要把大型犬帶到公寓裡照顧。

房東丁浩痛快地答應了李夏的請求，只要求他打掃乾淨就好。

丁浩也有目的，那時候李華茂已經搬到隔壁——李盛東那裡住了，他隔三差五就找理由去看看熱鬧，日子過得著實不錯。

自從李夏代養寵物，丁浩不但自己來，有時候還會抱著孩子來，熱鬧得很，像在逛動物園。

小白昊表示了贊同，並且對李夏的辛勤打掃做出了高度評價，「比動物園乾淨。」他看著李夏淚眼汪汪的，又大發善心地加了一個修飾詞，「很多。」

李夏這次代養的是一隻薩摩耶，不過是混種的，不純。這隻狗的主人買下牠時被騙了，狗販不知道餵牠吃了什麼，小薩摩耶在籠子裡來回翻滾賣萌，甚至用爪子來回勾著自己的耳朵拋媚眼……主人屈服了，買來養之後才發現這小東西是個懶蟲。

如今牠長大了，不但是個懶蟲，還是個性格極其悶騷的懶蟲。李夏伺候著薩摩耶，梳完毛也沒見到牠抬眼看一下，不過每次梳完毛，牠都會自己再舔舔。

丁浩覺得有趣，抱著小孩湊過去，「這隻狗凶嗎？」

李夏連忙搖頭，「不凶，不凶，牠平時都懶得叫！」

薩摩耶趴在地上抬頭看了李夏一眼，似乎在無聲抗議。

丁浩把小孩放下來，小心地隔著一段距離看，他還是不太放心。

「看起來滿大隻的，跟白昊一樣高吧？哈哈！」陪著白昊看了一會兒，他又問李夏，「這隻狗怎麼老是趴著？會不會生病了？一般的狗可沒這麼懶啊。」

李夏仔細回想了一下主人說過的話，向丁浩解釋，「牠的祖先曾經獲得過很多獎，有得獎的秋田犬，還有得獎的鬆獅犬……」

丁浩喊住李夏，他就算再不懂狗，也知道秋田犬是細長型的，但鬆獅犬是膀大腰圓的，而且這是薩摩耶吧？丁浩圍著狗看了兩圈，有點被搞糊塗了，「李夏，這是什麼品種的？」

李夏同學很誠實，把主人家的老底全說出來了，「雜種的。」還指了指趴著的那隻狗，「牠有薩摩耶的腦袋和皮毛，以及秋田的細腿、鬆獅的肚子……」

丁浩笑了，敢情這隻狗算聰明的，一趴下就把缺點都掩蓋住了。

雪白的薩摩耶犬還是很討人喜歡的，尤其是那身打理得發亮的皮毛，長長垂下，除了那對睜不太開的細長眼睛，整體還不錯。

「這一串有夠多的，不過，也很好看。」

趴在那邊的薩摩耶甩了兩下尾巴，從丁浩進來到現在，頭一次表示了歡迎。

李夏保姆的名號慢慢打響了，業務的種類開始拓展，偶爾也能接到一些比較輕鬆的，比如在丁浩某個不能抽身的星期六、日陪白旲玩耍。

白旲是個好孩子，一舉一動都是悉心教導過的，通常都不用特意照顧，只要陪他一起玩耍，在旁邊解答問題就可以了。簡單來說就是陪孩子對話、玩遊戲。

那天徐老先生過生日，在學校內的餐廳擺了幾桌。丁浩和白斌都去了，還特意抱小白旲去添添喜氣，也讓徐老先生高興一下。

老先生果然很高興，逗完小白旲，又忍不住跟丁浩炫耀了一下帶孫子的心得。

「現在的小孩真可愛，一個問題非要問十遍八遍，你跟他說完，還會歪著頭『啊？啊？』地再問一遍，呵呵。」

李夏垂著頭，聽到這番話，肉都吃不下去了。他幫丁浩照顧小孩，而小白旲也在學說話，不過跟徐老先生家的情況相反。

白旲近期去了一趟義大利，回來之後看到不是黑頭髮的人就會自動說外文，李夏這個頂著一頭金髮的人自然也不例外。白旲問一句，李夏就跟著「啊？」一聲，再問一句，又「啊？」一聲，最後孩子都不問他了，自己去玩自己的了。

李夏對著牆流淚，這世道太黑暗了，連孩子都會鄙視人了……

更讓李夏淚流滿面的是，丁浩在得知此事之後，不但扣他的薪資，還拿走了一隻奧特曼，以此做為他冷落白昊的懲罰。

丁浩說，「李夏！你不是外國人嗎？你怎麼聽不懂他說話啊？」

李夏也快哭了，「學長，我……我是美國的，又沒去過義大利！」

李夏能力有限，家裡的奧特曼也有限，實在禁不起丁浩苛刻，他又老老實實地幹回老本行。

李夏照顧寵物照顧得還不錯，而且比在酒吧上班清閒，生活也規律很多，李夏滿喜歡這種日子的，尤其是隔壁的李華茂學長，雖然嘴巴狠毒，但是和丁浩比起來實在是個好人。

李華茂學長偶爾會救濟李夏一些食物，那是他煮給放學回來的孫辰吃的，小孩需要營養，李夏那個吃了一頓沒下一餐的，就一起補充一下能量。李夏考試的那幾天，李學長甚至主動幫他照顧了那隻悶騷的薩摩耶。

李華茂是個細心的人，這一點毋庸置疑。他照顧人的手段遠在李夏之上，看李盛東跟孫辰這一大一小的精氣神就知道平時的伙食有多好。當然，李盛東老闆晚上會單獨加菜，他不太清楚是加了什麼菜，唯一知道的是廚師受苦了。

李學長照顧了薩摩耶幾天，還給李夏時的變化太明顯了。過來玩的丁浩一眼就看出了不同，「喲，真難得！牠白天能睜開眼睛啊？」

薩摩耶今天的狀態非常好，還自信地站起來，微微仰著頭讓丁浩看。

那一雙眼睛的確睜開了。

小白昊站起來跟牠差不多高，丁浩看著那隻狗，發出一句感慨，「李夏，你真的沒帶牠去割雙眼皮嗎？」他覺得這隻狗自從眼睛能睜開之後，整隻狗都帥起來了。

白昊皺著眉頭看著薩摩耶，「眼睛……」

薩摩耶高高地昂起頭顱，讓白昊仔細看，那雙眼睛忽閃忽閃地眨著。

「小。」白昊用最簡短的話闡明了自己的意思，他拉了拉丁浩的手，表示對這隻狗不感興趣，甚至跟丁浩交流了一下意見，「眼睛小，難看。」

丁浩是個溺愛孩子的人，抱起小孩親了親，順著他的話接下去，「對對對！眼睛小，真難看！我們去動物園看別的好不好？寶貝，小爸爸親一口～！」

李夏送丁浩他們出去，再回來時，那隻薩摩耶犬又沒精神地趴回地上了。牠舔著自己的皮毛，小心地撫慰內心的傷痛，不過這次太傷心了，以至於晚飯都沒吃幾口。

李夏擔心極了，伺候到半夜，也沒見到這隻祖宗再吃一點。眼看牠連水都不喝了，李夏同學慌了，穿著睡衣拖鞋，半夜跑去敲隔壁的門。

「學長！學長救命啊！我家小薩不肯吃東西……」

他敲的力道不小，門內的迴音更大，砰的一聲！似乎有個脾氣糟的人從裡面扔了什麼，砸到門上，期間夾雜著一句暴罵，悶聲悶氣地從裡面傳來：

「……想死啊！半夜敲屁門！！你學長在忙……」

接下來的話聽不太清楚，李夏趴在門口等了一會兒，直到裡面什麼聲音都沒有了才默默地拖著腳步回來。

他守在薩摩耶面前一晚，薩摩耶睡得很熟，但李夏失眠了。第二天，這隻狗一覺睡起來，該吃就吃，該喝就喝，偶爾站起來走幾圈，大部分時間還是懶懶地趴著，跟平常沒什麼兩樣。

李夏這麼粗的神經都覺得自己被耍了，他向雇主提出要求，點名不再接照顧這條薩摩耶犬的任務。不過後來嘛，心軟的李夏同學又乖乖自己回去看牠了。

薩摩耶依舊懶懶地趴在那裡，對李夏的到來只是抖抖耳朵表示歡迎，比淚眼汪汪、拚命說「拋棄你真是對不起，嗚嗚嗚！」的李夏同學淡定多啦！

# 番外二　溫泉之行

溫泉旅行的最初原因，是因為丁浩要去療養。

丁浩曾在海上被人拿槍指著腦袋，依照丁奶奶的說法，必須回來壓壓驚。正好鎮上有個溫泉度假村，每年來旅遊的不少，丁奶奶都替丁浩他們張羅好了，就等著丁浩回來了。

丁浩這次是帶白斌一起回來的。兩人請了半個月的假，特地回來玩。用白斌的話說，他們這是休婚假。

這時白老爺去看小白昊，正好跟他們錯開了，因此白斌二話不說，就帶禮物和丁浩直接去了丁浩家。白斌在沒名分前，十分注重與丁浩家人的互動，如今有了名分，也絲毫不怠慢。

丁媽媽聽到門鈴聲，來幫他們開門，推開門還嚇了一跳，「白斌回來了啊，來，快進來！」

丁浩在旁邊不高興了，「媽！媽，我在這裡呢！您好歹也看我兩眼啊！」

丁媽媽讓他們進來，拿手戳了戳丁浩額頭，笑了，「喲，還吃醋了！」

她問了丁浩一句，也不聽自家兒子嘟囔抱怨，注意力都放到了丁浩跟白斌的衣服上。現在丁浩跟白斌都脫掉了厚外套，露出裡面一身正經的西裝，一個比一個正式。

丁媽媽喜歡極了，誇了幾句好看，又問白斌：「怎麼穿得這麼正式，是來這裡開會路過嗎？什麼時候要出發，我現在幫你們做飯還來得及嗎？」

白斌頭一次有點不自在，他鬆了一下脖子上的領帶，不知道該怎麼開口解釋。

丁浩如今跟白斌是在同一條船上的，也不能眼睜睜看著白斌說實話。總不能說：「喔，我們結婚了，這一身正經八百的西裝您不喜歡嗎？」丁浩想想就覺得牙酸。他在家就說要穿休閒點，白斌死活就是不答應，他只好轉著眼珠幫白斌說話：

「那個，我們晚上有點事要出去，規定得這麼穿。」

丁遠邊坐在沙發上遠遠地看了一眼，看到丁浩穿著西裝不難看，心裡美滋滋的。客廳的桌子上擺了水果，丁遠邊招呼他們來吃。就算坐近看，丁遠邊依舊堅定地認為還是自家兒子好看。

丁浩在家休息了半天，吃過晚飯就被丁媽媽趕出了家門。丁媽媽看到丁浩一臉驚訝，她也有點疑惑，「浩浩，你們不是晚上要出去嗎？」

丁浩想起來了，都是這身西裝惹的禍，只好起身跟白斌手牽手去晃了一圈。因為這身價值不菲的行頭，他都不敢去有燈光的地方，淨帶白斌往黑漆漆的地方鑽。

現在是冬天，剛下了雪，踩在路上會咯吱作響。丁浩的手被白斌抓住、放進大衣口袋裡，兩人肩靠著肩說話。趁著天黑，白斌甚至在樓下親了丁浩一口，他說這是婚假，激動一點很正常。

丁浩覺得這太不正常了！他一邊推著白斌的額頭，一邊抗議，「白斌！你、你少來啊，我跟了你多少年，噯噯噯……你怎麼還咬我了！」

白斌可不捨得咬他，只是含住唇，用牙齒輕磨，「不一樣，這是休婚……」

丁浩怒了，他再不推開白斌，嘴巴就要被他親腫了！

「婚你頭，滾遠一點！從月初你就用這個藉口，你能換一個嗎！」

白斌不換，這個藉口太好用了，完全可以用好長一段時間。尤其是剛開始用這個理由的時候，丁浩從來不會拒絕他的任何要求，還帶著一點點羞澀。當然，隨著時間推移，他再用這個理由的時候，丁浩就不羞澀了。

兩人在社區繞了半天，白斌怕丁浩冷，沒在外面多待就帶他回去了。丁浩還在後面鬧，「嗳，白斌你不開會了？」

白斌咳了一聲，「嗯，提前散會了。」說完，就聽見後面的人悶悶的笑聲，白斌自己也笑了。

晚上住在丁浩爸媽家，丁遠邊看著他們特別自然地一起去洗澡……丁老爹再次失眠了。

他想了很多很多，翻來覆去地睡不著，眉頭皺著又鬆開。

他覺得自家兒子比白斌好看，但是，丁浩比白斌矮，這也是不爭的事實。丁遠邊以前沒想過那麼多，但如今看到兩人勾肩搭背的，又忍不住想起那個被他遺忘在角落的想法。

丁浩跟白斌……是誰那個誰？他兒子不會是在下面的吧！

丁遠邊拉不下臉去問丁浩，但是又不甘心，最後還是跟丁媽媽打探起情報。

「妳說，我們家丁浩跟白斌在一起……咳，白斌會讓他嗎？」

丁媽媽不像他想那麼多，以為他是在問白斌寵丁浩嗎？當下就點了頭，「那還用說，你沒看見他們一進門就又是幫忙掛外套，又是幫忙拿拖鞋的，照顧得比我們還周到呢！」

丁遠邊跟她說不通，著急得不得了，「我不是那個意思，我是說，白斌不是比丁浩大嗎……」

丁媽媽打了個哈欠，「大兩歲才會疼人呢！」

丁遠邊嘟嘟囔囔地，還想啟發丁媽媽，恨不得坐起來跟她嚴肅地談談，可是那話題不能提啊！

丁遠邊絞盡腦汁，用隱晦的詞語表達心中的想法，「妳看啊，白斌比我們家丁浩高吧？身高高力氣就大，難免會有點爭議、矛盾什麼的……」

丁媽媽的睡眠品質很好，聽著他說話，就像在聽催眠曲，「嗯嗯，力氣大好啊，公司要是分了一袋米、麵還能扛回來……」

丁遠邊胸口憋著一口氣，耐著性子啟發她，最後終於把丁媽媽的睡意趕跑，讓她睜開了眼睛。

丁媽媽很鬱悶，她忙了一天，就算是兒子們回來也得睡覺啊！

「老丁，你今天晚上怎麼了？一直嗡嗡嗡地沒完沒了，你是屬蜜蜂的嗎？」

「妳怎麼這麼說？我是很認真嚴肅地跟妳探討……」

「去去去！沒說你是蒼蠅就算給你面子了，大半夜還想聊天，你煩不煩啊！」

丁媽媽徹底沒了睡意，有一搭沒一搭地跟丁遠邊聊起來。

丁遠邊正在竊喜，但他還沒把話題重新帶到丁浩身上，丁媽媽就自動歪了樓，轉移到今年新結實的棉花上。

「你看，今年這被子做得多好！這是我媽特意留給我們的新棉花，雖然蓋起來重了一點，但這都是貨真價實的，如今外頭賣的都亂七八糟的……」

女人聊天跳躍的速度遠不是男人能比的，丁遠邊正在努力回想棉花的事，另一邊又開始說針織純棉布料，慢慢延伸到自己這個星期去喝喜酒，沒新衣服穿。

丁遠邊悶悶地翻了身，不出聲了。

丁媽媽說得正高興，忽然發現聽眾跑了，在後面推他了一把，問，「你怎麼了？」

丁遠邊蓋著新棉花做的被子，從牙縫裡哼出一句話，「棉花好，我熱！」

這條新被子的確很熱，此刻的丁浩早就踢掉了被子，被白斌抱著纏在一起，實在脫不了身。而且白斌下手太準了，他被掐住了要害，也不敢掙扎著要脫身，只能略微在白斌懷裡扭動一下，小聲抗議，「我今天累了！我要睡覺……」

白斌挑眉，「你昨天就是這樣說的。」

丁浩也是常拿同一個藉口來擋事的人，而且理由被駁回了，居然還很不服氣，「那是、那是因為你前天沒讓我睡好！」

白斌的手停頓了一下，立刻又去解丁浩的睡衣紐釦，咬著丁浩的耳朵安慰他。

「好吧，我今天快點。」

丁浩氣得用腦袋撞他，「白斌，你還很委屈啊！我告訴你，你這樣做是不道德的！你這是把自己的幸福建立在別人的……唔……」

白斌已經開始為自己的幸福行動了。他親了丁浩的耳垂一下，開始慢慢地動作，將手指探進去摸索，也不忘回覆丁浩的話，字字說得清晰有條理。

「浩浩，這可是我們一起『性』福的事。」

丁浩聽到他在自己耳邊笑，恨得牙癢癢。

他剛開始是很幸福，但白斌後來的沒完沒了他可承受不起啊！尤其現在是在自己家，他們家的門板有多薄，丁浩知道得很。打個比方，丁浩從這個房間大聲說他爸一句壞話，丁遠邊都能在三十秒內衝過來打他！

這段時間，白斌無論是情緒還是身體都太容易激動，丁浩平時就有點控制不住自己的聲音了，就更別說現在了。他有點困難地翻個身，咬著耳朵跟白斌小聲交談幾句，白斌搖一次頭，他就多加幾個字，直到最後，白斌才遲疑著點頭。

後來，丁浩差點在新棉被裡把自己悶死。

萬幸的是，棉花的隔音不錯，至少沒傳出去。

◆

丁奶奶打電話來催，丁浩也不敢多住在家裡，趕緊帶白斌去鎮上。

他們正好開車路過那個溫泉度假村，進去提前考察了一下。白斌特意訂製的西服的確不錯，就憑這身衣服，丁浩一到櫃臺，還沒開口就被推薦了一套總統套房。

櫃檯小姐笑顏如花，指著價位表上最貴的那套給他們看，「先生，您看，這是我們這裡最好的房間！有整面玻璃牆，晚上看夜景是最好不過了！」

丁浩一直覺得家鄉這邊消費不高，但是看到那住一晚的價位，情不自禁地開始數後面的零，「個、十、百……千？」

丁浩看著上面一晚八千的字樣，眼角也抖了抖。他們該不會走進黑店了吧？

丁浩在度假酒店裡暖和過來，跺了跺腳，又開始習慣性開玩笑，「戶口在這邊能打折嗎……」

他只是隨口一問，沒想到對面的女人立刻從抽屜裡另外拿出一份價位表給他。

「喏，自己看。」這次也沒多熱情了。

丁浩覺得手裡這個價位，的確不能再指望人家對你熱情，算是特別優惠價了，八十塊。丁浩摸著下巴看了半天，把人家上面的花紋都研究完了才還回去，「唔，我再想想，再想想吧。」

櫃臺小姐的服務態度還不錯，送了他們一份溫泉度假村的宣傳手冊，「歡迎您下次光臨！」

丁浩一出門就跟白斌抱怨，「白斌，你得賠償我經濟損失啊。你看，我把戶口遷到你那裡之後就沒優惠了，唉。」

白斌聽見丁浩這麼說，眼睛微彎起來。他這段時間心情一直很好，尤其是丁浩說的這件事更讓他高興。他揉了一下丁浩的腦袋，決定稍微安撫一下受害者，「好，等到了奶奶家，我做可樂雞翅給你吃。」

他這一句話提醒了丁浩，「對對，我們先去把菜買好，省得奶奶再出來。」

丁浩他們來到這裡都中午了，現在菜市場一定沒什麼好菜，就開車去了超市。丁浩在前面往購物車裡放各類蔬菜，白斌就在後面幫他把關，見到不滿意的會挑出來，另外選一份放進去。

蔬菜買完了，又買了一些魚肉。丁浩不愛吃魚，但還是拿了幾條大的放進去，白斌在後面誇獎他，「對，不挑食才能長高。」

丁浩對他翻了白眼，「白斌，你別看不起人，二十三歲還能長高呢！等我比你高了……」丁浩上下打量了白斌，眼神裡一點好意都沒有。裝夠了壞人，他又戳破白斌的美夢，「還有，誰說我要吃魚了？過年要圖個吉利嘛，來這麼多人，總得擺上一條應應景。」

這幾年，丁浩對魚挑剔得很，就連松鼠魚那種甜膩的菜也只肯吃上面那層炸過的。白斌為了這個翻來覆去地變花樣，但丁浩就是不喜歡，他也沒辦法。

白斌挑了一盒蝦放進去，又提醒丁浩，「快過年了，你大伯、姑姑家每年都會來拜年吧？我們多預備一點。」

丁浩應了一聲，買完這些又去拿零食和飲料。

白老爺去了D市，目的就是為了抓白傑一家回來過年。老爺爺的原話是這麼說的：白傑要是真的忙，就讓麗莎抱孩子回來，都一樣！

丁浩相信白老爺的實力，小白昊肯定會回來，到時候不免要抱來給丁奶奶看看，有小孩在，零食就得準備齊全嘍！丁浩正在挑東西，一轉身就碰見了熟人。

他看在買烤魚片的人格外親切，抬腳就過去跟人家打招呼了。

「丁旭！喲，這太難得了，還能在這裡碰見你！」丁浩說完，又去尋找肖良文的身影，這兩人也是分不開的，丁旭在這裡，肖良文肯定沒走遠，「你跟肖良文回來過年？」

丁旭點了點頭，看見丁浩還在找，回了一句，「別看了，他公司有事先走了。」

肖良文是從這裡起家的，老廠址還在這邊，每年過年都會習慣性地來這裡住幾天。正好碰到丁旭放年假，兩人也沒什麼地方好去，就一起回來了。

丁浩跟他聊了幾句，看見丁旭手裡的烤魚片笑了，「真看不出來你還會吃零食？」

丁旭連頭都不抬，對比了一下又拿了幾包其他牌子的，「不吃魚的沒資格說我。」

丁浩噎住了。

沒一會兒，白斌就過來了，丁旭看見白斌的這身衣服，也犯了個初級錯誤。

他下意識地問，「你回來開會？」

丁浩在旁邊偷笑。他今天已經把西裝脫掉，換上一身平常的衣服了，但白斌不肯脫，非要堅持什麼「特殊的日子裡，必須穿正式一點」，現在活該再被問一遍。

白斌摸著領帶，略微沉思一下，還是把丁浩昨天用的理由拿出來用，「對，有點事，要求必須這麼穿。」

這句話要是丁浩說的，丁旭絕對會起疑，可是白大少親口這麼說，丁旭也只會往工作方面的嚴肅問題想，居然還跟著點了點頭，「明白。」

丁浩在旁邊咳了一聲，掩蓋笑意，「丁旭，鎮上有個溫泉度假村，聽說不錯。你叫肖良文來，我們一起去吧？人多熱鬧。」

丁旭不太喜歡熱鬧的地方，但是也想與朋友多接觸，他跟丁浩的感情又格外親近，當下就答應了，「好。」

正說著，丁浩就聽見旁邊有人喊他，回頭看了一眼，也是認識的人。

叫丁浩名字的人是個女孩，長髮披肩，長得唇紅齒白，一雙眼睛會說話。

她看到丁浩很開心，「你也回來了？我前幾天還去問了奶奶呢，我們一年也見不到幾次，這次可要好好聚聚啊！」她又看向丁浩旁邊的人，看見白斌有點驚訝，不過很快就把那份激動壓下去，只有眼睛來回地眨，「白斌，真是不好意思，又麻煩你來看望我奶奶……」

丁浩在旁邊打斷她，「噯噯噯！張蒙，那也是我奶奶！」

白斌這幾年跟丁浩一起回來都是打著探望丁奶奶的旗號，很少碰到張蒙，倒是見過丁泓幾次。

張蒙的眼睛還釘在白斌身上，對丁浩的態度也難得溫柔。話沒說幾句，她又繞到白斌身上，言語裡帶著期盼，「白斌，你在外地，平時沒人照顧吧？很辛苦呢。」

白斌聽丁浩說過張蒙有一個未婚夫，但是以防萬一，他提前亮了手上的戒指。

「我結婚了，我太太把我照顧得很好，一點都不辛苦。」

白斌自己都沒察覺，他這句話裡帶了一種隱隱的炫耀之意。

丁旭看著白斌手上的那枚戒指，又看了丁浩一眼，正好看見丁浩捂著臉頰牙酸的表情，一下笑出來。不可否認，丁浩是個好朋友，每次都能犧牲自己、娛樂眾人。

張蒙對白斌徹底死心了。她其實也沒多喜歡白斌，但是從小到大所有的女生裡，最常接觸白斌的除了白露，就是她了。白露是不可能跟白斌在一起的，而白斌從學生時代到工作以後，來鎮上看丁奶奶的次數很多，也難怪張蒙會有點心思。

因為丁浩旁邊跟著兩個帥哥，張蒙難得文靜淑女了一次。她看丁旭在買調味料，還主動去幫他挑了幾款。丁浩看見了，那幾款的確不錯，白斌做飯也很常用。他覺得張蒙這幾年還是有成長的，至少能料理家務了。

幾個人買完東西，在門口分開，丁浩見到丁旭沒車，主動提出要送他一程，「一起走吧，正好順路……」他還沒說完，就聽見不遠處有車鳴聲。

丁旭謝了他的好意，提著東西跟他們告別，「不用了，有人來接我。丁浩，過幾天見。」

張蒙看到丁旭上了黑色的豪華轎車，又問丁浩，「過幾天你們要去幹什麼啊？」

丁浩再次撿起昨天用過的理由，一臉嚴肅地告訴張蒙，「我們去開會。」

白斌在旁邊提著東西沒出聲，不過手上的戒指一直故意亮在外面。他很喜歡自己手上的戒指，每次看到都能想起丁浩幫他套上去的樣子。笨手笨腳、結結巴巴地念誓詞的丁浩，真是可愛極了。

張蒙這次沒有搭丁浩的車，她還要去未婚夫那邊，「你們走吧，他要來接我！」

丁浩聽見這句話太高興了，立刻拉著白斌走了。

丁浩喜歡吃可樂雞翅的事不只白斌知道，丁奶奶也知道。丁奶奶一早就起來等著他們，親手做了一大盤的可樂雞翅給丁浩。雞翅膀是炸過的，她知道丁浩喜歡，還特意炸焦一點，就算是慢火收汁，煮了一會兒還是帶著一點酥脆口感，吃起來格外有嚼勁，也香甜。

丁浩一進門就聞到了飯菜香，鼻子動了兩下就笑了，「奶奶！我回來嘍！」

這個味道他小時候很常聞到，考試考得好、被丁遠邊打了都能吃到大盤的雞翅。

丁奶奶看見丁浩也高興，招呼他們進來坐。

丁浩剛坐下，老人又拉著他站起來，上看下看地看她的寶貝浩浩哪裡受傷了。

「浩浩，我聽你媽說，你傷到手臂了？還痛不痛啊？快給奶奶看看……」

「不痛、不痛！早就好了！」丁浩握著老人的手，貼著她一起坐下來。他看老人一臉不相信，又耐心地跟她解釋一遍，「奶奶，我媽肯定沒好好跟您說，我再跟您說一次啊。」

老人讓白斌端了可樂雞翅過來，讓丁浩一邊吃一邊講，「先墊墊，別餓壞肚子了。白斌，你也拿碗來吃吧，廚房裡還有菜，都端來。」

白斌應了一聲，端來跟丁浩一起吃。而丁奶奶提前吃過了，現在正專心地聽丁浩講故事。

等丁浩說到「拳打三個土匪，腳踢六個流氓」的時候，白斌依舊一臉淡定。他慢條斯理地吃完飯，陪丁奶奶一起聽英雄丁浩如何拯救整船的人於水火之中，期間，英雄丁浩不畏艱險，勇敢地與歹徒做了數次生死搏鬥，在毫無損傷之下，挽回了人民的生命財產安全。

最後，丁浩用一句話做了總結，「真是可歌可泣啊。」

丁奶奶也笑了，老人知道丁浩是在哄她開心，敲了丁浩的額頭一下。

「你就淘氣！下次不許再去那麼危險的地方了。白斌，你替我看著他，浩浩這樣的孩子就該關起來，到哪裡都不比在家裡放心！」

白斌對這句話深表贊同。

兩人在丁奶奶這裡住了一晚，就去了溫泉度假村。丁奶奶幫他們買的套票一共有七天，讓他們好好去放鬆一下。

丁浩先聯繫了丁旭，丁旭就和他們說了一個號碼，讓他們直接去客房部後面的那棟樓。

那棟樓從外面看並不起眼，進去之後裝修得也很簡樸，但是仔細看就會發現其實比前面那些都講究。這是一種低調的奢華，各種裝飾、用料格外細緻。

丁浩報了房間號碼，櫃臺小姐也不多問，直接給了房卡鑰匙，還親自送兩人上去。

這裡面的裝修顯而易見了，和之前丁浩看過的總統套房一樣，連鋪的地毯花色都一樣。直到晚上一起去泡溫泉時，丁浩才找到謝謝丁旭的機會，「丁旭，你中樂透了吧？出手真大方！呵呵。」

丁旭現在穿了一身寬鬆浴衣，指了一下旁邊的肖良文，跟丁浩解釋，「這不是我大方，是度假村的老闆大方，你謝他吧。」

丁浩眨了一下眼，「這是肖良文開的？我還以為是一個姓金的老闆……」

肖良文簡明扼要地再次解釋，「金老闆欠了我的錢。」

丁浩明白了，這是地下錢莊的買賣，暗地裡的事他也不再多問。

泡溫泉的地方也沒離開這棟樓，是直接引到一樓的，一個個小房間用紙門隔著，裝修得別有特色。丁旭他們要去外面泡露天溫泉，但丁浩懶得出去，隨便挑一個就進去了。

裡面的溫度略高，泡了沒一會兒，皮膚就紅了，丁浩想在大池子裡游一圈，還沒跑遠就被白斌抱住拖了回來。後面那位不肯放手，甚至提出誘人的條件，「我幫你按摩吧？」

丁浩貪圖一時享受，等發現不對的時候已經晚了。

溫熱的水流隨著手指一起進出，丁浩翻身坐在白斌身上，抱著白斌的脖子微微發抖，「你不是說，等回去再……唔……做……」

白斌親了親他被熱氣蒸紅的臉，聲音透著說不出的甜蜜，「忍不住了啊。」接著用鼻尖蹭了蹭丁浩的，提醒他，「昨天你可答應過要隨便我的。」

丁浩張嘴就咬了他一口，「白斌你這傢伙，越來越……唔唔！我說你輕一點……啊……」

白斌換了自己的進去享受，裡面熱而緊致，真是美妙極了。隨著動作搖擺，還能感受到丁浩被熱泉水刺激得微微收縮，一點一點地收緊，甚至還在可憐兮兮地發抖。

白斌覺得很有趣，多做了一些進出大的動作，果然聽見丁浩在耳邊喘息。

「浩浩，不許耍賴。你昨天晚上可是答應過我的，我不進去，今天就要由你主動。」

丁浩現在就雙腿發軟了，哪還能動！聽見白斌這麼說，他也有些生氣了，抬頭瞪了他一眼，「白斌，你再說一遍昨天你沒進去？呸！做過的就別耍賴啊！」

白斌幫他把頭髮往上撩了一下，摩娑著丁浩的臉，半瞇著眼睛，「我昨天只是用了這裡。」他說著，手指滑到丁浩的嘴唇，「我昨天一直很想全部進去，像現在這樣。」

丁浩覺得白斌的東西又開始脹大了，吞了一下口水，略微抬起腰。雖然習慣了，但也會害怕的好嗎……

逃跑的舉動被武裝鎮壓，白斌往上頂了一下，被丁浩再次抱緊脖頸才安心下來，抱住人一起上下晃動。

「浩浩，說話不算數是會遭到懲罰的。」

「啊？嗚嗚……白斌你別……太過分……」

溫泉泡完，丁浩已經站不起來了，他頭一次被白斌抱著回去。

電梯旁的女人鎮定自若地幫他們按了樓層，一眼都沒多看。

◆

幾天的溫泉度假，丁浩休養得好不好不好說，白斌倒是休養得面色紅潤。他們不常出去，每天都待在房間裡，好好黏在一起一陣子。

沒多久，就來了不速之客——這夥人是特地來找丁浩的，一來就扔了一件碩大的行李給丁浩。

李盛東這次是回來過年的，他媽一直要他帶李華茂回來吃團圓飯，所以他這次也把李華茂帶回家了。李華茂站在後面有點彆扭，他還沒做好要來李盛東老家的準備，在歸途中數次企圖逃跑，都被武裝鎮壓。要不是礙於車上那件巨型擺設，李老闆估計都有在車上吃掉他的意思了！

如今，這個大型礙眼物體終於送達了目的地，李盛東迫不及待地送來給丁浩，把那傢伙往前踢了踢，還向丁浩邀功：

「丁浩！人我幫你帶來了，他這一路上也跟著我們白吃白喝……我說，你這學弟真有本事，饅頭能一口氣吃四五個都不眨眼，嘖！」李盛東看了丁浩一眼，幾句話說得意味深長，「你們是修同一個學科的吧？是專攻吃嗎？」

丁浩冷不防看見李夏也有點驚訝，看到李盛東說完話就要走，連忙攔住他，「你等等！是誰讓你帶來給我的？我不要啊，帶走！帶走！」

李夏在那邊淚眼汪汪地看著丁浩，抱著自己的背包，像隻溫順可憐的大型犬，「學長，你不是要我們放假來你這裡泡溫泉嗎……」

丁浩拍了一下額頭——他想起來了！之前徐老先生說要旅行，他是隨口說過這麼一句。

丁浩往外面看了一下，沒見到其他人的影子，又問李夏，「他們呢？老師他們沒來？」

李夏有點不好意思，「我有點早到，老師他們說要過幾天再來。」

過幾天就過年了，誰要來啊！這是一家人在逗李夏呢。

這個大個子當真了，馬上就跑來投奔他。丁浩看李夏那傢伙可憐巴巴的樣子，覺得很有趣，估計他這一路上肯定常常被李盛東罵，而丁浩跟李夏畢竟是同門學長學弟，怎麼說也該幫他一把。

丁浩對李盛東點了一下頭，示意他去幫李夏辦入住，「李盛東，再麻煩你一次，好人做到底，去幫李夏交一個月的房錢吧！」

李盛東不高興了，他一路上帶著李夏這個累贅，不知道少了多少樂趣，如今還得幫這個傻大個繳錢？他的頭被門夾到才會答應！李盛東乾脆地搖頭拒絕，「不管！你自己去幫他繳！」

「我這次還是別人請的，身上沒帶現金，你幫我墊一下！」丁浩見到李盛東搖頭，立刻轉身去跟李華茂說，「李華茂，你知道是誰請我泡溫泉的嗎？對，你也認識，就是上次海關那個丁旭！丁旭你知道吧？我跟你說啊，上國中時……」

李盛東伸手勾住丁浩的肩膀，打斷他要說的話，「不就是房錢嗎！丁浩，走，哥幫你付……」

丁浩一邊跟李盛東走，一邊嚴肅地向他澄清，「不是幫我付，是幫李夏，我可沒欠你啊！」

李盛東表面上跟他勾肩搭背的，暗地裡恨不得掐死他！他臉上硬扯出一個笑，從牙縫裡擠出幾個字，「丁浩，你積點口德吧！」

丁浩笑咪咪地回看他一眼，「這得看情況。」

白斌在門口看著他們進了電梯，也不再多看，讓李夏和李華茂兩人進房間，又從冰箱裡拿了飲料給他們。

「只有這個和啤酒了，餓的話，等等一起去餐廳吃吧？」

這兩人的反應一樣敏捷，就是動作反了。李華茂是搖頭拒絕，連聲自己吃飽了；李夏很實在，含著熱淚連聲說好。

白斌看著他們這樣，忍不住笑了一下，「不用太客氣，丁浩跟你們一起上課，平時還要你們多照應一點。這頓我請客，算是謝謝你們之前的照顧，也希望你們以後繼續幫助他。」

這頓飯白斌沒請成，被丁浩搶先刷了卡。因為李盛東送給丁浩一張度假村的金卡，丁浩拿到以後絕口不提丁旭的事，跟李盛東好得像親兄弟一樣。

白斌對此也沒說什麼，只是從李盛東來了以後，他盯得更緊了。一朝被蛇咬，十年怕草繩，自從發生過海上那次事件以後，白斌見到李盛東心裡都有點不舒服。

李盛東幫李夏墊了房錢，讓大個子有點不好意思，想跟去李家說聲謝謝。丁浩攔住他，這顆電燈泡還嫌自己不夠亮，非得亮到人家裡。

「你安心在這裡玩，等休息好，明天跟我去我奶奶家。你不是特別想見豆豆嗎？」

李夏有了精神。他最近照顧許多動物，對於丁浩家那隻小九官鳥早有耳聞，一直想見一見。

因為李夏的關係，丁浩晚上難得休息了一次。幾個人一起去泡了溫泉，李夏提議去泡露天的，白斌也沒反對，主動拿了條泳褲給丁浩。

丁浩捏著那保守老套的四角泳褲，眼角有點抽動，「是給我穿的？」

白斌站在旁邊等他，手裡的浴衣和大毛巾都拿好了，看那姿勢，是準備等丁浩換完，要第一時間裹起來，「嗯。」

丁浩穿得心不甘情不願，「白斌，這個也太老土了吧……前幾天可是什麼都沒穿……」

丁浩嘟嘟囔囔地說著，抬手穿好白斌披上來的浴衣。白斌把大毛巾掛到他頭上，揉了一把，只是笑，也沒多說什麼，「不一樣。」

電燈泡李夏同學毫無所覺地照耀四方，泡溫泉泡得很起興，甚至在大池子裡游了兩圈。李夏玩得很痛快，抹了一把臉上的水珠，來回甩著腦袋，動作像以前養的那隻金毛獵犬。

丁浩在旁邊看見，跟白斌咬了幾句耳朵，兩人都笑了。

李夏是個單純的孩子，他跟丁浩做了這麼久的學長學弟，完全沒把丁浩當壞人，只以為是丁浩說了什麼笑話，好奇地湊過去，「丁浩，我也要聽！你們在說什麼？」

丁浩把水甩在他鼻尖上，看著李夏甩腦袋直笑，「說大人的事！小孩去旁邊玩。」

李夏眨了眨眼睛，再次提出疑問，「什麼大人的事？丁浩，為什麼你要白抱著你？」大個子心思單純，自己問完又替丁浩回答，「啊！我知道了，你是不是不會游泳？」

丁浩又潑了他滿臉水，挑起眉毛，「沒錯！所以我一看見你游來游去的，特、別、嫉、妒！」

李夏硬生生被他彈退了一公尺遠，揉著臉不敢靠近了。

白斌在水底下收緊攬在丁浩腰上的手臂，貼著他耳朵小聲念了一句，「小心摔倒。」

丁浩把手藏在水裡，小小報復了白斌一次，不過被白大少按住了。人家沒半點不好意思，倒是丁浩的臉有點紅。他之前的想法有點齷齪，手放著的位置不太好，但所幸天色也暗，溫泉上面飄著霧氣，也看不見什麼。

即便這樣，他晚上回去也被白斌收拾了一頓。

# 番外三　我的一個朋友

丁浩帶李夏去看了丁奶奶，正巧碰到來幫老人做檢查的張陽。

張陽在家裡倒是戴上了那副細金框眼鏡，看起來跟斯文敗類一樣，笑起來也很陰險……這是帶著一些私人情緒的看法。

原因無他，白大少不喜歡別人碰觸丁浩的身體，更何況是當年的情敵張陽醫生。另外一個就更不用說了，丁浩一看見張陽就屁股痛，他實在是被張陽按著檢查到怕了，身心俱痛啊。

丁奶奶比較客觀公正，她讓張陽量完血壓，又問了一些日常小事才評價起他的衣著打扮。

「陽陽啊，你跟浩浩一樣大，也穿一點鮮豔的嘛！你看看，不是黑就是白，太守規矩了！」

老人壓根就沒意識到自家孫子穿得很花哨，她覺得天底下所有的年輕人都該向丁浩看齊，她家寶貝浩浩才是最好的！這份骨子裡的自豪實在是老丁家特有的，旁人想學都學不來。

張陽的脾氣好，笑著收拾醫療用具，順著丁奶奶的話接道：「丁浩長得像您，穿什麼都好看。我要是跟著學啊，可就是不倫不類了！」

丁奶奶連忙安慰他，「不怕，你長得沒浩浩帥，但是也行……」

李夏在旁邊眨眼。他以前聽說過丁奶奶的名號，今天是頭一次見到，但也扎扎實實地感受到了那份寵溺之情，還覺得丁奶奶比白斌還寵丁浩。

丁奶奶跟張陽說完話，也看見李夏了，仰著脖子去看他，「喲，這是誰啊？」

李夏連忙彎下腰，「奶奶您好！我是丁浩的同學。」

丁奶奶喔了一聲，招呼他們坐下，「來得正好，昨天剛熏了豬肉乾，我們先嘗嘗鮮啊！陽陽，快叫你媽別在廚房忙了，把那兩罎豬肉乾端出來，我們先吃！」

張陽答應一聲，去了廚房。張媽媽經常來這裡照顧老人，而且自從張陽畢業以後，就堅決不再讓丁浩給工錢了。她跟丁奶奶感情很好，又對丁浩的幫助很感激，總是說照顧丁奶奶是應該的。

白斌把幾個人的大厚外套掛起來，自覺地坐在丁浩旁邊。

丁浩正在吃醉棗，看見白斌過來，順手餵給他一顆，「滿脆的……嘗一個？」

白斌很自然地咬住。醉棗去了核，浸潤得通透，嚼兩下就嘗到了滿口的酒香。

丁奶奶拿來丁浩小時候的相冊，指著一張張照片笑呵呵地為大家講解，寵愛之情溢於言表。

「這是浩浩三歲的時候，那時候流行西瓜頭，小綢襖，特意也幫他做了一身。」丁奶奶看著那張相片，眼睛都笑瞇起來，「哎喲，真是好看得不得了啊！」

李夏吃了一把醉棗，又啃上了張陽剛拿來的豬肉乾，順著丁奶奶指著的那張照片看，「奶奶，照片上的人沒有穿衣服啊！」

丁浩正想把那頁翻過去，聽見李夏這麼說就不高興了，「李夏，吃你的啊！這麼多東西都堵不住你的嘴！」

李夏使勁嚼著嘴巴裡的豬肉乾，帶著一點微辣的甜味，是很好吃，但是大個子的好奇心也不容小覷，「真的沒穿啊……」

張陽坐在旁邊，也很感興趣地聽著。他來過很多次，見過不少老照片，這張還是第一次看到。

丁奶奶帶著得意的語氣，為大家解開了疑惑：

「我們要出門的時候啊，叮囑浩浩說你千萬別弄髒、劃破了衣服啊。我們家浩浩從小就聰明，小腦袋轉得比誰都快，玩了一圈，光著身子就回來了。還跟我說，『奶奶，一出門我就把衣服脫掉啦，是扛著外套玩的，一點都沒壞』……」

周圍的人都笑噴了，李夏差點被豬肉乾嗆到，就連白斌都笑出了聲。丁浩有點沒面子，「噯！別笑了，誰小時候沒裸奔過啊……還笑！李夏，你幹嘛！我警告你，不許拿手機拍下來啊！」

丁浩的裸奔史很短暫，但是這麼短暫的一次，還被拍下來存證了。他所能做的就是努力阻止李夏二次存證及宣傳……

白斌趁丁浩鬧李夏的時候，湊過去跟丁奶奶說了幾句，看樣子也想要這照片的備份。

張陽在旁邊繼續翻看，各個時期的丁浩在相冊裡都很鮮活。有哇哇大哭的，有含著眼淚被按著額頭上的「紅點」照相的，還有抓著舌頭，做鬼臉的……照片裡的人都只有半個身子，因為丁浩小時候過於活潑，在按下快門的一瞬間他都能跑走！

再翻一頁，就看到了規矩一點的丁浩。穿得乾淨很多，頭髮也特意打理過，像個小帥哥，這個時候的丁浩身邊已經開始有白斌的影子。

張陽的手指在頁面上停頓一下，他看到相冊裡的那兩個人，從小就站得很親密，像是再也容不下第三個——無論是親人或者朋友，都無法插足進去的那種親密。

李夏留在丁奶奶家吃了飯，這個胃口大的大吃貨成功取悅了在座的兩位女性。丁奶奶喜歡李夏的直爽，張媽媽喜歡李夏誇人不留餘地的個性，好幾次都被李夏誇獎到不好意思了。

張媽媽主動幫李夏夾菜，「來來來，李夏，再吃個雞腿吧？這個可香了。」

張陽在旁邊半開玩笑地嘆了一句，「這以前可是我的福利，現在讓賢嘍！」

張媽媽被逗笑了，也幫張陽夾了臘肉，「給你吃了這麼多年，也不說句好聽的！喏，吃吧！」

小九官鳥膽小，見到人多，一直不敢出來，現在開飯了才跳出來找食物。

牠認識丁浩，拍著翅膀過去輕啄了一口丁浩的頭髮，「浩浩！發財、發財！」

李夏看到牠說話都看呆了，這聲音模仿得太像丁浩了，閉上眼不看，還以為是丁浩在說話呢！

九官鳥在丁浩肩膀上跳來跳去，說完「發財」又說「新年好」，吵著要吃的。丁浩給了牠一小塊蛋黃，九官鳥吃完又去看白斌。見到白斌壓根不抬頭看牠，只顧著幫丁浩剝蝦殼，又扭頭去看其他人。

九官鳥跟張陽也很熟，連蹦帶跳地過去歪著腦袋看他。

張陽挑了一點吃的給牠，九官鳥用爪子挑三揀四地挑了一下，選看中的食物啄了幾口。

丁奶奶在對面笑罵九官鳥一句，「小豆豆太懶了！以前要東西吃還會說句吉祥話，現在倒好，不說話，還學會挑嘴了……」

九官鳥在飯桌一角磨蹭了幾下，歪著腦袋對張陽說，「買炒豆，吃旺旺？」

張陽笑著摸了一下小東西，拒絕了牠的要求，「不允許點餐，快吃你的吧。」

下午的時候張蒙也來了，她是來送喜帖的，她要結婚了。張蒙長成了漂亮女人，畢業之後自己找了一份工作，在本地一家五星級飯店當大廳接待員。這份工作不好做，難免會受許多氣，有時候客人喝醉了，罵幾句也得忍著。張蒙經歷過這段，明顯懂事了不少，做事也成熟許多。

這是一種人生經歷，誰都有不想重提的愚蠢往事，但偏偏又不能清洗重來。

張蒙這次穿得很正式，旁邊跟著一個面相憨厚的男人，兩人提著大包小包來看丁奶奶。那個男人不怎麼說話，看起來有些拘謹，是個老實人。

張蒙停留的時間很短，期間還特意叫來丁浩，單獨說了幾句話。

她結婚之前，總有幾句話不說出來不痛快。

「丁浩，我跟你說一件事，你聽完……抽我幾巴掌也行，我絕不還手，不哭。」

丁浩挑眉，讓她繼續說下去。

張蒙慢慢開口，「你上高中時，奶奶病危住院，其實是因為我。我那時候犯蠢，總覺得奶奶疼你不疼我……而且，我爸在家也常說奶奶換的這兩套房子，一套是給你們家的，一套是給丁泓家的。我聽了不服氣，覺得是因為你買藥給奶奶哄她高興，才會這樣……」

丁浩倚在陽臺上看著她，看著張蒙半垂著眼，繼續講。

「我想對奶奶好，希望奶奶也喜歡我。我去了藥房，那邊也有你買給奶奶的那種藥，兩種瓶子差不多，我就……挑便宜的買了。我把你的那份藏起來，讓奶奶吃我買的藥……」張蒙的聲音有些發抖，帶著嗚咽向丁浩道歉，「對不起！我真的不知道會出這種事……我後來跟奶奶說了，奶奶原諒我了，還讓我別告訴你……可是丁浩，我憋了這麼多年，不說心裡難受。」

這件事是張蒙的心病，她走過年少無知的日子，越往前行，越明白事理，越知道自己那時候犯了錯。結婚算是人生的另一場開始，張蒙帶著懺悔、恕罪的心思，把自己藏著的事全說出來了。

「好了，丁浩，你要是生氣就抽我兩巴掌，我……」

丁浩打斷她，問起不相干的問題，「什麼時候結婚？」

張蒙愣了一下，還是回答了，「這個月底。」

丁浩算了一下日子，唔了一聲，「那個時候我假期就用完了，看看吧，儘量安排時間過來。」看了一眼愣住的張蒙，丁浩笑著指了客廳裡的老實男人，叮囑她，「妳幫我跟他說，老丁家的人不許哭著回娘家！不然饒不了他啊。」

張蒙一直紅著眼眶，終於忍不住掉了眼淚，「我、我也知道我脾氣不好，挑了個老實的……嗚嗚，丁浩……對不起……我以前太、太……嗚嗚！」

丁浩反過來安慰了她一下，無論如何，一個人肯成長還是讓人欣慰的。

丁浩怕影響到丁奶奶休息，提前回去度假村，他想金卡裡還有那麼多錢沒用完，乾脆也邀請張陽跟張阿姨一起過去。張阿姨想留下來照顧丁奶奶，就讓張陽跟他們去了，「都是年輕人，多出去聚聚啊。」

這次回飯店，一行人是分開泡的溫泉，李夏再次提議的集體泡露天大浴池，被白斌無情地拒絕了。

張陽脾氣很好，對此沒有任何意見，笑著收拾東西，去了室內溫泉。他泡完還做了個按摩，溫泉度假村請的理療師傅很不錯，按捏得恰到好處，很能舒緩筋骨的疲勞。

張陽趴著一會兒就聽見紙門被推開，還有熟悉的聲音叫他，「張陽，等等去我們那裡打牌吧？丁旭他們也來，正好湊一桌啊……」

張陽摘下了眼鏡，室內又有霧氣，睫毛上都有點濕漉漉的，微瞇起眼睛去看丁浩。

「好啊，只是我不太會打牌。」

丁浩坐過來跟他說話，看到人家光著半個身子，一點都不害臊。

「不用！你要是很厲害，我要贏誰啊？我就指望你拖丁旭他們的後腿了！你可要記住，你算我們派過去的間諜……」

張陽趴在那裡笑，側臉看過去很漂亮，帶著一種陰柔的美。但是從那瞇起的眼睛和修長健美的身體又看不出特別女性化的氣息，唯一的相通點就是，都很有魅力。

丁浩說沒幾句就開始打量人家，湊過去問了幾句悄悄話，看見張陽搖頭還很驚訝。

「還沒找伴？張陽，老是找野食吃對身體不好……」

張陽失笑，但是也不回答他，任由他誤會。聽丁浩說了半天，他這次不緊不慢地補道，「我有喜歡的人了。」

丁浩喔了一聲，明白了，「你肯定是單相思！人家不理你吧？嘖，你也有今天呢，上大學時我聽說過好幾個哭著、鬧著，非要跟你的……」

張陽把頭髮往旁邊撥開，轉移話題，「丁浩，那間房子的錢我存好了。正好你回來，明天就拿給你吧。」

張陽家現在住的房子是丁浩租給他們的，這些年，一年只交了幾百塊的租金。張陽有幾次想還錢，都被丁浩用一句「湊齊了再給」堵了回來。他也知道丁浩是想幫他，一直等到現在手頭寬裕才還他。

丁浩還沉浸在未知的八卦中，對還錢的事不怎麼積極，「那個不著急，你不是要買車？先拿去用吧。」

張陽被他的一句話溫暖了心窩，「我還有一點，夠用了。」

丁浩磨磨蹭蹭的不肯走，眼睛裡滿滿的都是求知若渴，他特別想知道誰讓張陽動了凡心。

「你先告訴我，你喜歡的人是誰啊？我認識嗎？」

張陽趴在那裡繼續享受，笑得眼睛瞇起來，「不告訴你。」

直到丁浩走了，他也沒說是誰。

記憶變得模糊又清晰，明明都記不清當時的音容了，偏偏還記得那些溫暖人心的對話。

『張陽，你學醫吧？學醫多好啊！我打聽過啦，工資特別高，夠你跟你媽過好日子了！』

『……我們說好了啊，你要是將來當了醫生，得幫我奶奶治病，當我們家的家庭醫生啊！張陽，你一定要知恩圖報，不但要報，而且要湧泉相報，知道嗎？』

『張陽，你喜歡的人是誰啊？』

是一個，不能告訴你的人呢。

趴著按肩的人翻了一下身，示意要起來。他答應了丁浩，要一起去打牌。

推開理療按摩室門的手有點輕快，像是放下了什麼，又像換了一個角度去背負。人活著就不容易了，能看到最喜歡的這張笑臉，還有什麼不好的呢？

丁浩，祝福你一生開心，笑容常在。

# 番外四　九官鳥戀愛記事

李華茂接到電話的時候，正在攝影工作室幫小孩拍照。他頂著一個大眼睛青蛙的毛帽，摀著耳朵出去接電話，「喂？又怎麼了，不是說好下午就回去嗎……」

那邊的李老闆聲音很鬱悶，『快回來！家裡都亂套了！』

這個家，就是他跟李盛東的小窩。碰到星期六、日學校放假，孫辰會來住一晚，李華茂今天出來的時候還特意做了一桌好菜，放在鍋子裡保溫，現在應該還沒吃完。他心裡疑惑，就順口問了出來，「那桌菜……還不夠吃？」

李盛東在電話裡哼哼唧唧地說不清楚，一直要他回家，『你先回來，回來再說。』

李華茂抓緊時間把手頭上的照片拍完，沒辦法，今天他是來友情贊助的。之前幾個老客戶很喜歡他拍的照片，特意約了時間來，讓李華茂再幫小孩拍一次。

這次小孩長大了一點，知道要對鏡頭露出小牙齒笑，李華茂抓了幾個很不錯的表情。這比第一次幫小孩拍的時候好多了，剛開始還得把睡著的叫醒……要是叫不醒，就拍睡覺的。

兒童照這一點也很好，自家的孩子怎麼看都好看，什麼樣的照片拿去給父母看一眼，當爸媽的都會傻笑著付錢。父母看著自己的小孩，就像是新的希望，摸著照片裡的小孩笑得滿足。

李華茂看著那一家笑呵呵地挑照片，也想起自家那隻調皮鬼——孫辰。

孫辰這孩子長大了許多，現在上小學了，在家也跟小男子漢一樣，還會主動幫他做家事。當然他學習的對象不太好，跟李盛東學了一身流氓氣息，不幸中的萬幸是李盛東是比較有原則的流氓。而且孫辰對他很尊敬，腦子也聰明，教什麼學什麼，一點就通。要是再讀十年書……肯定是個有教養又有知識的流氓。

一想到這裡，李華茂又開始憂傷了。

這次李盛東呼喚他回家，的確情有可原。

丁浩來了，還帶了一隻九官鳥。九官鳥悶悶地關在籠子裡，頭上禿了一小塊，很沒精神。

丁浩坐在沙發上，指著那隻九官鳥又跟李華茂解釋，「這是我奶奶養的九官鳥，家裡有點事，先託付給我照顧兩天。那什麼，我家養不了牠……」

李盛東坐在一旁，離那個籠子遠遠的，聽見丁浩說完，用鼻子哼了一聲。

「少來啊丁浩，你那間房子跟我這裡一樣大！我這裡還多一個人呢，我……」

多出來的孫辰自覺地幫李華茂端水果給客人，禮儀方面比李老闆小時候強了不少，就是那張嘴一說話很招人恨。

「丁叔叔吃水果，這個奇異果能抗衰老。」說完還看著丁浩，認真地補一句，「書上說的，您多吃一點？」

丁浩對他額頭彈了一下！他當年連李盛東都揍，還會怕李盛東養的孩子嗎？資歷是什麼？資歷就是拿來欺負人的！

丁浩歪坐在沙發上，指揮小孩幫他去皮、拿湯匙，「弄乾淨點，剝開一半就行，對！然後用勺子挖出來……給我幹嘛？我不吃這個，你替我餵餵九官鳥吧。」

孫辰被彈到怕了，頂著紅額頭去餵九官鳥。籠子裡的小傢伙跟牠主人一樣不領情，用爪子抵著銀勺往外推，「浩浩！浩浩，你管不管了！！出人命了！！」

丁浩拍著籠子教育九官鳥，「噯噯，夠了啊！再鬧就修理你。」

九官鳥外強中乾，遇到壞蛋也會屈服。牠聽見丁浩這麼說，小爪子立刻改推為抓，扒拉著勺子啄了幾口，牠在家鬧了一個早上，早就餓了。

李華茂被九官鳥逗笑了，過去看牠吃東西。

「這一看就是餓壞了，啄得勺子啪啪響。丁浩，你們都不餵牠？」

丁浩嘆了口氣，「別提了，牠是在家裡淘氣，剛被白斌修理一頓。我也想養幾天，但這幾天要出差，沒時間伺候牠。」

白斌會修理九官鳥也是有原因的。九官鳥剛來的時候愛鬧，牠是家生家養的，哪進過籠子！就算是丁奶奶家陽臺上的那個大鳥籠也是大門常開，寬敞又舒服。九官鳥把腦袋撞到禿了一塊，這才撞軟了丁浩的心腸，把牠放出來。重獲自由的九官鳥吃飽喝足，開始視察自己的新領域。

牠跟著丁浩，跳去了廚房。廚房這個地方危險又幸福，九官鳥趁著那兩人抱著啃嘴巴的時候，躲在食材裡偷吃得很歡快。等丁浩抽空來抓牠時，才拍著翅膀叼著半截辣椒逃跑。

但牠千不該萬不該做一件事——九官鳥得意忘形，把辣椒籽甩到丁浩眼睛裡了。

這下惹到了白大少，沒拍幾下就被白斌抓住，關在陽臺。一直關到中午，丁浩看九官鳥縮頭縮腦地待在外面，也於心不忍了。

九官鳥太淘氣，他又捨不得出差這幾天送去寵物店讓人照顧，小東西很挑食，肯定會吃苦。丁浩乾脆拿了籠子裝好，送到李盛東家裡來。他覺得李華茂這個人很細心，還是值得信任的。

九官鳥吃完那一勺奇異果，又踢著勺子往外趕，歪著頭期待再來一勺。

李盛東噓牠，「真是什麼人養什麼鳥！丁浩，這跟你一樣啊，沒見過臉皮這麼厚的……」他嘟囔了半天，又問丁浩，「你們學校不是有個叫李夏的，專門在照顧動物？我們也沒空，你讓他幫你養。」

丁浩嘆了口氣，「我們家這九官鳥啊，不吃飼料，你得每餐都幫牠做。李夏可不行，要是他一開瓦斯爐忘了關火，夠我喝一壺酒了！」

李華茂也表示贊同，他見過李夏做飯，那飯做得……說實話，常放在他那寄養的薩摩耶都不肯輕易嘗一口。

李華茂看到九官鳥機靈，很喜歡，忍不住多問了幾句：

「丁浩，你們家不是有兩隻九官鳥？怎麼只送一隻來啊？」

丁浩用手指敲著籠子，看到九官鳥吃東西也安心了一點，小東西來這幾天，可沒少惹事。

「豆豆這幾天老是啄牠，不讓牠待在身邊……你也知道，九官鳥這東西只有十幾年的命。」他們家豆豆算是長命的了。

李華茂聽到他說，心裡也跟著難受，沒再多說什麼，用手指隔著籠子逗了九官鳥幾下，「那就先放我這裡，喔，最好寫個平時要注意的事項。我沒養過九官鳥，不知道牠愛吃什麼……」

李華茂這句話說進了丁浩的心裡，立刻從衣服口袋裡掏出一張紙條，塞給李華茂。

「早就寫好了，牠就是挑食了一點，沒其他的毛病！特別好養！」丁浩還鼓勵李華茂去跟九官鳥親近一下，「這是我們家從小養起來的，不怕人，你跟牠說話還會回話喔！」

李華茂有了興趣，湊過去跟小東西對話，「你——好——」他怕九官鳥聽不懂，故意放慢語速。

九官鳥翻了個白眼，學丁浩吐瓜子殼的聲音，「啊呸——！」

李華茂聽出來了，這九官鳥不但嘴挑，脾氣還不大好。

總而言之，九官鳥算是暫時託付給了李老闆家。

前兩天過得比較平順，九官鳥的伙食很不錯，李華茂每次都為牠弄一份新鮮的。按照丁浩的要求，在飼料裡加了魚骨粉和二十一金維他命，捏成小塊的，慢慢餵給小傢伙吃。剛開始，怕牠吃出來，還特意沾了一層果汁，綠豆粉、花生粉、小牛肉，變著花樣，逐漸把飼料替換進去。

李盛東在旁邊看不下去了，「牠吃的都比我好！」

李華茂正在逗九官鳥說話，聽見李盛東說話也沒回頭，「你能有出息點嗎？除了跟孫辰比，你還跟一隻鳥比……」

這句話提醒了李盛東，週六日的時候孫辰在，他們做那檔事也不方便，現在沒什麼顧忌了，索性就扛起李華茂，進了臥室。

「這兩天你休息夠了吧？今天晚上開工。」

李華茂手裡還抓著一小把飼料，被李盛東扔在床上的時候，手舉得高高的。

「等等！你等我放下……」

最後也只來得及放在床頭櫃上。

李老闆年輕氣盛，身強力壯，正是人生中最有幹勁的時候。李華茂的身體漸漸被他開發，兩人在床上很有默契，一個悶不吭聲地做，一個咬著枕頭嗚嗚地憋著聲音。

「唔……李盛東，我、啊……」

「啊？」

「嗯……」

「嗯嗯？？」

李華茂有點分心，他覺得這聲音太奇怪了，忍不住回頭去推李盛東，「你幹什麼……」

李盛東從後面抱著他默默耕壇，差不多到了最享受的時刻，哪聽得見什麼聲音。不過李華茂這一扭，倒是讓他嘗到新鮮，低頭親了他一下，又說起不正經的話，「我這不是在幹……你嘛！」說完，往上一頂。

李華茂被他冷不防弄了一下，哎喲了一聲。

這次旁邊又有了聲音，依舊只學了一個字，「哎？」

床上的兩人都停下來了，扭頭看著床頭櫃，上面停著一隻九官鳥，也在歪頭看他們。

「——咿？」

咿你個頭。李盛東的臉都黑了，他好不容易忍了幾天能吃到肉了，旁邊還有個半夜來配音的！這他媽還正大光明地看，有趣嗎！

九官鳥換了一邊，繼續歪著腦袋看，牠覺得很有趣。

李盛東怒了，他按著在床上掙扎的人，也不管那隻在櫃子上拍翅膀的，硬是做完了一場。這是一場硬仗，完事之後李盛東也累得氣喘吁吁，趴在李華茂身上半天沒起來。

李華茂被壓在下面，用手臂撞了一下李盛東，「起來。」
李盛東不肯起來，磨磨蹭蹭的，還想再來一發。
「等等，我說你腰不痛了？剛才那種扭法，我那裡都差點被你扭斷……」
李華茂聽得耳朵發紅，伸手使勁去撓了一把，「下去啊你！」
李盛東不肯，上下其手，一邊摸一邊繼續趴在耳邊說流氓話。
「我流氓又不是一兩天了，你快休息一下，我們再……」剩下的話就貼著身下的人說了。剛說幾句，不出意外地看見那個人順著耳朵，一路紅到了脖子。
「滾你的！我不……啊……別、別別！李盛東你別這樣弄……啊啊！嗯……」
李流氓家的床又開始吱呀作響，床頭櫃上的九官鳥懶得去看了。九官鳥把櫃子上的鳥食吃完，又慢條斯理地整理羽毛，自己飛到客廳去玩了。
李老闆結束以後，從床上下來第一件事就是抓九官鳥。
他學白大少的手段，把這隻壞鳥扔到陽臺關著。九官鳥接二連三地受到粗暴對待，心智開啟得也特別快——這次小東西沒乖乖待在外面，牠垂著翅膀，學人咳嗽、打噴嚏。
李華茂從浴室出來就聽見九官鳥咳嗽的聲音，實在太可憐了，他聽著那一聲聲的咳嗽聲，忍不住過去看了一下。
九官鳥認識李華茂，這兩天餵食的都是這個人。牠頂著半禿的小腦袋，身上的羽毛也有點亂，可憐兮兮地看著李華茂，使勁打了個噴嚏，「哈啾！！」
李華茂看了於心不忍，隔著陽臺的玻璃推拉門跟牠說話，「以後還敢調皮嗎？」

九官鳥低著頭認錯。

李華茂隔著玻璃輕彈了一下牠的額頭，被這小傢伙氣笑了，「說句好聽的話！」

九官鳥從善如流，立刻歪著腦袋來了一句，「恭喜發財，發財又發財！」

李華茂打開陽臺門，把小東西放進來，「下次不許亂學話，不然再把你關起來啊。」

九官鳥啄了一下李華茂的褲管，看這樣子是學乖了。不過之後李盛東把牠的鳥籠放到陽臺上的時候，九官鳥還是抗議了一下——牠不喜歡陽臺，那是個關鳥的地方！

李盛東抬手就把牠彈進去！

「乖乖待著！再不聽話，等等把你紅燒了。」

九官鳥欺軟怕硬，老老實實地待在陽臺，蹲在籠子裡憂鬱了。牠覺得這個地方真的不好，以前在丁浩那邊，只有晚上才會被關在陽臺上，現在這個粗魯的大個子時不時中午也要關牠……九官鳥很委屈。小東西開始懷念起了鎮上的生活，牠看了一眼陽臺上的盆栽，很不屑地歪過腦袋，覺得這裡的「樹」沒有丁奶奶家的高，連棵能藏身的吊蘭都沒有。又側耳聽聽外面，一連幾天都沒有聽到那熟悉而親切的聲音……牠愛如生命的炒豆……

這裡竟然連賣炒豆的老頭都沒有！！九官鳥徹底悲憤了。

治療這種青春期憂鬱的特效藥，就是戀愛。九官鳥的愛情，在李華茂一次下班進門的時候，突然發生了——準確來說，是自從看見李華茂手裡捧著的那隻鳥開始，九官鳥戀愛了。

那是一隻黑色羽毛的鳥兒，嫩黃的嘴，耳後有一抹淺黃，跟九官鳥長得像極了。九官鳥圍著牠跳來跳去，試著用嘴巴去幫牠梳理羽毛。

那隻鳥明顯受傷了，對九官鳥的示好也有些抗拒，用嘴使勁地啄了牠一口。

九官鳥被啄痛了，就委屈地站在一旁，歪著頭打量牠。牠覺得，這真是一隻漂亮的小鳥，只有這美麗的黑色羽毛和鮮嫩的黃色小嘴巴，才能配上帥氣的自己。嗯，九官鳥挺起胸膛，開始展現自己帥氣的一面。

李華茂正在那邊跟李盛東解釋這隻鳥的來歷，對九官鳥騷氣的行為還來不及看一眼。

「……我從路邊經過，牠就咚地從樹上摔下來了！我撿起來仔細看了一遍，沒見到哪裡受傷。噯，李盛東，你說牠會不會是自己睡覺睡暈了……摔下來的？」

李盛東笑了，湊過去看了一眼。那隻九官鳥摔得不輕，現在還暈頭暈腦的，見到李盛東也毫不留情地啄了一口。

李盛東捏住牠的嘴巴，看到那隻鳥拍拍翅膀才放開，「喲，這不是很有精神嘛！」

李華茂把這隻鳥放到陽臺上，不讓李盛東再欺負牠。

「別逗牠了，剛才帶去寵物醫院看了一下，得休養幾天才會好。不過牠身上也沒標記，可能是野生的九官鳥……」

李流氓不管這些，貼著李華茂進廚房，「我餓了。」

李華茂拿出圍裙洗手，準備做飯，「等等啊，馬上就好……噯！你幹嘛！」

「幫你綁圍裙啊。」李流氓說得一本正經，但他綁完圍裙，又開始脫人家的褲子，「我先吃……一會兒……」

「混蛋！你這個臭流氓……嗚！！」

往後的聲音就輕了許多，李流氓吸取以前的經驗教訓，把廚房門關上了。

但九官鳥現在可沒時間去管他們，牠在忙著討好新朋友。

新來的鳥比牠小一圈，毛色看起來也不怎麼亮，可是九官鳥面對牠，依然害羞了。

九官鳥把自己裝食物的小鼓杯往牠那邊踢了踢，示意牠進來吃一口。為了顯示誠意，九官鳥甚至自己飛到一旁，躲在陽臺晾衣杆的一角。

剛來的鳥有些警惕，試探了半天才湊過去，輕輕啄幾口，又跳出去。看到籠子裡沒什麼反應，就跳進去吃兩口，又忽然跳出來……就這麼反反覆覆來回十幾次，牠吃飽了。

等到李華茂能從廚房出來的時候，九官鳥已經可以跟牠的新朋友並肩蹲在晾衣杆上了。

九官鳥這東西比較親近人，尤其是這隻自己從樹上摔下來的。牠在李華茂第二次進來餵水果的時候，就開始表現出善意，大方地吃了一口李華茂拿來的水果。李華茂對此很高興，試著摸了摸牠。

那九官鳥愣了一下，立刻竄回晾衣架的角落去了！叼著水果警惕地看著李華茂，邊看邊吃。

李華茂噗哧一聲笑了，「好呆啊！你就叫……叫呆呆好不好？」

前面說過，九官鳥是比較不怕人、很有靈性的小東西，哪怕是習慣在野外的，學話也很快。那隻鳥笨拙地吃完水果，對李華茂學了一句，「啊呸！！」

丁浩家那隻陷入愛河的傻鳥，頓時被牠的魅力征服了，五迷三道地看著牠。

李華茂本來就鼻子癢，被那隻鳥這麼一噴，打了一個噴嚏出來。他比李盛東善良多了，聽見後也不生氣，把剩下的水果放在鳥籠裡，就出去了。

九官鳥跳過去啄起一塊水果，殷勤地送過去。另一隻呆鳥沒被這麼激烈地追求過，見到牠過來就往後跳，一歪——就摔下去了！

李華茂聽見聲響跑來看的時候，嘴角沒繃住，「呆呆，你真沒用！牠咬你，你不會咬回去嗎……嘖嘖，算了！放你們去客廳吧！這樣早晚會摔斷腿，噗！」

他沒多想，還以為是兩隻九官鳥在打架呢！

兩隻九官鳥歪著頭看著那個人類嘟囔半天，然後，陽臺門打開了。這對牠們來說，等於敞開了一個新的天地！

丁浩家的那隻壞心眼多，沒幾天就帶呆鳥去了廚房，紅辣椒、青辣椒吃飽飽！但呆鳥對辣椒沒什麼興趣，反而很喜歡蹲在李華茂的抽油煙機上，偶爾也會在李華茂做飯的時候進去，歪著頭站在排氣管上，李華茂炒菜，牠就用屁股對著李華茂。

李華茂以為這是跟自己變親近了，也沒趕牠出去。直到有一天下班回來，看見抽油煙機排氣管上的大洞才慌了！他撿來的那隻呆鳥跑掉是沒什麼，可是丁浩家的那隻別跟著一起私奔了啊！這樣要怎麼向人家交代！

李家的兩位大人裡裡外外找了一遍，甚至恨不得在社區裡貼「尋鳥啟示」！就在這個時候，陽臺上傳來一聲微弱的鳥叫。李華茂有了精神，立刻過去看，躲在盆栽裡的就是丁浩家的九官鳥！腿上還有小銀環！

九官鳥四十五度角仰望著天空，在為牠逝去的愛情悲傷，那種痛入骨髓的哀痛之情，簡直要逆流成河了。
九官鳥失戀了。牠看上的鳥兒並不呆，人家為了自由，忍辱負重，臥薪嘗膽，終於在啄破了李盛東家的豪華抽油煙機排氣管之後，重新展翅，飛翔天空。這個歷時幾天的巨大工程，讓李盛東家的排氣管徹底報廢了。
隨之而來的麻煩不止如此，丁浩也找上門來了。他跟白斌出差回來，就迫不及待地把九官鳥接回家，一打開籠子就發現不對了！這、這分明是瘦了一圈！還開始掉毛了！掉毛後，這愛美的小東西也不叫了！而且，一到晚上，月亮升起來的時候，九官鳥就開始對著月亮吟誦詩歌：「鋤禾——日當午！汗——滴——禾下土啊！」這是牠九官鳥爸念了十幾年的一首詩，也是牠會的唯一一首。
丁浩被牠飽含深情地朗誦了幾個晚上，開始頭痛了，這絕對有問題啊。
丁浩提著鳥籠來李盛東家興師問罪。但李盛東也不是好惹的，他跟丁浩說完事情經過，強調了一下自家的抽油煙機。
「丁浩，我也有損失！還是物質上的！不過你這隻九官鳥……咳，是我沒照顧好。要不然，我賠一點錢給你……？」
丁浩眼皮一翻，「小豆豆可是我奶奶的心頭肉！牠少一根毛，我奶奶就會心疼！我奶奶那麼大把年紀了，可禁不起這樣折騰！李盛東我告訴你啊，這不是什麼錢不錢的事！要是小豆豆有個三長兩短，把你們家賣了都賠不起！」
李華茂在旁邊認真思索一下，「把這間房子賣了，應該賠得起……」

李盛東不高興了，「李華茂！你在幫誰啊？站好陣營再說話，有你這樣胳膊往外彎的嗎！」

丁浩不聽他們解釋，把九官鳥放下就走了，臨走前還留下一句話——一個月內，把九官鳥養肥再送回去給他！要不然，他不會罷休！

李華茂把這隻九官鳥當成大爺伺候，一日三餐都小心地打點，晚上還陪牠一起朗誦詩歌。

「……啊，黃河！你是如此波瀾壯闊！」

替徐老先生抄寫的激情詩句終於派上了用場。

九官鳥不甩他，望著月亮吟誦悲傷的唐詩，「鋤禾——日當午啊！」

李盛東如今也不敢得罪這隻鳥，他也怕丁奶奶一個不高興就生病，那丁浩非得跟他拚命不可。

李流氓壓制住本性，耐心地等九官鳥被養肥。

一個月之後，九官鳥終於擺脫了失戀的陰影，開心亂跳地回歸了丁浩家。

李流氓含淚相送，把籠子交到丁浩手裡，千叮萬囑，「丁浩，下次！不！別有下次了啊！」

九官鳥難得有良心一次，在籠子裡歪著頭看李盛東，說了一句吉祥話：「恭喜發財！」

李盛東有點感動，伸手進去逗牠，「還算沒白養！」

丁浩多嘴問了一句不該問的，「李華茂呢？」

李盛東還沒回答，籠子裡的九官鳥搶先學道，「啊……啊啊……哦哦？咿你個頭——！！」

最後三個字學得字正腔圓。

丁浩聽得一頭霧水，李盛東就算臉皮再厚也臉頰發燙，說完再見就飛快地走了。

李華茂？李華茂趴在床上，還沒起來呢！

〈結婚日記〉

# 第一章 旅行的意義

丁浩一向是個很有自知之明的人，例如他從小就知道自己不適合學外語。

白斌捏著他下巴抬高並親上來的時候，丁浩的腦袋裡就亂成一團，舌頭被白斌的舔了幾下，感覺到白斌又加深了這個吻，唇舌糾纏，心猿意馬。

「記住了嗎？用這裡發音。」白斌放開他的時候這麼問。

丁浩臉上還有點泛紅，手指抓著白斌的領口，把人家的襯衫弄皺了不少，眼裡帶著幾分霧氣的樣子顯然是完全沒記住。

白斌悶聲笑了，額頭抵著他的，親昵地蹭了兩下，「沒事，還有時間，我慢慢教你。」

丁浩有些懊惱，他有點後悔答應和白斌出去結婚的事了，丁浩覺得這簡直就是自己畫了一個圈然後自己跳進去受罪。

白斌對此倒是興致勃勃，他握著丁浩的手和他商量結婚的事情，習慣性地提前做好計畫：「現在這個季節過去，溫度正合適，能看到風車和鬱金香。再幫你帶幾件薄外套吧，如果你想去海邊……算了，不去海邊了，不安全。」

丁浩上次就是在碼頭上出事的，白斌當時站在岸邊眼睜睜地看著他掉入海中，每次回想起來就膽戰心驚。

丁浩看著桌上擺著的幾大本畫冊，封面都是大片顏色絢麗的鬱金香花田。

說起荷蘭這個國家，大概腦海中會浮現的就是這些了。

白斌順著他的視線看過去，但是他想到的顯然跟丁浩完全不同，饒有興趣地道：「說起鬱金香，其實還有一個故事。浩浩知道鬱金香效應嗎？那可是經濟史上最早的泡沫經濟案例，符合金融投機活動中的一切要素，環節周密……」

丁浩的眼皮開始打架。他知道荷蘭有個安徒生，還寫了一本童話故事，前幾天他乾兒子白昊還主演了裡面的一個角色，第一次登上了幼稚園的舞臺。

「有行會的控制和操縱，不停有新投機者加入，鬱金香的價格就在一個月內翻了三十九倍……後來三次大起大落，每一次的振盪幅度都超過百分之四百……」

白斌的聲音溫柔，但是內容還是太枯燥乏味，時不時蹦出來的外文單字更讓丁浩像在聽催眠曲。丁浩努力地做出一副「太他媽有趣了」的表情，但是一直垂下來的眼皮顯示出他實在不是從事經商的料，對經濟和歷史一點都不感興趣。

「用累積或者壟斷供應管道的方式來哄抬價格……浩浩，你是不是睏了？」

白斌也覺得懷裡的人太過安靜了，停下講解，看著他道。

丁浩唔了一聲，「沒有，我是在想我們其實沒必要去那麼遠的地方，而且你的身分也不方便，那個證書拿回來，在我們這裡也沒什麼法律效應，我覺得互相送個戒指就可以了……」

白斌握著他的手捏了兩下，修長的無名指上赫然戴著一個款式簡單的金屬指環，「戒指不是早就送了？你正戴著呢。」

丁浩看到這個戒指就鬱悶，「你有見過送戒指的時候，連遺囑一起送的嗎？」

白斌挑眉，臉上神色不變，「遺囑是你先立的。」

丁浩啞巴了。是，他那時候覺得自己活不過二十三歲，然後買了巨額的保險，受益人寫了白斌的名字。不過白大少也不含糊，回贈了一份遺囑給他，受益人也是寫丁浩的名字。

「噯，白斌，我們的墓地買在一起吧？」丁浩笑了，抱著白斌的脖子眨了眨眼睛，「到時候就用同一個盒子，還省錢。」

白斌咬了他鼻尖一下，不贊同道，「我們現在是說結婚的事，至於墓地，我想過幾十年再討論也不遲。」

◆

長途旅行之後，終於到達了目的地，白斌一下飛機就帶著丁浩直奔教堂——可以允許任何人進入宣誓的教堂，哪怕是兩個男人。

丁浩按照白斌的要求，換了一身白色的西裝，正站在那裡規規矩矩地讓白斌幫他打領帶，只是眉頭還微微皺著，一臉不解，「白斌，為什麼非要在這裡？這也太遠了。」

白斌穿了一身相同款式的黑色西裝，頭髮微微向後抓攏，露出光潔的額頭。

他幫丁浩認認真真地系好領帶，垂著的眼睛裡也是同樣認真的神色，「因為我想在別人面前說一次『我愛你』。」

「你傻啊，我知道……」丁浩的嘴巴動了幾下，把後面幾個字咽了回去。

很俗氣的場景，很傻氣的理由，但是他還是鼻子發酸，心裡湧上一陣陣難言的感動。

十七個小時的飛行時間，千里迢迢跑來異鄉國度，為的就是能在人前大大方方地說一聲我愛你。

宣誓的誓詞丁浩記不太清楚了，原本以為會緊張，但是他卻看著白斌到有些出神，等到白斌念完誓詞，輪到自己的時候反倒開始結結巴巴。

神父說了一句什麼，丁浩沒聽懂。白斌笑著在他耳邊道：

「他說你有一輩子的時間可以看我，現在，我想我可以親吻我一生的伴侶了。」

丁浩的行動能力遠比語言能力有天賦，咧嘴一笑，他大大方方地摟住白斌的脖子，墊腳親了上去，「白斌，我愛你。」

白斌的眼睛裡帶著細小的光芒，一點一點彙聚在一起，然後彎起眼睛笑起來，貼著丁浩的唇輕輕回吻，唇瓣貼著，親昵地蹭了兩下，喃喃道：「我也愛你，浩浩。」

白斌為人嚴格謹慎，總是一板一眼，但骨子裡總有一些別樣的浪漫追求。例如他堅持和丁浩鄭重地互相交換戒指，哪怕不能真正給予丁浩一紙結婚證書，也會通過國內最有法律保障的遺囑，讓丁浩得到他的全部。再例如，他也希望丁浩能和其他人一樣擁有一個舒適的蜜月之旅。

丁浩站在飯店頂樓的總統套房裡時，差點被那滿床的玫瑰花瓣閃瞎眼。白斌給了侍者小費，隨後關上門，裝作不經意地道：「喔，這個是飯店給情侶的額外服務，我有提前通知飯店說是來度蜜月的。」

丁浩看著白大少一副等待表揚似的站在他身邊，嘴角抽了一下，道：「這個，滿別致的呢。」

白斌的心情明顯好了不少，嘴角往上揚了一下。

丁浩彎下身去拿拖鞋，嘩啦——拖鞋裡倒出來的，依舊是一大捧火紅的玫瑰花瓣。他穿上拖鞋往臥室裡走，從一進門的地毯、沙發甚至浴室裡，都是玫瑰花瓣，拼成一個個的心形，實在是……

丁浩叼著牙刷，把洗漱台上水杯裡的玫瑰花瓣倒掉，注滿水後一邊漱口一邊道：「白斌，你這些花瓣也弄太多了。」

白大少第一次結婚，毫無經驗，一心只想討好心上人，雖然他已經堅持不懈地討好了二十年。他想了半天，試探道：「浩浩不喜歡玫瑰花瓣？那我換別的好不好？鬱金香呢，或者其他花……」

丁浩被他逗笑了，「不不，我不是那個意思。」

他回頭看白斌，那位正一臉認真地等他繼續說下去，像要把他說的話記下來。

丁浩懶得再解釋，乾脆勾著他的脖子，湊過去在他嘴邊親了一口，道：「我什麼都不需要，我只要你。」

這句話明顯讓白少產生了一些美妙的誤解，他把丁浩困在洗漱台和自己之間，低下頭去加深這個吻，對戀人熱情的表白做出了熱烈回應，「我也是，我也想要你……」

丁浩將手放在白斌肩上，略一猶豫，立刻就環繞住那人，並抬高下巴，痛痛快快地接納了這個吻。小舌勾著白斌的纏繞在一起，抵著互相舔舐，親密得不分彼此。只是親吻時太過投入，等到他發覺胸前微微發涼的時候，才發現白斌已經趁隙掀開了他的上衣，手指靈巧地撫弄起來。

丁浩還穿著今天白天宣誓時的正式西裝，外套已經脫下來、掛在外面了，只穿著一件絲質的白襯衫。被白斌伸手進去揉捏幾下，快感就忍不住一陣陣襲來，四肢都酥麻了。

白斌把他抱到檯面上，低下頭盯著他看了一會兒，慢慢俯下身貼在他胸前的絲質襯衫上舔弄幾下。

衣衫輕薄，很快就被白斌弄出一塊透明的濕潤痕跡，被遮蓋在下面的豔粉色小豆也被舌尖刺激到硬挺起來，每次被舔過，就忍不住微微顫抖。

「哇啊……！」

被牙齒隔著襯衫咬到的瞬間，丁浩差點跳起來，但是緊接著，舌尖的反覆舔弄撫慰又讓他抑制不住地弓起腰，把胸前硬得像小石子一樣的豆粒遞向白斌唇邊。

「這樣舒服？」埋在胸口的人一邊玩弄著，一邊問道。

丁浩的手指按著他的肩膀，微微搖頭。白斌輕笑一聲，一顆顆解開他的襯衫鈕釦，再次親吻上去，「那我得更加努力才行啊。」

舌頭輕繞著突起的一點使勁吮吸，另一邊也不忘反覆彈動、揉捏，等到兩顆小豆都又紅又硬到不像話，才輪流舔舐輕咬，發出嘖嘖的聲響，像是在品嘗美味似的。

丁浩按在白斌肩膀上的手一時也失去了力氣，舔弄的觸感太過強烈，讓他有點壓制不了喉嚨裡的呻吟，只能微微吸氣。

「不……嗯，嗯啊……不要了……白斌你別玩了……」

「浩浩的身體其實很好色呢，我只是舔一下，就已經這樣了。」

白斌抬起頭親了丁浩的嘴角一下，手卻慢慢向下，解開丁浩的腰帶，慢慢握住已經勃起的那個部位。那裡已經有些蠢蠢欲動，頂端分泌出來的透明液體把內褲弄濕了一小塊。

丁浩的胸口還殘留著剛才被咬過的觸感，兩顆像紅寶石的小豆挺在那裡，明顯腫了一圈，火辣辣又刺痛。這時他被白斌突然握住下面，忍不住吸了一口氣，咬唇道：「換、換我來試試，你就知道誰好色了！」

白斌將身體擠入丁浩的雙腿之間，強勢地向前頂著他的磨蹭幾下，看著身下衣衫不整的丁浩，啞聲道：「浩浩什麼都不用做，我只要看著你就忍不住了。」

丁浩臉紅了一下，想要開口反駁就被白斌的親吻封住嘴巴，只能發出幾聲甜膩的鼻音。

白斌吻得熱烈，像是期待這樣的情景很久了，濕滑的舌頭探入丁浩的口腔，細緻地一點一點舔弄，舌頭互相糾纏，舌尖抵著摩擦，滑過上顎的時候讓丁浩顫抖了一下。

丁浩眼睛濕潤，難耐地用下體蹭動著白斌的手掌，小舌像貓一樣小口小口地舔著白斌的，撩得人心癢。

白斌所有的原則在丁浩面前，就是毫無原則——寵著丁浩是這樣，迫切地想在丁浩的身體裡釋放自己也是這樣，他無法抗拒丁浩帶來的誘惑，哪怕只是一個眼神，一聲輕微、帶著鼻音的喘息。

整齊的衣服變得淩亂，丁浩身上都沾上了幾片玫瑰花瓣，但是更要命的是白斌握著他前面輕輕擼動的動作，讓他忍不住全身發熱。丁浩不甘示弱地伸手去碰白斌的，剛碰到外面就已經感覺到那勃發賁張的器官尺寸驚人，他有點困難地吞咽了一下，「白斌……你要不要，先射一次？太大了，根本塞不進去吧……」

被握住的粗大硬挺在他說話的瞬間，像在彰顯實力一般又脹大了一圈，嚇得丁浩差點沒握住。

白斌的手已經靈巧地將丁浩身上的褲子褪到了膝蓋，半掛在身上，一副隨時會棄丁浩而去的模樣。他的手也探入丁浩股間的密縫裡，手指慢慢地往裡面伸進去，用實際行動表明了自己想進去的意思。

「等一下，白斌……嗯嗯，不……啊，那裡太……啊啊啊！」

前面被揉搓得太過舒爽，丁浩差點忍不住噴發出來。他跟白斌在一起太久了，白斌對他的敏感帶掌握得一清二楚，幾下就讓他軟腳了。

「浩浩這裡一縮一縮的，好像沒餵飽……」白斌的手指動了一下，慢慢在後面抽送著。

「胡說八道，我才沒……！」丁浩抱著他的脖子，紅著臉爭辯，下一瞬卻就被白斌握著前面的小東西不停揉搓，連頂端的小孔也被拇指連續不斷地搓弄，顫抖到腰都無法挺直。

「嗚嗚，白斌你別突然這麼……啊！」

丁浩完全沒想到自己會這麼快就出來，腦海中一片空白的時候，甚至還在想要多堅持一下，至少要等到白斌插入才可以。

白斌的大手包住丁浩的東西，把他射出的白色濁液一滴不剩地全部接在手裡，一點一點塗抹在丁浩後面的穴口，借著液體的潤滑慢慢探入手指抽送。他趴伏在丁浩耳邊，手指一邊侵犯著丁浩，一邊用浸染了情欲的聲音道：「我想射在裡面，可以嗎？」

沾滿白濁液體的手指反覆進出，骨節分明的手指觸感強烈，丁浩甚至能感覺到上面戴著的細小金屬指環——那是他白天的時候，親手幫白斌套上去的。

修長的手指又添加了一根進去，反覆摳挖，準確無誤地揉弄著丁浩的肉壁最敏感的一處突起軟肉，讓他的腰抖個不停。

被毫不間斷地刺激著，丁浩剛剛失去硬度的器官再次緩緩挺立起來，顫顫巍巍地隨著手指的動作晃動。

身體內部被仔細探索的感覺，讓丁浩覺得有點難為情，後面痠痠脹脹的，觸感很奇怪，也說不清楚是怎麼樣。他想要放鬆身體，卻在無意識中夾緊了探入肉穴裡的手指，白斌的手指就停在那裡緩緩按壓，讓丁浩整個人繃緊起來。

「裡面很濕很熱，一直吸著我的手指不放。」白斌貼著丁浩的耳朵細細描述，慢慢撤出手指，把自己已經硬到不像話的硬挺抵在濕漉漉的穴口，輕輕向前頂弄幾下，「浩浩，你想要我進去嗎？」

反覆的戲弄，還有白斌的肉莖頂端探入、拔出發出來的水澤聲，終於讓丁浩羞恥到紅了臉。他向前挺，雙腿也盤上白斌的腰，勾著白斌一點一點湊近自己酥癢難耐的地方，「別說了……進來……我、我想要你……」

白斌將雙手撐在丁浩身側，擠在他雙腿中間，對著不停收縮的濕潤小穴慢慢頂了進去。丁浩低聲悶哼一聲，肉壁被一點一點撐開塞滿。感受到埋在自己體內的東西是白斌的，身體又一陣火熱，甚至也開始泛紅。

白斌慢慢抽送，細緻地感受那一陣陣難言的舒爽快意和說不出的滿足，看到丁浩扭過頭、紅著耳朵的樣子，他忍不住咬了耳尖一下，「做了這麼多次還會害羞啊？」

丁浩被他湊近的動作頂到體內最深處，忍不住抓緊了白斌身上的衣服，鼻子裡發出嗯的一聲尾音，含糊不清地說了一句什麼。

白斌的耳朵尖，聽到之後心跳加快了一下，一邊壞心地欺負他一邊追問道：「什麼？我沒有聽清楚，浩浩再說一遍吧。」

丁浩被他越發激烈的動作頂到差點坐不穩，抓著他胸前的衣服，斷斷續續地道：「你、你剛才明明……啊……聽到了……別再加快了，不行……嗯嗯啊！」

白斌抓著他的腰胯，讓丁浩更湊近他，整個埋在裡面深入頂動，「再說一遍給我聽吧。」

丁浩被他的幾次抽插弄得小穴酸麻，在體內放肆動作的粗大硬挺抵在最要命的地方反覆蹭過，讓丁浩連眼淚都流出來了，頭皮一陣發麻，「我……我喜歡你……所以才會不好意思……」

白斌親吻他的唇，像要把這句情話吞進肚子裡似的深深吻著、吮吸著，胯下更是不停動作。丁浩受不了了，小穴緊緊絞住不放，直到把白斌夾到射出來才嗯了一聲。

白斌並沒有拔出去，趁著硬度還未退下，又在被澆灌了白液的小穴裡抽送了一會兒，弄得小穴裡外都濕得一塌糊塗。

「新婚之夜在浴室裡過好像不太好。」白斌喃喃道，竟然一邊抽插一邊抱著丁浩慢慢走了出去，「浩浩抱好，我帶你去床上。」

丁浩被他抱著走了兩步，敏銳地發現埋在自己身體裡的肉莖竟然又挺立起來，一點一點地在裡面脹大，每走一步就因為重力的關係上下顛簸摩擦，體內的肉莖也在輕微地戳刺著，這種感覺讓丁浩忍不住呻吟一聲。

只有幾步的距離，卻足足走了十幾分鐘，等到了床上的時候，丁浩肉壁裡的黏膜已經近乎痙攣地絞著白斌的硬挺不放，一點一點地吮吸嘬著。

白斌沒有抽出，就著連接的姿勢換了一個背後式，他親了親丁浩的肩膀，道：「這次的時間可能會很久，這個姿勢會輕鬆一點。」

丁浩被他那句「時間很久」激得顫了一下，他覺得他們第二天的行程估計可以全部取消了。緊接著，他感受到後面的人一寸一寸地再次深深侵入進來，貪吃的肉壁像是完全沒聽到主人的意願，迫不及待地迎上去包裹住，饑渴地收縮著。

「浩浩，又有感覺了？」白斌在後面親吻他的脊背，難得帶著喘息的聲音，好聽又煽情，「剛才也是，一直不讓我出去，好緊。」

「呃……嗯嗯……嗯唔！」

「會痛嗎？」

丁浩搖搖頭，眼睛裡帶了霧氣，他好像控制不住自己的身體了，他的心和他的身體都迫切地渴求著白斌。

後面的小穴動個不停，白斌忍不住吸了一口氣，埋在丁浩體內的硬挺跳動了兩下，壓著聲音道：「浩浩對不起，我忍不住了。」

丁浩覺得他才忍不住了，被白斌壓住身體凶猛進入時，身體有股難言的愉悅，胸口的心跳聲簡直快要遮蓋不住了。

他好像，真的喜歡白斌到願意做任何事的地步。

「啊啊……啊啊啊……啊！」

火辣辣摩擦而過的爽快感，以及從身體到內心都被填充得滿滿的感覺，除了彼此，再也沒人能夠給予。

頂到最深處的肉莖抽離的時候，肉壁總會忍不住收緊，像是企圖咬住，不放它出去一般。反覆抽送的速度極快，咬住肉莖的嫩肉甚至還會被帶出來一點，再被狠狠推進去，激烈地摩擦，繼而在丁浩哭喊討饒時，抵住體內最禁不起挑逗的敏感突起不停磨蹭，弄得肉莖都濕漉漉的。

「嗯啊……啊啊……！不要，太、太深了……好脹……」

激烈的律動讓兩人一身汗水，丁浩濃密的睫毛上還有未滴落的水珠，也不知是汗水還是被刺激出來的淚水，只是一臉潮紅地趴伏在白斌身下呻吟。腰部隨著白斌的動作微微起伏的時候，像極了一匹被白大少征服的小野馬，被人壓住「鞭」打。

白斌盯著他，一次次貫穿，聽著身下人發出的低喘聲，甚至有些無法控制自己的動作，握著丁浩腰部的手都忍不住微微加重了力氣，讓他貼著自己，更近一些，再近一些。

在最後傾盡全力的十幾下衝刺，白斌貼在他耳邊，小聲重複宣誓時說的那三個字，反反覆覆地說著，像是除了這三個字，再也無法表達此刻的心情。

丁浩無意識地握緊床單，手指都因為握得太緊而泛出白色，無法抑制地在白斌說出那句話的時候噴發出來。

白色的熱液和床單上的玫瑰花瓣黏在一起，弄得床上一片淫靡。

在他噴發出來的同時，一股灼熱的液體也因為肉壁奮力地收緊絞動，盡數噴灑在甬道最深處。

身體明明已經疲憊不堪，但是連接著的火熱卻還是熱情地探入，丁浩微微晃動腰部，任由白斌不知疲憊地索求自己的身體。

自己深愛的人，恰好也深愛著自己，這便是世界上最幸福的事。既然他喜歡，那就都給他，毫無保留地……

丁浩憑著一股衝動跟白斌糾纏到半夜，但他低估了剛結婚的新郎的熱情，被白斌的昂揚再次加快速度在體內衝刺的時候，終於失去了知覺。

再醒過來的時候，天色微明，白斌正慢慢地拔出已經逞凶了一夜的凶器。小穴裡的白濁液體湧出，慢慢順著大腿根部流下來，彰顯著兩人昨夜的荒唐。

丁浩消耗了過多體力，就癱軟在白斌懷裡，連一根手指頭也懶得動。

白斌抱著他親了一口，道：「我抱你去洗澡。」

「嗯。」丁浩模糊地應了一聲，在白斌懷裡安心地閉上眼睛，慢慢睡去，最後的知覺就是背後溫暖的懷抱。

外出旅行的意義，大概就是讓彼此確認「更愛你」這件事吧。亦或者，讓昨夜敗得一塌糊塗的丁浩再次確認了自己對白大少的溫柔攻勢是真的沒有絲毫抵抗力。

所以，請你在今後的日子裡，再多愛我一些吧。

# 第二章 已婚人士

丁浩做生意，大部分都只參加飯局，很少續攤。

今天這個情況是個例外，這次的生意夥伴是他的兒時玩伴李盛東，兩人是從小混到大的交情，這個面子無論如何都要給一下。

李盛東依舊是一貫的暴發戶作風，請丁浩他們去的地方也是本市最豪華的娛樂城，酒吧、舞廳、KTV包廂，樓上甚至還有三溫暖和套房，累了可以直接去休息。

丁浩跟李盛東他們玩得心不在焉，時不時低頭擺弄自己的手機，無名指上的戒指在頭頂水晶吊燈的映襯下，偶爾帶過金屬光芒。

這真是刺上了李老闆的心裡，李盛東靠著丁浩坐下，衣領早就敞開了不少，露出結實的胸膛。他看了一眼丁浩手上的戒指，又抬眼看了丁浩微微垂下來的眼睛。還別說，丁浩不說話的時候，這副皮相還是很漂亮。

丁浩還在擺弄手機，翻來覆去地打開再關上，像膽戰心驚地在等什麼人的電話或訊息。

李盛東湊近他耳邊，皮笑肉不笑地道：「怎麼，怕白斌找過來？你晚回去，他會懲罰你嗎？」

丁浩和白斌在一起的事，李盛東早就知道了，當初還為了這個跟丁浩起了好大的爭執。

說到底，這位先生其實就是嫉妒。當年能和他一起玩的朋友沒幾個，也只有丁浩能讓他打從心裡認可。但沒想到的是，丁浩竟然在半路被白斌帶上了一條不歸路——甚至，這兩人連戒指都戴上了。

丁浩的眼睛挑起一點，把手機放進口袋裡，「李盛東，你也太看不起我了，我剛剛是拿手機玩遊戲，老子出門從來不需要誰批准。」

李盛東換了個姿勢，翹著腿半躺在沙發上，瞇著眼睛誇獎他，「這就對了，白斌算什麼，你以後跟著我……」

暗金色的厚重木門被人從外面推開，幾個人簇擁著一個身穿西裝的年輕男人走進來，那個人臉上慣有的冷靜，在如此喧鬧的場合更是刺眼。

「喲，李老闆，真巧，盛世龍城的白總一聽說您也在這裡，說一定要來拜訪一下，哈哈！」旁邊的人熱絡地幫他們介紹，「白總，這是華貿實業的李盛東李老闆，為您介紹他旁邊這位是……」

「丁浩。」

為首的英俊男人動了動嘴角，眼神從一進來就注視著丁浩沒離開過，如今眉頭都皺起來。

丁浩的嘴角抽了抽，這位他太熟了——白斌的弟弟白傑，號稱小財神，他怎麼忘了白傑最近也在這邊投資土地了？真是怕什麼就來什麼。

白傑在外人面前，還是給足了丁浩面子，只是跟他握手的時候時間略長。丁浩被他捏出了滿手心的汗，心裡像長了草一樣，等白傑走了還是心頭不安。

「白總在我們隔壁，聽說這次是來搞社區開發的吧？盛世龍城，嘖，光是聽這個名字，就夠霸氣了！」

「算了吧，人家上面有人在。聽說白家老爺在京城裡也是一號人物，家裡一共兩個兄弟，一個從政一個從商，很有能耐！你沒看見旁邊那幾個是中信的高層？誰有能力一口氣叫來這麼威風的老傢伙啊……」

旁邊的人議論紛紛，李盛東坐在那裡安然喝酒，偶爾瞥一眼老友丁浩。

沒一會兒，幾個服務生抬了一個大果盤進來——真的得用抬的，因為一個果盤就近兩公尺長，拼湊成了一幅畫，旁邊還用巧克力醬寫了幾個蒼勁有力的字。

穿著緊身小背心的服務生服務態度很好，微微欠身道：「丁浩先生您好，這是隔壁的客人送給您的果盤，名字叫『歸心似箭』，他祝您今晚玩得愉快。」

丁浩有點坐不住了，這暗示意味太濃厚，他的小腿都有點發抖了。

李盛東看他一眼，哼道：「真是有什麼樣的哥哥就有什麼樣的弟弟，丁浩，你要是害怕就趕緊回去。」

丁浩的嘴角抽了一下，「誰說我怕了。」

李盛東剛想誇獎他，就見到丁浩拿著手機出去，一臉嚴肅地道：「我剛才喝太多了，去一下洗手間。」

李盛東抿了抿唇。丁浩那小子剛才一口酒都沒沾，礦泉水也是打開了蓋子，一口都沒沾，這冷眼一看就知道是去打電話給白斌，彙報行程了。

丁浩躲在洗手間的隔間裡，偷偷摸摸地打電話給白斌。這裡的隔音好，若是裝得像一點，白斌應該聽不出來他在哪裡。

「喂，白斌，我在朋友家打牌……啊，對對，就是李夏他們那裡，那幾個人輸了，不讓我走，你等我一會兒，我馬上回家。不用，不用來接我，你不是剛出差回來嗎？你在家等我，我等等就回去了……」

電話那邊的聲音有點疲憊，但是依舊溫和，『沒關係，我過去接你吧，還是新區那邊對嗎？』

還沒等丁浩回答，就聽見隔壁間有個粗聲粗氣的聲音道：「老子跟你說了，沒來娛樂城！不信你問金毛他們，我手臂上還有傷，會到處亂跑嗎！」

電話那頭的白斌立刻就起疑了，聲音緩慢了一些，『娛樂城？』

丁浩恨不得跟隔壁那位拚了，捂著手機支支吾吾地道：「啊，李夏他們在看電視，哈哈哈，你看現在的電視劇，動不動就拍黑社會的哈哈！」

『我還是去接你好了……』

「你還想讓我說幾遍！」隔壁的人耐心不足，一拳捶在隔板上，「你敢來試試！這地方亂七八糟的，你來幹什麼？我的話你不信，金毛的你也不信，你到底要我怎麼樣？都快十點多了，前幾天報紙上還說濱江路有人搶劫，你給我在家乖乖待著，不許出門！」

丁浩握著手機，半天沒吭聲，電話那頭的白斌也沉默了一會兒，兩人一起聽著隔壁的那位黑社會粗聲粗氣地訓話。

隔了好一會兒，白斌才在電話裡淡淡道：『你到底在哪裡？說個地址，我去接你。』

丁浩幾乎是哭著說出了娛樂城的位置，等白斌掛掉電話，他都有點腳軟了。

隔壁那位黑社會老大還在強詞奪理，說自己沒來娛樂城，都恨不得指天發誓了。丁浩帶著報復心，對隔板另一邊嚷嚷了一遍娛樂城的位置，果然那邊也靜默了一陣子。

丁浩還覺得不夠洩憤，對隔板踢了一腳，徹底報復了一次。

那邊的人把電話掛斷，走出來沉聲道：「誰踢的？」

丁浩心頭也有一把小火，推開門道：「我踢的，怎麼樣……怎麼就這麼不小心踢到了呢？呵呵，那個……」

站在門口的人是身高一百八十幾公分的黑衣男人，下巴上帶著一些鬍渣，黑色絲質襯衫的袖子也捲起一些，露出大塊滲著血的白繃帶。此刻正一手插在口袋裡站著，冷眉冷眼地低頭凝視丁浩。這個人長得還算端正帥氣，只是眉毛上方的一道刀疤破壞了他的面相，平白帶出一股狠厲。

丁浩欺軟怕硬，沒想到真的會遇到黑社會，一邊道歉一邊往門口走，「那什麼，我也不是故意的……我剛才也在講電話，我們扯平了……」

「你是Z大的學生吧？」那位伸手攔了一下，似乎想起來了，「你們老師是不是程葉？上次好像帶你們去了古玩街。」

「教玉石鑑賞課的程老師嗎？」丁浩也愣了一下，他的選修課裡是有挑了這麼一門課。

那位黑衣男人立刻笑了，臉上繃著的表情也放鬆下來，「對，就是他，你在這裡正好，我打通電話後，你幫我想個理由告訴你們老師……就說我跟你們這幾個學生在一起，沒來娛樂城！」

那位斬釘截鐵地撥通了號碼，把手機塞到丁浩手裡。丁浩哭喪著臉，只能重複一遍「我們都在李夏宿舍打牌」的謊言。

電話那頭的程老師性子慢吞吞的，但是顯然也很疑惑，『為什麼他會在你們宿舍？你們怎麼遇到的啊？』

旁邊的黑襯衫男人全身繃緊，一臉緊張地對丁浩使眼色，讓他編個理由，丁浩就信口胡謅，「那什麼，我剛才想和李夏他們來娛樂城玩，正巧碰到老師的朋友，他嚴厲地教育了我們應該以學習為主，不能花天酒地，所以大家就決定洗心革面，請他一起去打牌……」

這個理由太牽強，但是程老師明顯不好意思追問一個學生太久，只諾諾地應了幾句，道：『把電話給他吧。』

丁浩把手機交給那個人，推門出去的時候，正好聽見那個臉上有刀疤的黑衣男人用一種堪稱溫柔的聲音繼續解釋著什麼，「信了吧？你身體還沒好，乖乖躺著養病不行嗎？小祖宗……」

丁浩發抖地站在娛樂城門口等白斌，天氣有點冷，他的外套還放在李盛東車上沒拿下來——自從車禍以後，他就有了上車就暈的毛病，別說碰方向盤了，就算是坐在那密閉的小空間裡都要鼓足勇氣。

丁浩不想回去拿衣服，他怕李盛東笑他。

白斌來接人的時候，就看見丁浩垂著腦袋，倚著路邊的一棵法國梧桐，肩膀上還有幾片枯黃落葉，帶出一股頹敗的氣息。

白斌走過去，把自己的西裝外套脫下來披在他身上。

丁浩咽了咽口水，「白斌，我是來和李盛東談生意……」

白斌微微仰頭看著娛樂場五光十色的招牌，隱約還有魅惑人的音樂傳出來。進進出出的都是打扮光鮮亮麗的年輕人，他們在這裡毫無顧慮地揮灑著自己的青春，甚至還有人在門口就擁抱、親吻起來，真是熱烈奔放。

丁浩伸手去拉扯白斌的衣袖，「白斌，真的不是你想的那樣，我沒亂來，我只是進去喝了一杯礦泉水……」

白斌反手握住丁浩的，一言不發地帶他離開。

丁浩披著白斌的寬大西裝外套，老老實實地跟著他走，在腦袋裡轉的都是如何開口跟白斌解釋的想法。走了幾步，他忽然發現有點不對勁，這裡好像是娛樂城後面的小巷子。

小巷子裡很黑，偶爾還有路過的野貓叫兩聲。

「白斌，我真的是第一次來。」丁浩還在解釋，胡亂找了個藉口道，「正好奶奶讓李盛東帶了一點東西來給我，我就是覺得好久沒見了，想聚一聚……」

白斌沒帶丁浩走進去，只在巷子口半明半暗的地方停下來。

光線不好，丁浩微微瞇起眼睛看著他，「白斌，我們不是要回家嗎？」

白斌將一隻手撐在牆上，微微彎腰直視他，開口道：「不回家。」

丁浩被他看得有點脊背發涼，他一直覺得白斌的目光帶有一種穿透性，若是被他盯久了，心裡的那點小想法全部都無法逃避。

白斌還在看著他，語氣裡聽不出什麼，「浩浩長大了，覺得做什麼都不用跟我說，無論是跟誰出去、去了哪裡……我都不會在意對吧？」

丁浩感覺到他身上散發出一絲絲冰冷的氣息。糟糕，白斌是真的生氣了！

他狼狽地潤了潤唇，只是還沒開口解釋，就被白斌按上後方的牆壁，狠狠地吻住。丁浩被這突如其來的舉動嚇了一跳，頭皮都快炸開了，想要推開白斌，卻被那個人反手握住掙扎的手腕，壓在頭頂，唇舌更加肆無忌憚地重重親吻下來。

「白斌你幹嘛？不、不行……別這樣！會有人……唔！」

丁浩的舌尖被不輕不重地咬了一下，懲罰意味濃厚，讓他一時間老實下來，只微微張開嘴巴乖順地任由白斌探入翻攪。

白斌按著他在小巷子裡親了好一會兒，聽到丁浩呼吸變粗重才慢慢放開他，緩聲道：「會來這種地方，就是想找刺激對吧？喜歡這樣的刺激？嗯？」

丁浩被親到眼睛裡微微泛出水光，腦袋裡也有些迷糊，他隱約察覺到白斌的動作強勢，而且完全沒有要停下來的意思，「不是，我只是出來和李盛東……我……」

白斌的動作停頓了一下，重重地重複了他剛才說的那三個字，「李盛東。」

丁浩心裡暗叫不好，知道今天晚上的教訓徹底逃不過了。

黑暗的小巷子口，丁浩渾身僵硬又緊張，每次有風吹過，臀部上涼颼颼的感覺就讓他臉紅，但是很快，後穴持續撞擊而來的強烈快感讓他忍不住咬住唇，忍住快溢出來的呻吟。

丁浩做夢也沒有想到，白斌會真的在外面吃了他。

白斌抵在後面小穴上，抽送的動作強硬，但是一雙手卻依舊溫柔，順著衣襬探入的雙手撫在小腹上輕慢揉搓，讓丁浩忍不住眼角濕潤。

雖然很沒骨氣，但是在接受懲罰的時候，感受到一點細小的溫柔都會被無限放大，從心理到生理，並且會讓人忍不住求饒，渴求對方給予更多的愛撫。

「白斌，白……斌……我不要這樣……」

身後的動作漸緩，但是依舊沒有停下來，粗大的硬挺整個塞進後穴，退出一點再撞進去，一下下頂入，深入廝磨。

「我不要背對著你……」

後面被塞得滿滿的，胸前的兩粒突起也被捏著揉搓幾下，丁浩吸了一口氣，脊背微微顫抖。他側過頭，又帶著一點委屈地喊了一遍白斌的名字，溫順得像是一隻剛玩完回家的貓，眼神濕漉漉地蜷縮在那裡。

後面的粗大慢慢抽出，頂端拔出穴口的時候還發出了「啵」的聲音，讓丁浩忍不住抖了一下。但是他很快就被翻過身體，面對面抱著，再次進入。

這次進去的時候力度更重，粗硬的肉根斜斜地擦過肉壁內最軟嫩的一處敏感點，讓丁浩忍不住小小地嗚了一聲，白斌也趴伏在他的脖頸上悶哼一聲，埋在丁浩體內的肉莖再次脹大了一些，像是一隻極有耐力的野獸蟄伏在那裡，勃勃跳動幾下，等待獵物的臣服。

「碰……碰一下……前面，好難受……嗚！」

白斌順著他的小腹往下慢慢撫摸，一貫溫和的眼眸裡也漸漸暗了幾分，「這樣果然更有感覺，是嗎？」

丁浩被他抽插到幾乎沒了力氣，勉強伸手碰上白斌的臉頰，順著線條優美的側臉觸摸他挺直的鼻梁和抵著的薄唇，慢慢湊上去咬住他的下巴，含糊道：「才沒有，那是因為……是你……才忍不住想要……」

白斌明顯被戀人的這句話取悅了，身上危險的氣息淡化不少。他低頭，順著丁浩的動作和他接吻，眼神裡露出一絲無奈。

「浩浩，我不喜歡你和李盛東在一起，他不是什麼好人。」

丁浩被白斌雙手托高，壓在牆壁上感受粗大硬挺的一點點擠入，發出小聲的呻吟。要是以前，他肯定不想聽白斌這樣規劃他的人生、規劃他的朋友圈。甚至還會頂嘴吧？丁浩記得他們以前為了這個問題，常常發生爭執，那時他和白斌沒有愛得這麼坦白，所以那些傷人的話都能毫無顧忌地說出口。

——**白斌，你是擔心我會貪玩學壞，還是想要把我養在家裡，每天只要討好你一個人就好？**

丁浩微微咬唇，臉色潮紅地看著面前那個抱著自己的俊美男人。

白斌的額頭抵著他的，雖然表情不太好看，但是這張臉太過完美，近距離接觸對丁浩的衝擊還是有點大，噴在臉頰上的微熱氣息也讓他心裡一陣慌亂……

「我很擔心你……」

白斌的聲音一貫的沉穩冷靜，帶著擔憂，但更多的是質問和淡淡的責備。像是一個父親擔心自己的孩子第一次踏入社會，生怕他走歪了。

「白斌，我錯了……」丁浩身後收縮兩下，被這樣不上不下地晾著實在很難受，眼眶都紅了。

白斌趴伏在他耳邊，半晌才歎了一句：「可是我更擔心自己，我怕我自己，沒辦法給你自由。浩浩，我想把你綁在身邊，哪裡都不讓你去……也許，我才是最自私的人。」

丁浩心裡湧動出一絲絲的電流，從耳尖到身體全都被刺激到微微發顫，臉頰不可抑制地泛起紅暈。他覺得白斌實在太狡猾了，可是，在聽到他擔憂自己的時候，心裡還是會泛起甜味，像是乳糖化開，纏纏綿綿的味道讓人甘願溺死在裡面。

丁浩發現自己沒骨氣地硬了，前面沒經過白斌的撫摸，只是聽到他說了這麼一句並不浪漫的宣言，就翹起來抵住了白斌的小腹，頂端溢出的透明液體把白斌身上的襯衫打濕了一小塊，簡直讓人害臊得抬不起頭來。

白斌輕輕撫弄著丁浩雙腿間的小東西，看著因為自己的動作而夾緊微微顫抖的戀人，再次問道，「浩浩？」

「唔唔……那……那你就管我吧……」丁浩喘著氣，趴伏在白斌肩膀上咬了一口，像是有點不甘心被約束住，但是很快又伸出舌尖輕輕舔舐了幾下，帶起一陣酥麻電流。「白斌，我一輩子都只在你身邊，也只聽你……的……」

白斌埋在肉壁內的粗大突突地跳動了一下，緊接著猛地將丁浩壓在黑巷的牆壁上，啞聲道：「這是你說的，不許反悔。」

丁浩胡亂點頭，他聽到白斌在耳邊粗喘的聲音，耳朵紅得要滴出血來。

腰被抬高，連雙腿都被強迫環繞到侵犯自己的男人腰上。粗大硬挺的肉莖一下一下慢慢地擠入小穴抽送，繼而快速撞擊，這種被填滿的感覺不知是酸脹還是難以言喻的滿足。

「不啊……不要了……太深了……啊啊！」

身體羞於啟齒的某個地方被不停塞滿，在體內火熱不停地向前推去，丁浩的腰開始發軟，抱著白斌的手也有些支撐不住了。

白斌沒有說話，只在丁浩耳邊輕輕笑了一聲，熱氣呼在耳邊，曖昧的意味更濃。他握著丁浩翹起的小東西，用指尖戲弄著，等到丁浩連話都說不清楚了，再停下手上的動作，奮力地往上頂弄！

丁浩被他弄得脊背發麻，嗚嗚地發出幾聲像貓的討好聲，卻讓覆在身上的男人越發亢奮。

粗大的肉莖反覆戳刺著肉壁上的敏感軟肉，丁浩有一種要被幹死了的恐懼和快感，小腹繃緊，緊緊絞住身體裡聳動不止的肉莖，「不、不行了……！啊啊……啊啊啊啊……不，不……唔嗯！！」

白斌吻住他，讓丁浩只發出甜膩的呻吟，「浩浩小聲一點，會被人發現的。」

丁浩顫了一下，身體吮吸得更厲害了。耳邊是白斌小聲的詢問，也不知道是調侃他還是認真的發問，問他是不是更喜歡這樣的刺激。丁浩無論回答什麼，都會被用力地頂弄抽送，後來只能小聲地求饒，然後被白斌掰開臀部用力撞擊，直至那灼熱的液體完全射入體內。

丁浩雙手摟著白斌的肩膀，嘴唇被狠狠地親吻著，在寬大的西裝下面，時不時露出的白嫩臀部上，透明黏稠的液體不知不覺地順著大腿根部滴落……

丁浩的褲子被撕破了一點，披著白斌的西裝外套倒也能遮住。丁浩趴在白斌後背上，讓他揹著往回走。

看著後面來來往往的車輛，丁浩忍不住嘟囔，「你也不怕被人看見，我剛才嚇得腿都軟了……」

白斌把他往上揹了一下，笑道：「我記得是你讓我再深一點的，還說不夠。怎麼，浩浩現在害羞了？」

丁浩臉紅了一下，「我是怕你被人看見，我、我才不怕呢！」

白斌心軟了，「跟著我，以後都得這樣，你現在後悔了嗎？」

丁浩的頭髮經過剛才的情事，被揉得有點淩亂，一雙眼睛裡還帶著霧氣，不服道：「後悔也來不及了啊，我戒指都戴上了……」他的臉有點紅，偏了偏頭在白斌的肩膀上蹭了一下，「白斌，我真的不會出來胡鬧，我可是已婚人士。我就是想跟以前的老朋友聚一下，以後做生意要跟不同的人打交道，但市裡這麼小，肯定會遇見李盛東啊。」

白斌微微皺眉，「他可不是什麼好人。」

丁浩湊過去在白斌的側臉上親了一下，咧嘴笑道：「我跟他一起長大的，我的心思還比他多呢，你放心吧，我絕對吃不了虧。」

白斌把丁浩小心地往上揹了一下，有些不贊同地更正他，「你是跟我一起長大的。」

丁浩應了一聲，蜷縮在他背上點頭說是，眼睛都微微瞇了起來。

婚後的第一次晚歸，丁浩是被白斌揹回家的。

# 第三章　任性的戀人

丁浩每天早上醒來的情況都不一樣，有時候是被白斌用溫柔的親吻和香甜的食物叫醒的，有時候是自己睡覺亂動，摔到地上痛醒的，但是偶爾，也會在白斌的懷裡戳著白少的臉等他睜開眼睛。

丁浩戳了一會兒白斌的臉頰，又揉揉白少難得淩亂的頭髮，覺得這麼孩子氣的白斌真少見。

「嗯……」白斌微微睜開眼睛，顯然還是沒睡醒的樣子，他伸手摸索了兩下，抱住丁浩重新摟在懷裡蹭了兩下，「浩浩早安。」

丁浩躺在他懷裡，對白斌把他當抱枕貼蹭的舉動見怪不怪。白斌像是天生缺乏溫暖，總喜歡抱著什麼睡覺。

想到白斌昨天工作到半夜才回來實在很辛苦，丁浩忍不住想縱容他一下，「還早，才七點多，你再睡一下吧，我去做早餐……」

白斌含糊地應了一聲，摟著丁浩沒放開。丁浩掰開他摟在腰上的手臂時，這傢伙還半夢半醒地咬了他肩膀一下，留下一個濕淋淋的口水印。

丁浩臉紅了一下，衣衫不整地爬起來，還沒下床就被人握住手腕。丁浩掙扎兩下，道：「白斌，你放開我啊！」

床上那位明顯睡眠不足的人固執得很，閉著眼睛小聲道：「浩浩，早安吻……」

「喂！你這是哪門子的規矩啊？昨天晚上鬧著要晚安吻就算了，怎麼早上起來還得親一下？那以後出門，我是不是也得站在門口親你一口，你才要走啊！」丁浩掙脫不了，氣得直罵。

白斌握著他的手腕沒動，他的耐性一向比丁浩好多了。

丁浩沒辦法，湊過去親了他一下，白斌果然就放開了。

白少臉上掛著一個滿足的笑，抱過丁浩的枕頭，摟在懷裡微微蹭了蹭，繼續睡去，放在枕頭上的修長手指微微閃過一抹亮光，無名指上赫然套著一枚樸素的金屬指環。

丁浩下意識地摸了一下自己無名指上一模一樣的指環，嘴角微微挑起一個弧度。

是啊，他們結婚了。

問：男人結婚之前和結婚之後有什麼區別？

答：某些人會在最親密的人面前原形畢露。

所以當丁浩綁著圍裙去叫白斌起床吃飯的時候，白大少第一次賴床了，他躺在那裡，手臂撐在腦袋下，笑咪咪地要求道：「浩浩，你再親我一下。」

丁浩傻眼了，「什麼？」

白大少看他一眼，說得理所當然，「你不親我，我就不起來。」

「喂，白斌！」

喊大少爺起床的任務實在很艱難，丁浩身上的圍裙差點沒保住——嚴格來說，他只保住了自己身上的這件圍裙。

丁浩被白斌壓在床上的時候，腦袋裡還是一片空白。他剛才只是按照白斌的要求親了一下，怎麼一下就進展到這個地步了？

覆在他身上的俊美男人四肢修長，整個籠罩住他，一點一點壓迫下來，連同深埋在他體內的硬挺進入到最深處，最後終於忍不住緩緩抽送起來。

丁浩被他盯著做愛的舉動弄得滿臉通紅，單手捂住臉道：「你、你快一點！」

耍流氓的那位一點都沒有臉紅，反而饒有興趣地看著丁浩，湊過去咬著他的耳朵，一點一點呼著熱氣，「浩浩的身體裡很舒服，我捨不得快啊，還是說，你想我……動快一點，嗯？」

丁浩被他出其不意的挺動弄得聲音都發顫了，揪著床單哽聲道：「我……以後再也不……不叫你起床了……」

後面的話沒有說完，就被白斌越來越快、越來越深的動作弄得變成了低聲的喘息，以及不成語調的呻吟。

床單被換成了黑色，這原本是丁浩隨意挑的顏色，如今只穿著一件圍裙，裸著身體躺在上面的時候，越發顯得充滿著色情氣息。

白皙的肌膚，圍裙下面有無法遮住的大片春色，還有一掀起來就可以頂入抽送的緊致濕熱的小穴，實在是婚後的一大享受。

抱著他欺負的人反反覆覆吃了個遍，把他的腰彎折成一個高難度弧度的時候，還嘀咕地念了一句，「浩浩的腰太細了，要多吃一點。」

丁浩恨不得用腳去踹他，但是想到假期臨近，要和白斌回去探望家人，一時也不敢在他臉上留下家暴的痕跡。

「不過浩浩的身體很敏感，我輕輕動一下，也會吸著我不放……嗯……」

丁浩身體的確很敏感，尤其是被人一邊說一邊幹的時候，腳趾會忍不住蜷縮起來。體內又有熟悉的異樣感湧上，丁浩知道自己也無法克制地淪陷在早上的晨間運動裡了。

◆

婚後的第一個假期，丁浩和白斌去京城探望親人。

這位親人丁浩也認識，是白斌的小堂妹白露。這個小女孩在京城的一所軍校，如今一身軍服英姿颯爽，早就邀請他們來玩幾天了。

白斌小時候在京城住過一段日子，他母親的家族根基就在京城，一來便有數不完的應酬。丁浩不愛參加這種活動，四九城的人心眼太多，他怕會為白斌惹來麻煩，乾脆笑說要多陪白露幾天，住在白露學校的軍區招待所裡。

白露招待得很周到，帶著丁浩四處搜羅小吃，但打包帶回來的所有食物無一例外都會為白斌準備一份，而且會習慣性地對丁浩囑咐一句，「丁浩，你留一點給我哥，別全部吃光了啊。」

丁浩的嘴角抽了一下，白露都恨不得帶三人份的招牌菜回來了，白斌有多會吃啊！吃飽了還一口氣吃三個人的飯當零食嗎！

丁浩的好日子過了沒幾天，就收到了白斌母親寄來的一封燙金邀請函，連同邀請函一起送來的還有一位司機——司機虎背熊腰，丁浩有點擔心他塞不進駕駛座。

黑色轎車接到丁浩後，直接送他去了近郊的莊園。

丁浩不是第一次來白斌家，他小時候大部分時間都是在白斌家的小別墅裡度過的，陪個性冷淡的白斌一起生活了好幾年，基本上沒分開過。

但是像這樣冷不防被白斌的母親派人接到老家，他心裡還是有幾分膽戰心驚的。這裡跟別處不一樣，可以說是白夫人當年陪嫁時送的一處房產，這幾年經過幾次翻修，擴大了大庭院，進門之前還要先越過一道石壁屏風。

丁浩一個人坐在一堆梨花木傢俱中間，實在有點不自在，剛在椅子上略微動了兩下，就聽見外面有腳步聲走近，「……已經來了？怎麼不帶到書房去見我？他又不是外人。」

丁浩聽見聲音就知道是白夫人來了，一時緊張，連忙站起來，「阿姨好。」

白夫人保養得當，頭髮盤得略高，露出飽滿的額頭和描畫精緻的眉眼，一貫的高貴典雅。她見到丁浩也笑了一下，讓他坐下，又叫人去備茶。

丁浩平時在人前鬧慣了，但是見到白夫人，他也不敢造次。記憶裡，他和這位婆婆大人的幾次單獨相處都不太融洽。重生之前，白斌他媽拿了一張巨額支票去找他，說來可笑，給錢為的竟然是不讓他離開白斌；如今丁浩再活一世，二十多年改造下來，讓周圍的人對他的看法改變了許多，這位白夫人顯然也是其中之一。

不過白夫人習慣性送錢的這個毛病依舊沒改，端著茶杯跟丁浩乾巴巴地聊了幾句，又從隨身的小包裡掏出一張支票，道：「聽說你前一陣子受傷了？白斌一直瞞著沒告訴我們，我很晚才知道，也不知道要送什麼補品給你。這個你拿著吧，就當作我的一份心意，你們年輕人喜歡什麼就買什麼。」

丁浩坐在那裡答應下來，眼神瞥了一下支票上的數字。這麼多年過去了，白夫人賞錢依舊夠大方，這上頭的一串零讓丁浩看得眼花。

白夫人咳了一聲，又掏出一張支票疊放在上面，道：「那個，我知道你前一陣子和白斌出去了一趟……你們也沒通知一下，不然我可以提前準備禮物。浩浩，我這個當媽媽的不稱職，還不如你瞭解白斌，也不知道要送他什麼東西好。你幫我買禮物給他，也為你自己買點禮物，好嗎？」

丁浩臉紅了一下。他前一陣子和白斌出去是去結婚——其實也不算結婚，白斌的身分就擺在那裡，領其他國家的結婚證書並不實際，他們就是出去找個地方互相戴了戒指，住了一段時間罷了，而且回國後也不被法律認可。

就算丁浩的臉皮再厚，被白夫人提起也有點臉上發燙，「沒沒，平時都是白斌照顧我。」

白夫人一直忙著照顧自己的事業，沒辦法關心大兒子，聽到丁浩說起，就忍不住多追問了幾句白斌的日常瑣事，像在丁浩的言語裡尋找兒子成長的點滴。

她陪伴白斌的時間，的確不如丁浩長。

丁浩面對準婆婆，狗腿都來不及了，人家問什麼就說什麼。但是白大少平素優秀，他在心裡翻撿了半天，竟然沒找到什麼可以告狀的事情，一時也有些遺憾。

丁浩長得漂亮帥氣，說話又討人喜歡，笑起來的時候偶爾會露出側臉上的酒窩，實在讓人無法厭惡。白夫人對他也漸漸放下架子，聽了兩個笑話之後，也露出笑容，「浩浩，你講得真有趣，難怪白斌也喜歡聽……」

門口有腳步聲急匆匆走來，走近門口的時候還能聽到他沉聲問話，「誰讓你們去接他來的？我之前就說過了吧，來京城之後會安排拜訪，你們接他過來，經過我允許了嗎？」

丁浩聽到聲音覺得很耳熟，等門被推開之後，果然看見了白斌。

白少幾步走進來，先檢查了他一遍，看到他沒被難為才放下心，不過顯然對母親這麼做很不能贊同，「您之前答應過我，不會難為丁浩的。」

白夫人侷促地站起身來，諾諾道：「我只是、只是想讓你回來……我知道你跟丁浩在一起，所以才……」

白斌的臉色更冷了，站在那裡一言不發。他最無法忍受的就是有人威脅他，尤其是用丁浩來威脅。

丁浩心裡一驚，知道情況糟糕了，暗中扯了白斌衣袖一下，安撫他。

白斌的脾氣壓下去了一點。他從小在白老爺的膝下長大，被培養出來的氣勢自然非同一般，比白父還要強一些，如今冷冰冰地站在那裡也讓夠白夫人心涼了。

丁浩乾巴巴地笑了兩聲，道：「那個，白斌，你小時候都會去我家住一個寒假，那我也在你家住幾天好不好？要不然，我也太虧了，我得住回來。」

白斌低頭看他，似乎想從丁浩的眼裡看出幾分真假，他還是擔心丁浩在這裡會受委屈。

丁浩對他眨眨眼睛，用嘴型道：多少住一天吧？

白夫人也跟著勸了幾句：「你們住的那個旅館不好，住起來也不方便吧？你舅舅他們也想見你，正好回來了，就全家吃頓飯吧？還有你的房間，我也幫你打掃乾淨了，跟以前一樣。」

白斌點了點頭，回得客氣而生疏，「謝謝媽。」

白夫人想跟他說些什麼，卻也不知道該如何開口。她和白斌之間似乎有很多事情意見不合，兩個人多說幾句就會有分歧。她見到白斌帶丁浩走出會客廳也沒阻攔，多少住一天也好啊。

白斌小時候的房間，丁浩還是第一次見到。房間裡很簡單，床櫃等物品只擺放了幾樣，唯一比較華麗的大概就是白斌的書櫥，一疊疊都是書。丁浩湊過去翻了兩本，有些封面上都用稚嫩的筆跡寫了「白斌」兩字。白大少真是起跑線上的佼佼者，從小就偷跑呢。

丁浩正看著當年白斌寫的字，就聽見白大少在外面喊他，「浩浩，過來。」

白斌的房間是個小套房，外面是個小客廳，擺著一些飲茶的工具，一整套看起來，架勢還挺嚇人的。丁浩過去的時候，白斌正端坐在那裡泡茶，見到他來就遞給他一杯道：「給你。」

丁浩學他的姿勢，也盤腿坐在那裡，捧著那一小杯香茗慢慢品著，大部分時間都在看白斌。白斌小時候不愛說話，也是這樣端坐在這裡泡茶嗎？不過如今這位大少爺長得身姿挺拔，又個性冷清，坐在那裡毫無表情地擺弄那套茶具，略微撩起的袖口還能看到骨節清晰的手腕，實在是個美男子。

這盯著人評價的目光太過赤裸裸，白斌抬頭看他一眼，伸手去捏他下巴，「浩浩放開，不許咬著茶碗，小心咬碎了傷到你。」

丁浩怕癢，被撓兩下就放開了。白斌接過茶杯，又幫他倒了一杯沖淡了許多的熱茶，放在他手裡讓他暖著。

天氣有點涼，但是兩個人靠得很近，手足相抵的，帶起一陣暖意。

丁浩的手指碰碰他的，笑著道：「噯，白斌，你還記得嗎？你小時候一個人住在別墅裡，冬天的時候，窗戶壞了都不知道要怎麼辦。」

白斌也笑了，勾了勾丁浩的手指，眉眼彎起來道：「是啊，冷風一直吹進來，保姆和司機也不在，還是你跑來幫我拆了硬紙板堵在上面才暖和起來。」

丁浩笑了，「但是誰知道後來還下雪了，硬紙板卡在上面，整個都弄不下來，後來好不容易踹下來了，還不小心砸到樓下，把人家的車砸壞了……」

白斌也想起來了，輕輕彈了他額頭一下，道：「我說要等人來維修，你非要自己來，淘氣。」

白斌打得不痛，更像是拿情人無可奈何的小甜蜜。

丁浩湊過去倚在他肩膀上嘿嘿直笑，「我記得，那是白露家的車吧？小時候只有她找你找得最勤快。」

白露最關心她哥哥，哭著鬧著都要來，一颳風下雨就生怕她哥冷到餓到，這個愛擔憂的習慣至今仍未變。

白斌嗯了一聲。當年，小丁浩說要讓他看到冬日裡的第一縷陽光，因此一腳踹下去，老舊失修的窗戶就應聲而落，帶著冰渣砸到白露家的車前蓋上，砸出了好大一個坑，又是一陣雞飛狗跳。

有丁浩在的地方總是最熱鬧的，跟這個人在一起，像是沒有時間感受寂寞。

白斌低頭親了丁浩額頭一下，唇抵在那裡輕輕笑了兩聲。大概就是從那個時候起，他就習慣了跟丁浩在一起，習慣他跟在自己身邊寸步不離的樣子。

「浩浩，我媽她跟你說了什麼？」白斌停頓一下，還是有些在意地問道。

丁浩這才想起剛才那幾張支票，拿出來全部擺在桌上給白斌看，嚴肅道，「你媽給了我好多錢，說我要是離開你，這些就全是我的了。」

白斌挑眉，「哦？」

丁浩接著笑彎了眼睛，狗腿地靠著白少道：「白斌，我把錢都拿回來了，我算了一下，夠我們私奔了，你說我們要去哪裡揮霍？嘿嘿。」

白斌被他逗笑了，揉了揉他腦袋，笑道：「你啊，真是……」

丁浩趁他心情好，小心地扯了扯他的衣袖，試探道：「其實阿姨對我挺好的，她說不知道我們喜歡什麼就給了錢，讓我們自己買。還問我前段時間在碼頭上有沒有受傷，喔，對了，她還聽說了我們出國的事，特意問了呢。」

白斌捏了捏他的臉，眼神裡有一絲無奈，「我們家的事有點複雜，算了，這些我自己會處理好。你記住，不管誰對你說什麼，你都不用放在心裡，你只要……」

「我知道，我只要喜歡你就好了嘛。」丁浩笑咪咪地接道，背後要是有尾巴的話，都恨不得甩起來了。

白斌撓了撓他下巴，逗弄兩下才親上去，糾正道：「對，你只要聽我的話就可以了。」

白斌對這個老宅沒有什麼留戀。和白老爺子對他的關愛不太一樣，母親家的人似乎更注重利益的往來。

而丁浩對白斌小時候生活過的地方很好奇，但是新鮮感一下就過了。白斌房間裡的臥室很大，只是裡面奢華的風格顯然和白少的品味不太符合，暗金色的床幔和地毯，連隨意擺放在裡頭的一個白玉器具也是天價的物件。

丁浩拿在手裡比了一下大小，琢磨著打包帶回D市他們自家的可能性，這玩意兒放在床頭還真好看。

白斌洗完澡出來，就看到丁浩盤腿坐在床邊，笑呵呵地抱著一個玉蓮花香台掰著指頭算錢。他從丁浩手裡拿出那個小玩意兒，把抽屜裡的一個羊脂玉小象放在丁浩手裡，「那是插熏香的東西，這個給你玩。」

丁浩頭一次對百年大世家的積累有了初步的概念，手指在羊脂玉小象上來回滑動，吸著手指的細膩觸感實在美妙，丁浩語氣發酸，「白斌，原來你還是個富二代。」

白斌把丁浩抱起來，道：「我的就是你的。」他很清楚丁浩的小心思，在他嘴上親了一口，「這些都是我過生日，家人送的禮物，你喜歡的話，我們都帶回去。」

丁浩滿足了，在白斌嘴上大大親了一口，「對，我們都帶回去。」

白斌抱著他去了沙發上。近郊的大宅子裡沒有什麼能娛樂的地方，白斌怕丁浩太悶，找了一些影片要和他一起看。

白斌穿著浴袍，也幫丁浩換了一件，把人裹在柔軟的白色棉質浴袍裡，摟著他在沙發上一起看電影。

丁浩身上的浴袍是白斌的，尺寸大了許多，加上現在半躺在沙發上直打哈欠的懶骨頭模樣，浴袍都從他肩膀上滑落了一些，露出半個肩頭，泛出白皙的光澤。

電影是個老片，丁浩看了一會兒就歪到白斌肩膀上了，貼貼蹭蹭地差點睡著。

白斌習慣性地伸手摟住他，道：「要不要吃點東西？還有些爆米花和柳橙汁。」

丁浩點了點頭，「要爆米花，柳橙汁就不要了，我想喝點別的。」

丁浩有次感冒，醫生說柳橙汁有利於恢復健康，所以他喝柳橙汁喝到牙齒都發酸了。

白斌很快就弄了一些零食來。將速食爆米花用微波爐簡單加熱之後，因為沒有糖漿，又拆了一小盒番茄醬給丁浩。丁浩喜歡吃甜膩的東西，這幾天他管得太嚴，也該給小孩一點甜頭吃了，至於喝的，他換成了利於睡眠的牛奶，等他們看完電影也差不多到休息的時間了。

丁浩嚼著爆米花，有了一點精神，問道：「白斌，你這裡只有這些電影？沒一點刺激的？」

白斌思索了一下，點頭道：「好像有一部，不過需要成人陪同才可以欣賞，你要看嗎？」

丁浩的眼睛轉了兩下，笑著點頭，「我早就成年了，你拿出來我看看吧！我們聲音開小一點。」

白斌起身去換影片，丁浩看著白大少正經嚴肅的俊臉，實在想像不到他一個人在房裡看刺激的成人電影是什麼情境。

但是轉念一想，白斌之前來京城出差時，好像也會偶爾住在這裡。出來的時間長，難免會有些需求，但白大少嚴於律己，恐怕連看個小電影自己抒發的事都不常做。

丁浩更好奇他收藏的是什麼成人觀看的影片了。

影片看起來有些年頭了，放出來的時候還用藍色的字幕嚴謹地打出了一排警告字體：未成年人請在家長的陪同下一起觀看。

丁浩嘎吱嘎吱地咬著爆米花，舔了舔嘴邊的番茄醬，心裡忍不住有些疑惑。這是什麼高級成人電影？未成年人一般不是不能看嗎，怎麼還允許家長陪同一起？如果真的是父子一起看，豈不是很尷尬……

開頭先出現一群歐美的老外，影片做得氣勢磅礴，地震山搖，甚至連救災的直升機都出現了。

丁浩用手臂碰了碰白斌，小聲問他，「這是什麼片子啊？場面真大，還動用了這麼多人，我以為只要在室內拍攝四十分鐘就拉倒了呢。」

白斌低頭回應他，「這是內部審核的片子，當初好像是有些鏡頭太暴力，被禁播了，市面上還沒有。」

丁浩咂舌，內部審核的禁播片，聽起來就很專業。不過這場面也做得很逼真，汽車爆炸和公路塌陷做得真好，都快比上好萊塢大片了。丁浩心裡忍不住感慨了一下，如今拍個成人電影也越來越敬業了。

丁浩吃著爆米花看了一會兒，剛開始還不覺得有什麼不對勁，後來電影裡慢慢出現了一些高清暴力鏡頭，他才覺得有點吞嚥困難。

「白斌，這個……好像是生化危機之類的……吧……」

白斌點頭應了一聲，道：「這個叫《喪屍圍城》，在國外上映的時候迴響很不錯。」

丁浩這輩子最怕看恐怖電影了，發抖著咬著爆米花。可是看到螢幕裡的主角俐落地砸扁一個喪屍的腦袋，腦漿鮮血噴了一地的時候，丁浩吃不下去了。

他看著手裡雪白的爆米花和鮮紅的番茄醬，忍不住又是一陣反胃。

白斌察覺到他身體僵硬，忍不住低頭問道：「怎麼了？」

丁浩死要面子，硬著頭皮道：「沒，我就是覺得這個電影太刺激了。」

電影裡有一個天才博士變異了，一群敢死隊輪番上陣都打不過，博士的喪屍模樣保持了大半人類的特徵，臉色青白、帶著別樣的俊美，很快就用高級喪屍的毒液製造出了一批喪屍小弟，看守著最高研究中心實驗室裡的一小瓶解毒劑，成了英雄們最終要打倒的大BOSS。

白斌看著血肉橫飛的場面，一點表情也沒變，偶爾還和丁浩指點一下穿幫鏡頭，唇角微揚道：「浩浩你看，他們走路的樣子很有趣。」

丁浩一點都看不出哪裡有趣，他被恐怖音樂嚇得要死，尤其是從地板下面突然冒出喪屍枯瘦的利爪，抓住主角腳踝的時候，丁浩也覺得自己腳邊涼颼颼的，像有什麼蹭過一樣，嗷了一聲就端著杯子竄到白斌身上了。

丁浩杯子裡的牛奶撒了白斌一身，順著白斌浴袍的領口流進去不少，弄濕了一片。白斌低頭看著手腳纏繞在自己身上的丁浩，捏了捏他的臉道：「浩浩，你得負責。」

丁浩的牙齒都在打顫了，結結巴巴地道：「白斌，剛才我腳邊有東西，真的，就這麼一下，從我腳踝上過去了……」

白斌托高他，讓他跨坐在自己腰腹上，伸手去摸他的腳踝，冰涼一片，腳趾都蜷縮成一團，小小地發著抖。

丁浩看了一眼寬大的螢幕，心有餘悸道：「白斌，你這樣的人如果變異了，一定特別厲害，不論是狩獵喪屍還是吃人……不，你比那個博士還聰明，肯定吃得比別人多。」

白斌輕笑一聲，湊過去親了他一下，「你想太多了。」

丁浩已經腦補到白斌成了喪屍王，帶領一眾小弟統治一個城池，為他建立了最豪華的墓地。

白斌見到他臉色不好，乾脆關了電視，道：「好了好了，我們不看了，大晚上看這個的確有點太刺激了。你去洗澡，我們等等就睡覺。」

丁浩揪著白斌的衣領，含含糊糊地說了一句什麼。

白斌沒聽清楚，湊近了一點道：「什麼？」

丁浩的臉色憋得通紅，抬頭看著他小聲道：「我不敢一個人洗，我害怕。」

白斌戲弄他，慢吞吞道：「然後？」

丁浩揪著他衣領的手抓緊了一點，結結巴巴地發出邀請，「白斌，你陪我洗好不好？」

這個可愛的要求，白大少自然答應了，只是泡在寬大的浴缸裡後還是忍不住感慨一下，「浩浩自從長大以後，就不讓我陪你洗澡了。」

丁浩蜷縮著坐在他對面，嘴巴浸到溫熱的水裡，鬱悶地吐泡泡。他長大以後，白大少的需求也增加了，沒幾次是能從浴室全身而退的。

白斌把浸濕的頭髮往後梳了一下，歎道：「也只有看恐怖片的時候才會這麼聽話。」

丁浩的腦袋裡還是一波接一波的喪屍，電影裡有一些變異的喪屍喜歡從水裡攻擊人，他被自己腦補的場面嚇得直發抖，拚命往白斌身邊蹭。

白斌的聲音沙啞道：「再過來，就吃掉你啊。」

「白斌，你的自制力呢！你引以為豪的自制力呢！」丁浩含著眼淚，戳他硬邦邦的胸膛，「你這個時候應該跟我討論一下劇情，轉移注意力……那什麼，你把結局告訴我吧，我真的很好奇最後到底誰活下來了。」

白斌將手放在他腰上，垂著眼睛看著他道：「最後人類和喪屍劃分了區域，在還沒有找到最後的辦法之前，互相不干涉對方。」

丁浩睜大了眼睛，完全沒想到這種爛結局，「這算什麼！這是還有第二部、第三部的爛結局吧！那喪屍不吃人嗎？難道不會餓了就跑出去吃幾個人……」

白斌唔了一聲道：「因為那瓶藥劑讓喪屍再次進化，只要聞不到活著的人類氣味，就會相安無事地一輩子在無人區緩慢移動吧。」

丁浩緊張地吞咽了一下，想起那些吃人場面，實在毛骨悚然。

「白斌，你說人真的會變成喪屍嗎？要是真的變成喪屍了，沒有意識之後，連自己身邊的人也會吃進肚子裡嗎？」

白斌微微想了一下，「也許吧。」

丁浩嘟囔了一句什麼。

白斌輕笑了一聲，嘴唇從丁浩的額頭一直親吻到鼻尖，再貼上他的唇，「你和其他人不一樣，味道不一樣、體溫不一樣……我會一直記得，在其他人遇到你之前，把你全部吃進肚子裡。」

最後一句話融進吻裡，白斌的舌尖撬開丁浩的唇，探進去糾纏。

丁浩被他的話蠱惑了，微微張開嘴順從地配合他，小舌被吮吸得發疼，等到在水裡被一點一點頂進去，深深淺淺地抽送的時候，嘴裡忍不住發出一些舒服的低吟。

他和白斌身體的契合度真的很好，有種難以言喻的快感，似乎只要聽到這個人的聲音就可以讓自己意亂情迷。丁浩覺得自己似乎有些迷戀白斌帶來的感覺，寬大的肩膀、強而有力的腰……還有在耳邊一直輕聲呢喃，說個不停的愛語。

丁浩抓著白斌的背，被狠狠刺激到的時候，甚至留下了一道道的紅痕，承受著白斌在他身體裡不停翻攪戳刺，被頂得一下下顛簸不斷，豪華的浴缸裡水聲四起。

在陌生的地方歡愛讓丁浩有點放不開，每次晃神的時候，都會被白斌不滿地咬著耳朵，重新帶入情欲裡。丁浩嗚咽了一聲，強忍著體內被塞滿充實的感覺，微微抖著腰小聲道：「嗯……白斌你先出來，我好像聽到有聲音……等等萬一有人來……啊啊！」

「我好像有點控制不住了。」白斌有點懊惱，低頭在丁浩的脖頸上輕輕舔咬幾下，發出舒服的歎息，「浩浩你裡面太緊了，好熱，拔不出來了……」

白大少箭在弦上，抱著丁浩再次向上有力地抽送了幾下，丁浩被他頂弄到發出吸氣聲，脊背都酥麻了，最後乾脆反手按住白斌的肩膀，配合他動了一次。

白斌對他用身體誠實索求的方式似乎很滿意，握著丁浩的腰部，一邊親吻他一邊往他體內最敏感的那處軟肉狠狠撞去。

來回反覆擦過的感覺酸脹難耐，丁浩忍不住唔了一聲，夾緊小穴，緊致而濕軟的肉壁像要夾斷逞凶的怪物，不停收縮絞緊，甚至還在一點一點蠕動著……

白斌悶哼一聲，轉換角度，反覆用力親吻著丁浩的唇。下身深埋在他體內，猛地向上頂弄了十幾下，然後按著丁浩的臀，在緊致柔嫩到無法言喻的肉穴裡進行最後的攻擊。

丁浩被弄到眼角溢出淚水，小腹一陣陣發麻，後面受到刺激的同時，也讓他前面翹起來的東西反覆掃過白斌的小腹，舒爽的感覺直衝上頭皮，在白斌抵著裡面最要命的一處反覆蹭動的時候，丁浩忍不住爆發了出來。

白斌發出一聲帶著濃厚色情味道的喘息，吻住丁浩的唇，下身埋在丁浩體內，手使勁地揉捏他的臀部，微微閉著眼睛安靜顫抖，噴發在最深處。

丁浩被吃了一次，手腳癱軟到沒有一絲力氣。他躺在白斌懷裡，任由對方藉著清洗的理由親親碰碰，等到身體清爽、被抱回床上之後，已經昏昏沉沉地有點想睡了。

白斌見到他躺在一旁，沒有要靠過來的意思，咳了一聲道：「浩浩，今天晚上的這個電影……」

丁浩一顫，僵著身體翻身，趴伏在白斌懷裡後重新閉上了眼睛，抱得緊緊的。

白斌的嘴角微微上揚，眼裡滿是笑意，終於心滿意足了。

他在丁浩額上輕輕親吻了一下，「晚安，浩浩。」

懷裡的人累壞了，貼著他蹭了兩下，含糊不清地回應了一句，脖子上還帶著之前留下的一枚枚曖昧紅痕，像是被打上了印記的固有領土。

# 第四章 小醋怡情

丁浩是從小被白斌養大的。

這是白家人的常識，老丁家的人也在心裡默默贊同這句話。丁浩跟白斌從小就一起長大，白斌那種一板一眼、凡事都會提前規劃的人，在丁浩面前也只剩下了兩字——溺愛。

溺愛丁浩的有兩個人，白斌這還算是有原則的，但丁浩的奶奶是毫無原則的溺愛。老太太一把年紀了，有一頭白髮，對孫子真是含在嘴裡怕融化，捧在手裡怕弄掉，每天晚上都會戴上助聽器，打電話給丁浩，照例拿肉麻當有趣，心肝心肝地喊，『寶貝浩浩啊，你什麼時候來看奶奶？奶奶做了你最喜歡吃的豬肉乾，喔，對了，還有醉棗！』

丁浩也喜歡跟老太太聊幾句，逗得老人笑了一會兒，但是這次老太太問起什麼時候回去，他一時也支支吾吾起來，「奶奶，我最近可能比較忙……」

丁奶奶咿了一聲，起身去翻月曆，算了一下日子才道：『喔喔，是白斌的生日要到了吧？你們今年還要出去旅行啊？那可得多帶一點衣服，記得別著涼啊。那些吃的，我讓東子送去給你們，他正好也要去市裡。』

丁奶奶掛了電話，又去找李盛東，壓根沒聽見丁浩在那邊大聲說不用。

丁浩來不及阻止，歎了一聲，沒辦法，誰讓他家和李盛東家是鄰居呢！

丁浩在家等著李盛東的電話。他為李盛東設置了特殊鈴聲，電話一來就是一連串小孩喊爸爸的聲音，叫得不知道有多親熱。可是等來等去，也沒見到電話響一聲。

丁浩反覆擺弄手機，終於等到了一個電話，卻是白斌打來的。

白大少日理萬機，批完了公文，終於抽出一點空隙，撥通丁浩的電話問他中午想吃什麼。

『我們出去吃好不好？我下午兩點有個會議，正好能空出一個多小時吃飯。附近新開了一家小南國酒樓，那邊的蝦仁丸做得不錯。』

丁浩答應著，連聲說好，他生怕和白斌講電話時，李盛東會打來。李盛東那個土匪，打不通電話可是會直接提著東西，闖進他家來的。那孫子早就好奇他住的地方是什麼樣子的，要是被他闖進來，丁浩覺得自己的安靜日子就結束了。

李盛東和白斌不對盤，這是眾所周知的事。

白斌在電話那頭停頓了一下，道：『浩浩，你今天在忙什麼？』

丁浩心虛了一下，道：「啊，沒什麼啊，我就在家瞎忙。喔，剛才我上網買了幾個東西，白昊的魔術方塊又壞了，我答應要送他幾個新的。」

白斌在電話那頭輕笑了一聲，聲音低沉而有磁性，『我也不知道怎麼了，上班時也想著你，這幾天都沒有辦法好好安心工作。浩浩，你也是這樣嗎？』

丁浩被他的聲音弄得臉紅耳赤，脊背挺得筆直，實在有些不好意思，只嗯了一聲當做回應。

『那我們中午在酒樓見。』

「好。」

中午，小南國酒樓——

丁浩比較早到，擺弄著手機等白斌來。他猶豫了一下，又把手機的鈴聲設成了震動。

白斌提前點好了菜，前腳服務生剛擺好，白大少後腳就到了，時間算得剛剛好。

包廂裡面很安靜，丁浩陪白斌一起吃飯，桌上擺著的飯菜色香味俱全，坐在對面的白大少也是美色可餐，一身深色西裝和領口微開幾顆釦子的高檔襯衫讓人挪不開視線，實在帥氣得可以。

丁浩坐在那裡略吃兩口就飽了，他心裡還在想李盛東的事，像長草了一樣。

他之前和李盛東出去玩被白斌抓到過一次，教訓得深刻慘烈，上次用的藉口就是老家的人讓李盛東帶東西來，這次丁浩不敢再用這個理由了——哪怕這次是真的要讓李盛東帶東西來。

吃飯途中，要命的電話還是來了。丁浩將手機設成震動就放進了褲子口袋，現在正貼著大腿一下一下地震動不止，他胡亂地隔著褲子摸索了一下，按了一下按鈕。

震動消失了，但是很快就響起李盛東那大嗓門的問話：『丁浩，你在哪裡？你奶奶讓我帶了不少東西過來給你，我下午正好要去一趟市裡，你說個地方，我送去給你。』

白斌夾菜的筷子停頓了一下，慢慢把那個蝦仁丸放進丁浩的碗裡，「你的電話好像響了。」

丁浩也嚇傻了，他捂著褲子口袋想出去，但是被白斌攔住了。

白大少把西裝外套脫下來放在一旁，穿著捲起一點袖口的白襯衫，向丁浩比了一個手勢，示意丁浩在這裡接就可以。

丁浩的嘴角抽了一下，把手機拿出來，果然剛才不小心按到擴音了，「喂，李盛東……」

『你怎麼過了半天才回話啊？本大爺差點就懶得等你了。對了，丁浩，上次那個娛樂城沒玩個痛快吧？』電話那邊的流氓不等丁浩說話，就自顧自地接下去，『肯定不痛快，要是我被人管著，我也會罵人。你也有出息一點，別什麼都聽白斌的，他算哪根蔥！』

白大少的手指在桌上敲了兩下，抬頭看著丁浩，似乎也在等他解釋他算哪根蔥。

丁浩頭皮發麻，對著電話道：「李盛東你別說了，我不出去玩了，我是有家室的人。」

白大少對這句「有家室」表示滿意，微微站起身湊近丁浩，親了一下。

電話裡的李老闆嗤笑一聲，『你算是家室的人？上次那個小女孩的伺候，沒讓你滿意是不是？沒事，以後哥再找一個胸更大的給你。』

丁浩的一口冤血差點噴出來，「李盛東，你別血口噴人啊，你胡說八道，什麼小女孩……伺伺伺候誰了啊！」丁浩感受到身邊的白大少散發出一陣陣寒意，緊張到小腿肚都在發抖了，「我可沒碰什麼小女孩，從來都沒有！一個手指頭也沒動過！！」

『上次在娛樂城，你不是多看了兩眼，還誇她歌唱得好嗎？好好好，不提這個了，我跟你說，最近來了幾個白俄妹，細腰長腿，舞跳得特別好……』

白斌慢慢掀起丁浩穿著的煙灰色V領薄衫，貼著他的腰上下撫摸兩下，手掌寬大有力，握著丁浩的腰讓他雙手支撐著趴在桌邊，讓碗盤都晃動了一下。

『今天晚上約了一場，怎麼樣，要不要跟哥一起去欣賞一下？喂，丁浩？你那邊什麼聲音？』

丁浩被白斌越來越往下探入的手弄得雙腿都有些發顫，咬牙道：「沒事，我撞到了一下，還有你說的什麼白俄妹……唔……我，我不去……」

李老闆似乎興致不錯，還在慫恿丁浩。

丁浩用雙手勉力支撐著身體，微微扭過頭，向白斌討饒，「我不去，我真的不去，白斌，你饒了我吧……」

『就用上次那個理由就可以了啊，反正我以後會經常從老家帶東西過來給你，你就跟白斌說是你奶奶讓你來見我的不就好了嘛！』

李老闆毫不知情地火上加油，引得丁浩小聲哀鳴了一聲。

白斌沒有停下來，把丁浩的褲子微微脫下一點，手指在細縫裡來回挑動，拇指抵著那點嫩肉反覆摩擦。丁浩被他刺激到不行，身體繃緊著，既擔心外面有人進來，又怕李盛東聽見什麼羞恥的聲音。

白斌貼著丁浩的耳朵咬了一下，扶著自己已經硬挺起來的粗大一下下蹭過穴口，頂端滑過的滋味讓丁浩忍不住抖了一下腰。

白斌頂進去一點又慢慢撤出，小聲道：「你繼續講電話，不許停。」

丁浩被他慢慢頂弄進來、一點一點深入到內部的強硬弄得身體發麻，使勁吞咽了一下，勉強忍住溢到嘴邊的呻吟。

「李盛東，我，我……我不去，我很忙……嗯……」

電話那頭的人沒聽出來，調侃道：『你能忙什麼？喔，對，我聽說你要去上什麼研究所對吧？』

李盛東聽見丁浩沉聲應了一聲，笑道，『你倒是越來越有出息了，讀書是好事，那你快去忙吧，等以後有空了再出來玩啊！』

丁浩被後面沉重有力的抽送弄得眼睛裡一片霧氣，只匆匆答了一句「好」。

『……你乾脆跟白斌那小子分了，跟哥混算了。』電話那頭的李老闆也不知道出於什麼心理，忽然笑了一聲，『丁浩，你被他整天綁著，有意思嗎？你要是膩了就來找我，我帶你出去見識一下什麼叫真正的逍遙。』

電話那頭一片盲音，嘟嘟的聲音響了幾下，讓室內的人也漸漸停下了動作。

「我綁著你？」從後面覆上來的男人低聲重複了一句，深入在丁浩體內的火熱勃勃跳動，但是他用極高的自制力強迫自己不動，「浩浩，你覺得厭煩了嗎？」

丁浩剛掛了電話，才低喘幾聲，後面就被塞得滿滿的。酸脹的感覺一下下湧入腦海，迫切地需要白斌來滿足，哪管得了什麼厭煩不厭煩的。

白斌的肉莖靜靜地躺在甬道裡面，只隨著肉壁的收縮輕微晃動，似乎並不急著動作。

丁浩微微分開雙腿，腰部也向後挺起一點，眼裡含著一點霧氣道：「你別鬧了，白斌，你以為誰都能對我做這種事嗎？要不是你……要不是你……」

白斌聽著這句尾音微微上揚的情話，埋在丁浩體內的肉莖又脹大了一圈，一邊心滿意足地動作一邊貼著丁浩的耳邊親吻他。

硬挺抽送得越來越快，越來越重，每次幾乎都是整根抽出再狠狠頂弄進去，還會精准地磨過丁浩體內的敏感處，動作快得讓丁浩有些瘋狂。

丁浩咬著唇斷斷續續地喘著，偶爾看到門口的時候，還會緊張地收縮一下小穴，讓背後的人衝刺得更勇猛了。丁浩被他按在桌子上反覆頂弄，只能發出嗯嗯的聲音，白斌灼熱的呼吸噴在耳邊的溫度和聲音都讓他全身微微發抖，情動不已。

白斌知道丁浩最敏感的是耳朵，每次抵在他體內那處軟肉上磨蹭的時候，就會咬著他的耳朵慢慢舔舐吮吸。白斌玩得很開心，丁浩卻受不了了，他扭過頭張開唇，小聲念著白斌的名字。

被咬得發紅的唇帶著說不出的誘人，白斌低頭吻住他，探出舌頭細細品嘗。

丁浩雙手按在桌上，努力支撐著身體，被扣住並用力撞擊的腰部忍不住微微發抖。身後的傢伙卻衣冠楚楚，甚至連上衣都沒有絲毫淩亂，只是站在那裡一下一下地不停壓著他，撞擊擠入，更一邊親吻，一邊說著一些讓他臉紅害臊的話。

「浩浩喜歡這次刺激的吧？我可以陪你做這樣的事……幾次都可以。」白斌聲音微啞，低沉的聲音更加性感，「上次在外面的時候好像也是，好緊，還會一直動個不停。」

站著被進入的姿勢本來就很敏感，被白斌毫不遮掩地說出上次的事，丁浩更忍不住收縮了幾下小穴。被白斌這樣佔有著，有節奏地猛力頂弄，肉壁狠狠被操弄的感覺……實在又羞恥又有感覺。

丁浩想出聲反駁，但是聲音軟得連自己都聽不下去，只能強忍著呻吟，用鼻腔哼了兩聲。

門口有一陣響動，像是有不少人路過。丁浩的肉穴不自覺地收縮一下，低聲求饒，「啊……白斌，不要了……有人……」

白斌卻是低聲喘了一下，用力地撞在丁浩體內突起的軟肉上，速度比之前快了不少，一下下地擦過！

「啊啊！不、不要……白斌……外面……啊嗯嗯！唔嗯！！」

丁浩被突如其來的刺激弄得渾身發抖，一陣陣滅頂的快感湧上，外面的腳步聲也讓他越來越緊張，嚇得本能地夾緊體內的那根腫脹肉莖，卻被白斌更用力地撞擊！

丁浩的眼前模糊一片，扶在桌面上的手也有些顫抖，被撞得腰部抖個不停，就快抑制不住地射出來了。

最後的一聲短促的叫聲被白斌捂在掌心裡，變成低沉的悶哼，徹底地宣洩出來，把身前的桌布噴得亂七八糟。

白斌狠狠地往上頂弄數下，強忍住在丁浩體內深射的欲望，在即將噴發的那一刻抽了出來，抵在丁浩的臀縫裡蹭動幾下，並壓在他身上，也顫抖著射出白液。

丁浩被燙得身體發抖，腳軟到差點站不住，被白斌摟在懷裡。白斌親了親他，安撫道：「沒事，門鎖上了，不會有人進來。」

丁浩被抱著親吻幾下，又被白斌拿紙巾擦乾淨身體，細心打理照顧。

白大少這一餐吃得相當舒暢，摸了摸丁浩的頭，道：「以後我們每個月就定期回家去看奶奶，不用麻煩別人帶東西過來。」

「白斌，我沒有在外面亂來，李盛東是胡說的，你相信我……」

白斌親了親他的額頭，笑道：「我信你，我想我大概只是……有點嫉妒了。」

丁浩被他摟在懷裡，聽到白大少的胸膛傳來溫暖而堅定的心跳，一聲聲像是跳在自己的心尖上。白斌的耳朵也有點泛紅，像是在不好意思，但是看著丁浩的眼神裡滿是寵溺和輕微的不安。

丁浩湊過去親了他一下，「你忘了我手上戴著戒指了？我是你的，我答應要跟你過一輩子啊。」

白斌低頭輕輕回吻，眼神柔和，吻在唇角的動作輕柔而甜蜜。

# 第五章　一生的溫柔

丁浩重回校園，唯一的好處就是再度擁有了假期，寒假的時間寬裕，倒是讓丁浩興致勃勃地計劃了一系列的出行計畫。

但是這些計畫都被白斌駁回了，白大少親親他的嘴角，道：「你忘了再過幾天是什麼日子了？」

丁浩眨了眨眼睛，忽然想起來了，再過幾天就是他的生日。

◆

丁浩是在冬天生日，臨近年底的時間，小時候每次過生日，都正好是家裡走親訪友的時候，他能一邊收紅包一邊收生日禮物。白斌送的生日禮物每年幾乎沒怎麼變過，都會帶丁浩出去旅遊，即便上班之後，再忙也會儘量調出時間多陪伴他。

今年他的工作依舊很忙，直到丁浩生日的前一天還有一場會議。

白斌開完會，一邊往外走一邊吩咐祕書做後續工作，語氣裡不自覺地帶了幾分領導者的氣勢：「開發區的基礎建設招標還需要再議，初步預計投資數額相差太大，每公里不能超過一百七十萬，你吩咐下去，讓下面仔細核算，近期審計署的去過一趟，公事公辦，不能任由他們胡來。」

董飛應了一聲，小聲追問道：「那現在已經劃定區域的路面硬化和房屋拆遷還要繼續嗎？自來水管鋪設和公共照明設施的進度有些困難。」

「先辦好拆遷工作，循序漸進，這種事不能急。」

董飛應了一聲，記下來之後又道：「白局，下午有個對外報告會希望請您去參加……」

白斌微微鬆了一下領口，道：「去推掉，以後這樣的事不必來問我。」

董飛跟在後面小聲解釋道：「是丁浩他們學校的一個演講……只需要您出席一下就可以了。」

白斌的動作略微停頓一下，道：「你去準備一下，我這就過去。」

丁浩被自己的導師抓過來當壯丁。這次學校為了對外宣傳，鋪的場面很大，老先生特別挑了幾個模樣漂亮的學生站在那裡做引導，丁浩這樣的自然沒有放過。

主席臺下前三排都是各界高層，軍隊、區域的都有，Z大的名頭也響亮，真的請了不少有頭有臉的人物來撐場面。

丁浩穿了一件印著Z大校徽的白色T恤和牛仔褲，腳上也是運動板鞋，一副青春洋溢的大學生模樣，跟剛入學的新生一樣清爽。

白斌一到會場，就看見了這種打扮的丁浩，他站在那裡，故意等著丁浩來接待他。看到丁浩瞪大眼睛，一副吃驚的模樣，他的嘴角微微揚起一個弧度，心情頓時好了許多。

丁浩帶白斌入席，倒了杯茶放在白斌手邊，「老師，請喝茶。」

白斌客氣地接過，手指微微觸碰到他，壓低聲音道：「謝謝……不過我可不是你的老師。」

丁浩聳了聳肩，「學校統一要我們這樣叫，大人您就忍忍吧。」

白斌咳了一聲，道：「你今天穿得很好看。」

丁浩挑了一下眉毛，眉眼彎彎道：「謝謝誇獎，其實我今天找不到衣服了，還穿了你的。」

丁浩說完就走了，留下白斌一個人愣在那裡。他的眼睛追著丁浩的身影看了好一會兒，丁浩的上衣、褲子，哪怕是那雙運動板鞋都不是他的。白斌盯著那個人的背影，視線微微順著腰線往下移了一點，難道裡面穿的是……他的？

丁浩的衣服都是他洗的，連內褲也不例外，今天早上收起來的時候，好像也沒放在丁浩常找的位置，小孩會找不到也在情理之中。

白斌微微皺著眉頭，陷入沉思。

會議報告繁瑣無趣，白斌在開場時出席，簡短送上祝福詞之後就沒有什麼事了。趁中途休息，他欠了欠身，從第一排貴賓席離開。

門口穿著牛仔褲、T恤的漂亮男學生露出一口白牙，「老師，你要去哪裡？我為您帶路。」

丁浩帶白斌去了樓上的洗手間。禮堂的二樓空曠，走路都會發出回音，洗手間內空無一人。

白斌拉著丁浩一起進入隔間，把門反鎖。

丁浩挑眉看著他，站在門口拉起袖子道：「老師，我幫你解開褲鏈？但是接下來的我就不能繼續了，您看，我手上有戒指，是有家室的人，不能背著我先生在外面亂來。」

白斌將手放在他被牛仔褲裹住的挺翹臀部上捏了一下，道：「還淘氣。」

丁浩笑嘻嘻地摟著白斌的脖子，湊上去親了一口，「白斌，你怎麼來了？原本通知的人員名單裡可沒看到你，我還想站一下子就溜走呢。你在裡面坐著不動，我也不好意思自己偷溜。」

白斌笑了一聲，道：「我來看看你。」

丁浩的眼睛轉了一下，喔了一聲，道：「不是來看看我到底穿了你的什麼衣服？白斌，你要不要現在檢查一下？」丁浩的手指把牛仔褲往下拉一點，露出一角黑色的邊緣，「其實你的衣服有點大，穿起來不太舒服。」

白斌的眼神暗了一下，幫他解開腰帶，「是嗎？我看看。」

白斌的動作向來十分溫柔，就算是強勢的時候，也能帶給人一種無法言說的寵溺，彷彿任由這個人對自己做什麼。

丁浩現在就覺得自己是在玩火自焚。他剛才不過是戲弄了白斌幾句，如今就被白斌舔弄到腰都直不起來了。

白斌的舌頭柔軟而柔韌，隔著黑色的內褲舔舐過頂端的時候，簡直爽得要人命，舌尖還靈巧地來回逗弄幾下，隱約聽到一點點模糊的水漬聲。

丁浩被他弄得發出喘息，唔了一聲，「白斌，夠了……」

單膝蹲在他身下的人發出一聲悶笑，接著拉下內褲邊沿，濕熱的舌頭實際貼了上去，含住舔舐。

白斌的技巧很好，只舔了幾下就讓丁浩雙腿腿軟，一臉泛紅地咬著T恤的衣角嗚嗚叫。

「舒服嗎？」白斌含著嘴裡的東西，一邊舔弄一邊含糊不清地問道。

丁浩全身都使不出力氣，被白斌含住的東西不停脹大，火熱的快感從頂端湧到柱體，繼而連身體都跟著酥軟下來。

「白斌……我……」

白斌沒再說話，把嘴裡的東西吞到更深處，一點一點吞咽吮吸，似乎甘願為丁浩做這樣的事。

丁浩被白斌刺激到受不了，在白斌吸著他，發出嘖嘖聲時終於忍不住嗚咽一聲，脊背抖動著噴發出來。白斌固執地含著，等他釋放完畢又一點一點舔弄乾淨，「浩浩的味道。」

丁浩被他弄到臉紅，但是很快就被白斌擦乾淨身體，重新穿回了褲子，連腰帶都幫他扣好了。

丁浩有些疑惑，伸手想去摸一下白斌的，「你不要……？」

白斌抓著他的手親吻了一下，道：「我等晚上一起，我訂了飯店，晚上帶你出去過生日。」

丁浩的嘴角又抽了幾下。他就知道，白大少的地盤意識又開始了。

白斌有很多古怪的堅持，例如他會堅持在生日當天一定要二十四小時陪伴丁浩，要做第一個和最後一個祝丁浩生日快樂的人。

白斌訂的飯店是臨市最高的一棟建築物，最頂樓可以俯覽萬家燈火，看著星星點點的亮光也是一種享受。

丁浩穿著飯店的浴袍，站在套房的大玻璃窗前往下看，顯然興奮的點和別人不太一樣，「這裡和書上介紹的不一樣啊，動不動就漫天大霧，什麼也看不清楚。白斌你看，那邊紅色一點一點的是什麼……那是不是紅燈區啊？」

白斌拿來一件衣服幫他披上，道：「那裡大概在施工，市區內不允許有紅燈區出現。」

「誰說的？你忘了剛才我們走錯路，就有不少穿貂皮大衣的女人塞名片給你，那些富婆八成是看上你了。」丁浩嘿嘿笑道，大有一副以白斌為榮的意思。

白斌哭笑不得，在他額頭上彈了一下道：「淘氣，先把衣服換上吧。」

丁浩摸了一下披在肩膀上的衣服，這才發覺不對，披在他肩上的是一件紅色絲綢的喜袍。

「白斌，你真的帶來了啊？」

白斌挑眉，「當然，你答應過我的。」

丁浩和白斌結婚時，兩人曾經因為結婚要穿什麼衣服，有過一段不太激烈的爭執。白斌的意思是要中式的，像漢服的一身紅色長袍，很喜慶。但丁浩堅持要西式的，起碼兩人穿一身西裝，看起來都是男人，不像漢服，白斌身高高，穿上去風流倜儻，可是他這種模樣的一套上就像在穿浴袍，也太色氣了。

白斌被丁浩的堅持擊敗了，最後整理了一黑一白兩套西裝、放進行李箱裡，丁浩則跟在白大少後面看他收拾行李，寬慰了他一句：「白斌，你要是想看我穿那個，等下次我過生日，我在房間裡單獨穿給你一個人看。」

白大少牢牢記住了這句話，一直盼望著丁浩生日的到來。

丁浩摸了肩上那件絲質順滑的紅色長袍，爽快地脫下浴袍，換了上去。

白斌看著他裹在那件紅色的衣服裡面，眼睛微微縮了一下，盯著不放。

「白斌，你是不是還想著上次過年拍全家福的時候，我穿的那身長袍？」丁浩一邊綁上帶子，一邊道，「你那個時候就非要我穿，過了這麼多年還沒忘啊。」

白斌的臉上微微紅了一下，輕咳一聲道：「也不是，我就是無意中看到這件衣服，覺得你穿起來滿合適的，應該會很好看。」

丁浩笑了，白斌明顯就是口是心非。這個人很少會有什麼想要的，也只有上次他穿了一身紅色束領的長袍大褂，讓白斌盯著看了好一陣子。

或許白大少心裡一直有著一個小任性的想法，所以才會趁著這次機會，躍躍欲試地讓他穿這件紅色長袍？

丁浩穿戴好了，湊到白斌耳邊道：「這件衣服是不是你訂做好的？剛好合身。」

白斌的臉色有些尷尬，但過了一會兒還是點了點頭，耳尖微紅道：「你要是不喜歡，我就拿去退掉……」

丁浩從後面摟著白斌，笑著咬他耳朵，「別啊，白斌，留著吧，不過穿成這樣是挺不好意思的，等下次你過生日的時候，我再穿給你看好不好？」說著，他對白斌耳朵裡噴了一口熱氣，「只給你一個人看。」

白斌的眼神暗了一下，回頭在丁浩微微揚起的嘴角上咬了一口，「好。」

紅色長袍被扯開一些，露出白皙的肉體，白斌的指尖靈活，探入衣袍裡面反覆揉捏玩弄。

「浩浩，你把腳打開一點，我想看清楚一點。」白斌揉捏著下面翹起來的小東西，在丁浩耳邊沉聲道，「好像流了很多水出來，我的手上都濕了。」

「白斌，你別……嗯啊！」

一貫嚴肅俊美的臉湊得很近，肆無忌憚地盯著被揉捏到硬起的部位，還伸出舌尖舔了一下。白斌做著平時想做的事，彷彿知道丁浩在過生日的時候，會允許他做任何事一樣。

丁浩被他玩弄到腰部發軟，試圖抓住白斌的手，小聲地道：「白斌，我從今天下午就覺得……

你……你身上是不是有點燙……」

白斌湊過去用額頭抵著丁浩的，讓他感受自己微熱的溫度，「好像是有點。」

「你發燒了？啊……要、要先吃藥……嗚！」丁浩被突然刺入的手指刺激到脊背挺直，含著眼淚道，「你生病了，得先吃藥才行。」

「可能就是因為發燒了，所以才更想要……」白斌含糊不清地嘟囔了一句，慢慢俯下身來擠進丁浩雙腿之間，抵著穴口，一點一點塞進去。「浩浩裡面好舒服，好想射在裡面。」

「不……啊啊！嗯、啊！白斌……你、你快點……起來去吃……」

藥字還沒說出來，丁浩就被白斌吻住了唇，比平時更燙的軟舌欺入進來，捲舔著他口腔裡的一切，連一顆顆牙齒都不放過，細緻地吻過。

深埋在體內的肉莖硬得不像話，擠進去之後，並沒有老實地待在裡面，而是反覆小幅抽送著。白斌的手探入丁浩的衣襬，揉捏著他挺翹結實的臀部，像還要再擠進來似的，一點一點向上頂弄不止。

丁浩被他弄得全身顫抖，他能感覺到白斌的東西在他體內一點一點再次脹大，來回抽送的時候帶起的熱度火辣辣地直衝到頭頂，連前面都抑制不了地從頂端溢出了黏液。

丁浩深喘了一口氣，想往後避開白斌的攻擊，但是白斌的動作更劇烈，勒著他的腰部來回擺動不休。

「浩浩這裡也硬了，後面的小洞也在咬著我不放，你喜歡這樣對不對？想要我插進去吧？」

「啊……嗚……」

前面挺翹起來的東西被白斌隔著衣服又揉又捏，丁浩覺得自己堅持不了多久就會射出來。而埋在自己身體裡的那根怪物好像體力好得不行，現在只是前菜階段而已，像在享受似的一點一點埋在身體裡聳動。

「浩浩，不可以把衣服弄髒，我過生日的時候，你還要再穿給我看啊。」白斌在他耳邊說著，灼熱的呼氣吹在耳朵裡，魅惑人心。

丁浩輕顫了一下，抬起眼睛去看他，道：「我、我可不可以脫下來……」

「不行。」白斌親了他嘴角一下，轉換角度壓著反覆親吻，唇與唇相貼，帶來一陣酥麻感，「我想看浩浩穿著這件衣服，自己做給我看。」

「我……才不要！」丁浩扭頭，但是被人一邊頂弄一邊說出這種話實在沒氣勢。

白斌抬高他的腰，抵在裡面深深淺淺地動著。丁浩的臉色很快就紅起來了，手指抓著白斌的手臂嗚嗚叫著，但是很快，白斌又慢慢放緩了動作，覆在他身上再次請求道：

「浩浩，做給我看好不好？你自己摸一下，我想看你平時在家的樣子。」

丁浩抬起腳想踹他的肩膀，「我、我在家才不會那樣……啊啊！白斌你別……突然嗯、嗯啊！」抬高的腳立刻被掰得更開，白斌挺腰在丁浩的身體內反覆抽送，把他壓得死死的，讓自己整個埋進他濕軟緊致的體內，有些懊惱地皺起眉頭，「浩浩裡面太舒服了，我好像忍不住了。」

丁浩的雙腳被壓著往兩邊張開，即便身體再軟也不太舒服，他扭動著想躲，卻讓覆在他身上的男人再次發出一聲悶哼。

「浩浩，你真是……就這麼不想自己摸嗎？」白斌歎了一聲，手伸到丁浩衣襬下面，摸索並捏住那個小東西，「好好好，我幫你就是了。」

丁浩被他捏著揉搓的時候，頂端抑制不住地滲出透明的液體，把紅色的長袍濡濕了一塊，弄得那裡的布料顏色更深了一些。

丁浩咬了咬唇，再往下看，就是白斌勃起的肉莖，粗大紫紅的東西在自己身體裡進出不斷……被反覆進入的樣子實在太羞恥了，丁浩忍不住用手臂擋住了眼睛。

白斌一點一點抽出已經被小穴含得濕漉漉的硬挺，盯著身下的人，眼神暗得不像話，「浩浩，自己慢慢坐上來。」

丁浩慢慢支撐著身體，爬起來坐到白斌腰腹上，慢慢動了兩下，「白斌，我全聽你的，但是你等一下，要……要先去吃藥……」

白斌握住他的腰嗯了一聲，瞇起眼睛慢慢享受體內的濕潤溫暖，捏著丁浩的下巴和他接吻。

「浩浩，你看，窗戶上也能看到你……」

丁浩扭頭看了一眼巨大的落地窗，上面那個攀附著男人、不停吞吐起伏的人彷彿不是自己。越是羞恥，越是無法停下動作，沉溺在其中。他覺得身上的紅色長袍熱得受不了，體內也被白斌的火熱頂弄得滾燙，加上由內到外的一股淺淺慾火，讓他身不由己地向白斌貼近再貼近。

「唔，浩浩，不要夾得那麼緊……」

白斌的聲音在耳邊傳來，酥酥麻麻的，讓體內的熱度輕易被點燃。丁浩反手抱緊他，無法抑制地喘息出聲。

那扇透明的玻璃窗上，紅色的長袍一晃一晃地，還在動個不停，緊抱著貼在一起的人發出難耐的喘息和低吟。那身原本連領口都扣上的整齊紅袍，如今只能半掛在身上，堪堪遮擋住關鍵部位，偶爾還能看到肉莖快速地抽出肉穴，再狠狠地頂入進去……

激烈的情事後，白斌的感冒似乎加重了許多，貼著丁浩說了幾句，便昏昏沉沉地睡著了。丁浩搬不動他，乾脆從床上扯下被子，過來將兩個人裹住，一起睡在地毯上。

他含著水和藥片餵給白斌，舔了舔白斌的嘴角，忍不住笑了一下。

——『浩浩，你的生日願望是這個存錢罐對不對？給你，裡面的錢也全部都給你。』

——『浩浩，喏，這是有簽名的足球，是你想要的對吧？』

——『想要去旅行嗎？我已經訂好計畫了，你看，浩浩想去桂林對不對？』

白斌記得他不經意說過的每一句話，對於他的「願望」向來有求必應。

那麼白斌，這次你也猜到我想要的了嗎？

我想要你更加渴求我，想要再也不和你分開。

◆

丁浩這種活蹦亂跳的人，竟然也會敗給流感，在旅行的第二天就去了醫院。

白斌一臉懊惱地守在病床旁，握著他的手皺眉道：「都怪我。」

丁浩的手指在他手心裡動了一下，笑道：「沒事，小感冒而已。」

「可是，是我傳染給你的……」

丁浩舔了舔嘴巴，道：「所以你要負責，白斌，我想吃皮蛋瘦肉粥，要很多肉。」

白斌笑了，應了一聲就去幫他準備了。

丁浩身體不適，白斌不敢在外面耽擱，帶他返回了D市。

「浩浩，我去拿行李，你坐在這裡等我，不要亂跑。」白斌在一旁囑咐他，微微皺起的眉宇間滿是擔憂，「等我回來就帶你先去看醫生。」

丁浩耳鳴得很嚴重，半天才聽清楚白斌說的話。他把背包反過來抱在懷裡，沒精打采地坐在一旁的長椅上，臉色蒼白地對白斌招了招手，「我知道。」

丁浩的腦袋昏昏沉沉的，鼻子也有點塞住了，坐在那裡有點淒慘。等白斌拿行李回來的時候，丁浩像在跟旁邊的一個外國小女孩比賽一樣打著噴嚏，兩個人眼眶都紅紅的。

白斌彎腰摸了摸他的額頭，擔心道：「很難受？再等一下，車子在路上出了一點問題，馬上就來了。」

丁浩坐在那裡點了點頭，微微閉上眼睛休息，剛開始還能半依靠在白斌的肩膀上，後來漸漸陷入了沉睡。模糊中，他聽到白斌喊他的名字，卻聽不真切。

等醒過來的時候，丁浩發現自己正躺在床上，身上的衣服都換成了貼身的棉質睡衣，輕薄蓬鬆的被子裡暖暖的，全身放鬆的感覺讓他舒服不少。他的手指微微動了一下，一時有點沒反應過來這是在哪裡，正想著，厚重的木門吱呀一聲打開了，白斌端著一個托盤走了進來。

白斌看見他醒了，也鬆了一口氣，「好一點了嗎？張醫生剛走，你要是再不醒，我就只能請他再幫你打一針了。」

丁浩這才發覺屁股上如被針刺一般發痛。他小時候被仙人掌紮過，當時挑仙人掌刺的經歷太慘痛，所以他向來能吃藥就不打針。

「白斌，我們現在是在哪裡？到家了嗎？」

白斌坐在床邊，扶他起來後餵他吃了一點東西，「對，你的身體還沒好，我把之前的計畫全部取消了。」

「我其實已經好了，真的，我覺得回家就好多了。」丁浩含著粥說道。

白斌見他沒一會兒就把那碗粥吃光了，一時也笑起來，「嗯，看起來是好了，一點都沒妨礙到你吃飯。」

丁浩咬著勺子抗議，「粥裡沒肉，沒味道。」

白斌撓他下巴，哄他鬆口，「浩浩你聽話，等你好了，我幫你做可樂雞翅，你現在得吃清淡的食物。」

丁浩吃飽後也有了一點體力，小心地側躺在床上，哀號著屁股痛。

白斌伸手過去幫他揉了一下，剛碰到一點，丁浩就差點跳起來，眼睛裡都帶了淚花，「白斌，痛痛痛！真的很痛……肯定腫起來了。」

白斌也愣了一下。丁浩這次在機場昏迷，把他嚇得也沒多想，立刻就請醫生來治療。丁浩從小到大還真的沒打過幾次針，白斌一時也不曉得現在是什麼情況，試探地道：「要不然，我幫你熱敷一下？」

丁浩點了點頭，躺在那裡，可憐兮兮的。

白斌拿了塊熱毛巾幫丁浩敷上，看到小孩趴在那裡痛到發抖，一時也有些心疼，但是丁浩現在屁股紅紅的模樣又淒慘到讓他有點想笑，連忙咳了一聲，壓住笑意。

丁浩寬大的睡衣從腰部往上捲起一些，褲子也被白斌褪到膝窩，屁股上蓋著一塊熱毛巾，還在冒著熱氣，模樣看起來很傻。他屁股上的針藥還沒有完全消退，硬硬的，腫成了一小塊，使熱敷化開的過程更痛了。

丁浩含著眼淚看白斌，「我覺得好多了，就這樣吧？白斌，我想睡覺，不熱敷了。」他看見白斌的神色裡帶著一絲猶豫，立刻抓到了希望，小聲哀求幾句，「我真的很痛，說不定我睡一覺起來就好了，白斌，你陪我睡一下好不好？」

白斌最寵他了，尤其是生病的時候，簡直是要什麼就給什麼。聽見丁浩這麼說，他果真心軟了，「那好吧，等等要是還有哪裡不舒服，你就跟我說……」白斌拿下毛巾，視線順著挺翹的臀部看到腰線，喉嚨微微緊了一下，道：「好像還有點腫，把褲子脫掉再睡吧？」

丁浩身上軟綿綿的，略微抬起腳，配合白斌把褲了脫掉。棉質睡衣的下襬有點長，正好半遮住臀部，丁浩在被子裡稍微往下拉了拉，總覺得這樣穿比全身都光著更奇怪。

白斌脫完衣服也鑽進來，摟著他，讓他安分一點，「又痛了？」說著，大手慢慢覆上去，在周圍輕輕畫圈，「這裡痛嗎？嗯？」

丁浩被他的手指刺激得一顫，也說不出是痛還是指尖帶起的弱小電流更有感覺。

等白斌整個手掌覆蓋在上面，像握住那裡一樣，丁浩的臉都紅了，揪著白斌的衣領，結結巴巴地道：「不痛，不痛了。」

白斌穿戴整齊，用手掌包裹著那處柔軟多肉的地方輕揉慢捏，唇上的氣息也噴在丁浩耳邊，燙得丁浩身體微微發抖。

「再熱敷一下，我幫你把藥揉開，不然明天起來肯定會瘀青。」

丁浩的身體無法控制地向前靠著白斌，越是這樣就越覺得羞恥。白斌一身整齊，他卻衣服淩亂成這樣，甚至生病了，前面還會無法自控地翹起來……

白斌停下揉捏的動作，伸手下去碰丁浩那不老實，硬挺起來的小東西，手指握著捏了兩下，輕笑了一聲。

丁浩臉色通紅，趴在白斌肩膀上磨牙，「笑什麼，誰讓你以前老是……這樣弄，是誰害的啊？」

白斌把他摟在懷裡，輕輕蹭了他的鼻尖一下，話裡不自覺地帶了一點自豪的意味，「我。」手指套住那處不安分的小東西，輕輕來回揉搓幾下又柔聲道，「所以浩浩的身體我來負責。」

逐漸充血的部位在輕盈的撫觸下，激起一股強烈的快感，丁浩蜷縮在白斌懷裡，微微推拒了一下，「等一下，白斌……不行……我只帶了一套睡衣出來……」

白斌喔了一聲，但是手指的動作沒有停下，他瞇著眼看著丁浩被刺激到臉頰微紅的模樣，啞聲道：「那就沒辦法了，浩浩，你自己把衣襬掀起來咬住，不然會弄髒。」

丁浩的眼睛裡湧上一陣霧氣，小腹被白斌寬大的手掌撫摸的感覺太強烈，連腰部都一陣痠軟，他不用低頭看，就知道自己下面挺動勃發的東西已經沒出息地濕了。

白斌的動作像他的人一樣溫柔而堅持，丁浩顫巍巍地掀起衣襬，露出白皙的身體，等到把衣角按照白斌說的那樣咬在嘴裡時，白斌的手掌也獎賞性地來回擼動揉搓了好幾下，丁浩被那一陣陣電流般的酥麻感弄得忍不住蜷縮起來，小聲嗚了一聲。

白斌咬著他的耳朵，手更往他的雙腿間擠進去，握住那硬硬的肉塊反覆玩弄著，很是著迷。丁浩年輕氣盛，被白斌撩撥幾下就忍不住膨脹起來，尤其是白斌跟他貼得很緊，小腹硬邦邦的腹肌和他的貼在一起，甚至還能感覺到白斌也逐漸甦醒的硬挺肉棒，兩者偶爾會隔著薄薄的睡褲摩擦觸碰，讓丁浩忍不住呼吸加重。

他心裡是渴望白斌的，只是單純用手摩擦並不能讓他得到滿足，他想要的是……

「浩浩想要我多碰你一點，對不對？」白斌貼著他啞聲道，語氣裡帶著說不出的愉悅，「不過你還在生病，只能這麼做了。」

白斌抓著丁浩的手，讓他幫自己脫掉衣服。被子裡一陣悉悉索索的動作之後，兩個人糾纏得更加緊密了。

白斌的東西分量不小，和丁浩的互相抵著、略微摩擦，就讓兩個人激動得都呻吟一聲。

丁浩的嘴裡還咬著衣角，聽起來像是舒服極了、在悶哼催促。他的耳朵紅了一下，伸手下去觸碰白斌的，也不知道是誰的頂端分泌出了濃稠的黏液，沾了他滿手，擼動兩下就發出濕潤的咕啾聲。

丁浩咬著衣角，抬頭看著白斌小聲地哼了一聲，帶著鼻音更添幾分誘惑。

白斌盯著他看了一會兒，目光落在丁浩咬著東西、無法發出聲音的嘴唇上，那裡已經被布料摩擦到有點發紅了。

白斌把丁浩摟在懷裡，兩個人硬硬的肉棒壓在一起，白斌貼近他摩擦的時候，丁浩就會忍不住跟著湊過去一起擠壓扭動，腰肢隨著他一起挺動。

丁浩使不出力氣，咬著衣角、喉結吞咽幾下，哀求地看著白斌，含糊不清道：「白斌……我……我快出來了……」

白斌湊過去咬住丁浩嘴裡的那點布料，把它一點一點拉出來，用唇取代並深深吻了下去，「我們一起。」

丁浩被白斌的唇舌挑逗到合不攏嘴巴，發出嗚嗚嗯嗯的聲音，下面更被摩擦到發燙。在上下夾擊下，丁浩的身體忍不住顫抖起來。

「不行……啊，嗯……我、我要啊啊！」

丁浩躺在白斌懷裡猛地抽搐一下，腦海裡一片空白，過了一會兒才慢慢鬆懈下來，枕在白斌的手臂上大口喘氣。

白斌也在丁浩大張的雙腿之間噴發出來，抵著丁浩剛疲軟下來的軟肉蹭動幾下，黏糊糊的液體順著丁浩的大腿根流下來，空氣裡都帶著情事後的曖昧味道。

白斌還在親吻丁浩，細細碎碎的吻帶著說不出的寵溺，「好了，快睡吧。」

丁浩被他的氣息包圍著。雖然已經做了很多次比這更羞恥的事，但是聽到白斌事後性感沙啞的聲音，他依舊會心慌意亂，心跳一下一下加快，像是再次戀愛了一般。

白斌這個人，真是太狡猾了，稍不注意就會沉溺在他不經意的溫柔裡。

◆

很久之後——

「我病好了，為什麼還要吃粥？」丁浩盯著那碗白粥一臉憤慨，「白斌，你這是虐待，你這是家庭冷暴力，你會被起訴的知道嗎！」

白斌在他那碗白粥裡多加了三分之一勺的糖，哄他吃下去，「浩浩，聽話，因為最近要去檢查身體，所以得吃清淡一點。」

丁浩差點摔勺子，「什麼？又要脫下褲子給別人看，我、我才不去呢！」

「浩浩聽話，我們要在一起很久，做檢查才是對你好啊。而且上次你不是自己說不舒服……」

丁浩臉紅了一下，用手指著白斌道：「上次分明是……是你……上次做太多次了，我是腰痛到起不來才去看醫生的……我我我、我這次去，人家會以為我又被你……」

白斌咬了他的手指頭一下，眼裡含著笑意，「對不起，我下次會注意，因為我每次見到你都會忍不住。」

丁浩捂著他的嘴，耳尖紅得快要滴出血來，「好啦，走走走，我跟你去就是了！反正每次都是你有理……」

後來，丁浩還是在去醫院的途中試圖逃跑過一次，被白斌抓回來按著打了幾下屁股，押送到了醫院。

等到專門負責為丁浩檢查身體的醫生結束日常檢查，笑呵呵地對白斌彙報結果的時候，丁浩連褲子還沒穿好呢。

——他們兩個，還要在一起生活很久，很久。

# 第六章 最佳損友

李盛東第一次跟丁浩打架，純粹是丁浩這個死小孩自找的。

當時李盛東還是悶不吭聲的小傢伙，雖然一臉小土匪的模樣，但是在四五歲的年紀裡，也依舊有一種稚嫩的可愛。

李盛東他媽每次送李盛東去上幼稚園，都會讓他帶一小盒點心或水果，還蹲在幼稚園門口囑咐他：「東子，見到同桌的小朋友要分人家吃一點啊，那是丁奶奶家的孫子，叫浩浩，你對他好一點，讓他跟你一起玩遊戲，聽見了嗎？」

李盛東點了點頭，算是記下來了。

李媽媽站在幼稚園門口，一臉擔憂。李盛東轉了三家幼稚園，每次都是李盛東把小朋友打得哇哇大哭後被迫轉學。她家兒子不太會說話，力氣也比一般小孩大上許多，遇到小朋友間的糾紛，二話不說就會以暴制暴，三次五次地，就傳出了「小霸王」的名號。

李媽媽對此揪心不已，只希望這次轉學能讓兒子的性格別那麼孤僻。

新幼稚園建在小鎮中央，旁邊就是公園，師資和周邊環境都很不錯。幼稚園的老師文靜漂亮，唱歌特別好聽，一個上午結束，李盛東都老老實實的，中午還多吃了半碗飯。

等到午休時間，李盛東打開他媽幫他準備的小餐盒，裡面是兩顆水果——柿子。

李盛東小朋友剛吃了半顆柿子，就看到坐在自己旁邊的漂亮小孩猛地站起來，圍在脖子上的圍兜都歪了。

李盛東咬著柿子慢慢吃。他記得他媽說過，這個小孩叫浩浩，是他們家鄰居老奶奶的孫子。

丁浩小朋友現在正用驚恐的眼神看著李盛東，或者說，是看著李盛東嘴邊那可疑又黏糊糊的橙黃色半液體，嘴角抽了抽。

李盛東也想起他媽離開之前和他囑咐的話，打算表達一下自己的友愛，因此他對丁浩舉起啃到一半的柿子，誠懇地問道：「你要吃嗎？」

丁浩連後退幾步，扭頭就跑，帶著哭腔喊老師：「老師！李盛東吃──屎──啦！」

丁浩的這聲大喊一喊，幼稚園像炸了鍋一樣，有膽小的孩子看到李盛東臉上黃黃的東西，哇第一聲就哭了，一邊哭還一邊跟著丁浩喊，一群小孩抽抽噎噎地，都跑去找老師了。

老師來的時候，李盛東站在那裡，一張小臉漲得通紅，那模樣說有多委屈就有多委屈，還不忘記反駁丁浩：「老師，我吃的是柿、柿、柿……」

一個「柿子」還沒憋出來，就聽見丁浩那孩子又開始一臉驚恐地抽氣，聲音大到硬是壓過了最後那個字。

「你真的吃啊？」

「啊，我媽媽一直不讓我吃……」

「嗚，我要回家，老師我害怕！」

周圍的小朋友也跟著鬧起來，還躲在老師後面，像一群受到驚嚇的小雞，其中冒出頭來的那個正是丁浩。

李盛東氣得很，袖子一拉就大吼著朝丁浩衝過去。老師回過神來的時候，兩個臭屁已經在地上滾了好幾圈，李盛東臉上的柿子汁還蹭了丁浩一臉。丁浩看起來身板小，但是一張嘴就在李盛東臉上啃了一個好大的牙印，還不鬆口！

兩人當天就被請家長來了。

李媽媽和丁媽媽一見面，才發現對方竟然是自己多年未見的老同學，見面之後更是把手言歡，恨不得聊上一整晚，言笑晏晏地，完全忘了旁邊兩個像泥巴做的小屁孩。

丁浩眼淚汪汪地扯著他媽的衣襬，讓她看自己臉上的黑眼圈：「媽媽，痛！」

李盛東倒是沒吭聲，只是眼睛一直盯著丁浩，小臉上陰沉沉的。他抓著自己媽媽的袖子，扭過半張臉，也讓他媽看他臉頰上印著的那圈牙印。

兩位媽媽都笑了，李媽媽買了一個會發光的奧特曼玩具給丁浩，丁媽媽則買了一套幼兒百科全書給李盛東，好歹讓這兩個小祖宗手牽手，一起回家。

李盛東和丁浩在幼稚園三天一大打，五天一小打的，倒也打出了幾分感情。兩個人起初見到對方都用鼻孔說話，後來就慢慢地湊在一起玩，再後來就要好到誰也離不開誰了。

丁浩常來李盛東家一起玩他一整櫃的奧特曼玩具，李盛東就在地上鋪上涼席，兩人一起趴在那裡玩。

李媽媽送西瓜上來的時候，兩人正玩累了，胡亂躺在小涼席上睡覺。

李盛東緊緊抱著他新買的奧特曼玩具，比丁浩高一顆頭的人，卻被丁浩擠到涼席的邊緣上。丁浩則穿著小短褲加背心，正四仰八叉地躺在李盛東的肚皮上呼呼大睡。

李媽媽覺得很欣慰，終於有個孩子能跟他家李盛東一起玩了，至少是個打不跑的。

丁浩從小就是個問題兒童，明明長得跟洋娃娃一樣漂亮，偏偏就喜歡打架。鄰居家袁員警的兒子就硬生生被他打到屈服了，那個小胖子比丁浩大兩歲，硬著頭皮叫了丁浩一聲哥。後來小胖子能打贏丁浩了，但是看見丁浩身後的李盛東，被那陰沉沉的倒三角眼一掃，還是乖乖地叫丁浩一聲哥。

丁浩和李盛東從小就擁有不少相同的東西，兩戶人家因為住得近，這個孩子有什麼，必定也會準備同樣的送給另一個。

但是，丁浩這年冬天戴的小帽子是獨一無二的。這是李家送的小帽子，但是丁浩不愛戴帽子，丁媽媽為了哄他，親手在這頂小帽子上加了花樣，用手邊多餘的毛線勾出了一對小松鼠耳朵，可愛到不行。

她知道丁浩調皮，生怕小孩會把帽子弄壞，嚇唬他道：「這次可不許再弄壞了，再弄壞帽子，媽媽就不要你了。」

丁浩愛臭美，自己頂著小帽子都快美得冒泡了，因此他對丁媽媽敬了個禮，笑嘻嘻地跑出去玩了。

當時，男孩子們玩的不過就是那幾樣，爬假山、占土坑、學英勇的阿米爾戰士打仗，最後還得上山去抓「特務」。丁浩身為突擊隊大隊長，在前線上英勇作戰，直到天黑才在假山那裡抓到最後一個「特務」，挺著小胸膛回來了。

李盛東正在路口等他。他這次算本色出演，依舊是土匪首領，是最後一道關卡防線。

丁浩被土匪李盛東按倒在地，李盛東的力氣大，丁浩則出賤招，誰也沒占到便宜。兩人的小臉都髒兮兮的，瞪著對方好一會兒，約定好明天再戰，頗有一種英雄惜英雄的感覺。

可是剛走到社區的分岔路口，丁浩一摸腦袋就快哭了，「糟了！我的耳朵、耳朵沒啦！」

李盛東嚇了一跳，伸手順著丁浩的小肥臉，捏到那兩個小巧可愛的耳朵才鬆口氣，「還在啊。」

丁浩把帽子拉下來，這次是真的要哭了，「不是我的耳朵，是我帽子的耳朵啊，我媽說要是我弄壞了帽子，就不要我了，嗚嗚。」

李盛東看了一眼少了一隻毛絨耳朵的小帽子也慌了，這肯定是丁浩打架的時候撞掉的，他看過丁媽媽教訓丁浩，訓到丁浩像小貓一樣，只會討饒，有幾次還哭了。

李盛東拉起丁浩的手，道：「走，我帶你回去找！」

兩人回去找了好久，天都黑了，哪找得到那麼小的毛絨耳朵。丁浩伸手拉住李盛東的衣角，眼裡噙著淚花，「李、李盛東，你說，如果我找不到那個耳朵，我媽是不是會真的不要我了……我是不是就是孤兒了？」

李盛東當時也還小，嘴巴上雖然不說，但是心裡也認為丁媽媽這次會真的不要丁浩了。猶豫了一下，他還是安慰丁浩道：「也不會是孤兒吧？你不是還有你爸……」

丁浩哇一聲就哭了。

半夜的時候，丁浩是被李盛東揹回來的。他手裡抓一個髒兮兮的小毛絨耳朵，哭得眼睛、鼻子都紅了，趴在李盛東背上做夢，還抽抽噎噎地。

兩家大人為了找他們，都找到快瘋掉了，差點就去報案了，這時看見這兩個孩子回來，又是一頓雞飛狗跳。剛才還咬牙切齒，說要教訓他們一頓的丁爸爸還沒走過去，就被幾個女人搶先了。以丁浩他奶奶為首，真的是一味的溺愛，都恨不得把小寶貝抱到懷裡仔細看一遍了。

丁浩他爸剛上前一步，就被丁奶奶喝斥，「去去去，你別過來，一張黑臉拉得那麼長做什麼！別嚇到我的寶貝浩浩。」

丁浩揉了揉眼睛，睡得半夢半醒的，看見丁奶奶就像小貓一樣叫了一聲，舉著手裡那個髒兮兮的毛絨耳朵，帶著鼻音道：「奶奶，我沒有弄壞帽子，我找回來了，嗚，奶奶，您別讓我媽媽別不要我……我以後會聽話。」

這次不光是丁奶奶心軟了，丁媽媽在一旁也紅了眼眶，哽咽著：「真、真是讓人不省心的小祖宗，我平時說了那麼多句，你怎麼就偏偏記住了這句？」

李盛東在一旁看著，忽然覺得很羨慕。他家就只有他和他媽在，據說他爸在很遠的地方當兵，還是個軍官，李盛東平時挺自豪的，也很得意自己犯了錯，不會像其他小朋友一樣被爸爸追著滿院子跑。但是這天晚上，他忽然羨慕起丁浩，有這麼多人寵著、管著，真好。

李盛東他媽接到消息過來的時候，頭髮都亂了，這個獨自在家鄉帶孩子過日子的潑辣漂亮女人，一巴掌就拍在她兒子後背上，還沒責罵幾句就先哭了。

李盛東皮厚，不覺得痛，他像個小男子漢一樣站在他媽面前，踮腳去碰他媽媽的手背，安慰她讓她別哭。

丁浩被那一巴掌震得眼睛都瞪大了，拉著丁奶奶的衣袖，有些困惑地看著李盛東，像是不太明白發生了什麼事。怎麼挨了一巴掌的沒哭，反倒是李阿姨哭了？

李盛東安慰了他媽半天，又拒絕了丁浩提出的一起睡的要求，拉著李媽媽的手一起回家。

李盛東和丁浩的不同就在於，他從小就認為自己是男人。他爸不在家，他就是他們李家的男人，有他在，就不能讓他媽媽受委屈，他得照顧她。

◆

李盛東從小就對穿綠軍裝的人有好感，因為他爸就是當兵的。

有一次丁媽媽帶丁浩來拜訪，李盛東忍不住想要炫耀一把，就抱著自家的大影集來給丁浩看。

李媽媽拿了一盤水果來給他們，看見兩個小孩正頭靠著頭，親親熱熱地看照片，忍不住笑著過來跟他們講解。李媽媽指著相片上的人，講得認真又仔細：「喏，這個呢，就是東子的爸爸，穿著綠軍裝戴帽子的。還有這個，是東子他爸帶兵訓練的時候……」

照片上，一排排軍人英姿颯爽，都穿著綠軍裝，也看不出來誰是誰，但李盛東還是打從心裡充滿了自豪感。

丁浩眨著一雙大眼湊上去看，丁浩他媽發現這個小屁孩就要狗嘴吐不出象牙，伸手想攔，但還是晚了一步。小丁浩張嘴就說出一句蠢到家的話，「哇！李盛東，你有這麼多爸爸啊！好厲害！」

李媽媽一臉尷尬，丁浩他媽也害臊到不行，往丁浩額頭上彈了一下，憤憤磨牙：「丁小浩，皮癢了是吧？胡說什麼！」教訓完了小魔王，又轉頭跟人道歉，「對不起，對不起，這孩子真是……」

李媽媽倒是寬懷大度，非但不怪丁浩，還幫他揉了揉額頭，道：「沒事，看看，把浩浩嚇成什麼樣了。浩浩，別皺著臉了，都不漂亮啦！」

李盛東湊過去幫他揉了揉額頭，一臉擔心，「痛？」

「痛！」丁浩捂著腦袋，哀怨地道，「你把你那盒巧克力給我吃，我就不痛了……」

話還沒說完，又被丁媽媽敲了額頭，這次是真的很痛，丁浩抱著腦袋蹲在牆角好一會兒，眼裡還含著淚花。李盛東對吃的、玩的也不是很在乎，就是平時跟丁浩搶的時候，覺得有幾分樂趣。見到丁浩的倒楣模樣，他乾脆把一整盒全端過來和他一起吃，權當慰藉他額頭上的兩個紅印。

丁浩還有個嬌氣的毛病，這孩子天生就鼻黏膜脆弱，巧克力這類上火的東西吃多了，立刻就會流鼻血。但李盛東不知道，把半盒巧克力都剝開糖紙，餵到丁浩嘴裡，還沒吃完，丁浩就流了一臉血。

李盛東被他嚇得要死，拖著丁浩就往客廳跑，一路上鼻血淋漓，拖出了兩道模糊的血印，活像謀殺案現場。

李盛東第一次急得快哭出來了，「媽媽！阿姨！！丁浩快死了！！」

丁浩的模樣的確很淒慘，把兩個在客廳聊天的媽媽嚇了一跳，連忙拿來毛巾、冰塊止血。問清楚了原因之後，丁媽媽又囑咐李盛東，「東子，你以後千萬別給浩浩吃那麼多巧克力，不，一塊也別給他吃啊。」

李盛東神色沮喪地點頭答應了。他站在一旁看丁浩仰著頭止血，小拇指上還緊緊綁著一根線，因為據說勒緊小拇指能幫忙加速止血。

丁浩的小臉煞白，因為出了血，泛出些微病態的蒼白，使眼睛看起來更大更黑了，長長的睫毛一抖一抖的，上面仍掛著水珠，像哭了一樣。

李盛東盯著他的臉看了一陣子，不敢碰他一下，「會痛嗎？」

丁浩搖了搖頭，甕聲甕氣地答道：「不痛。」

那天晚上，丁浩在李盛東家留宿。李盛東帶著一股愧疚，把他全部的奧特曼玩具都給丁浩玩，讓丁浩興奮得咯咯直笑。兩人玩累了，就蜷縮在一起睡著了，兩隻小胖手抓著彼此的，誰也不肯先分開。

李媽媽上樓來抱他們去床上時，左邊那隻漂亮的正咂著嘴說夢話，奶聲奶氣地道：「巧克力……糖豆……」

右邊那隻略微結實的小子則眉頭緊皺，抓著人家的手也說夢話，「別搶我的……變形金剛……」

李媽媽差點笑出聲，把這兩個小祖宗放到同一個被窩裡，一一親了一口，蓋上小被子。

再後來，李盛東他爸從部隊退伍轉行了。那時候，正在號召大家去深圳開發建設，李盛東他爸這個軍轉幹部就率先當起表率，去了深圳。

深圳是經濟特區，在國家政策的號召下更是一天一種模樣，高樓大廈平地起，李盛東他爸在這片紙醉金迷的地方被迷暈了。

他跟李媽媽離了婚，跟一個長官家的女兒組成了新的家庭。

李盛東他媽嫌丟人，沒跟任何人提起，帶著李盛東匆匆過去一趟，辦理好離婚手續就鬱鬱寡歡地回來了。

但這種事瞞不住，沒過多久，老丁家也知道了，丁奶奶大罵那個負心漢，丁媽媽更是咬牙切齒地發誓要幫老同學再找個更好的男人過日子。

「呸，什麼東西！剛有點能耐就不要老婆孩子了，這樣的人，早點分了也好！妳別擔心，以後東子就跟我們浩浩一起，浩浩有的，絕對少不了東子！」

丁浩和李盛東是真正的好兄弟，好到像親生的一樣。兩人同吃同睡一起長大，李盛東不高興，丁浩一眼就能看出他的擔憂。

丁浩迷迷糊糊地聽懂了一些大人的話，大概明白李盛東「沒有了」爸爸，他怕李盛東一個人會很難受，立刻就抱著自己存下來的一罐水果糖，去找李盛東了。

五歲的丁浩用糖引來不少小孩，這種熱鬧是李盛東平時最喜歡的。丁浩把剩下的那些糖都塞給李盛東，道，「這次你當突擊隊長，我當壞蛋！」

李盛東垂頭喪氣的，一聲也不吭。

丁浩鍥而不捨，追著他安慰了幾句，無奈李盛東都不理他。這孩子一著急，又說出一句不該說的話，「李盛東，你別難過了，你沒有了爸爸，那你以後就叫我爸爸吧！」

丁浩這孩子的心地是好的，但是說出來的話特別氣人，李盛東的脾氣再好也被他惹火了，哪還管什麼心情壓抑沉重的，過去就是一拳，把丁浩揍翻在地上！

丁浩先是愣了一下，立刻就翻身起來，要找回場子，但是李盛東比他大兩歲，一手按住他一手打，專找屁股和大腿那塊肉多的地方打，啪啪啪的聲響不絕於耳。

周圍的小孩都嚇傻了，沒一個敢勸架，一窩蜂地跑去丁浩家搬救兵，「丁媽媽！丁浩和李盛東又打起來啦！」

丁浩他媽趕到現場、強行讓他們分開的時候，這兩人滾得滿身泥，像隻泥巴猴，現在還不解恨還想要再打！

李盛東憋紅了眼，悶不吭聲地抖了兩下肩膀，忽然哭了。

他心裡一直很難受，但是又強忍著不許自己哭，現在他身上有傷還有丁浩咬的牙印，終於找到了一個可以哭的藉口。他剛開始掉淚，丁浩就哇地一聲，哭得地震天響，穿著一隻涼鞋就朝李盛東跑過去，抱著李盛東嗚嗚咽咽地哭個不停，嘴裡說著誰也聽不懂的話，沒頭沒尾。

「巧克力……我再也不吃了，李盛東你別哭，我再也不當突擊隊長了，也不會搶你的東西，不弄壞你的變形金剛……我也不當你爸爸了……」

李盛東站在那裡抹了一下眼睛，反手抱住小丁浩，肩膀一抖一抖地哭了。

丁媽媽根本摸不著頭緒，不過看到這兩人像又和好了，也放心了一些。她為兩個孩子買了一人一碗刨冰，摸著他們的腦袋道：「以後你們在一起就好好玩，不許打架了，知道嗎？」

李盛東點了點頭，而丁浩的臉都恨不得埋在刨冰碗裡了，不停舔著小勺子，開心得眼睛都瞇起來，早就忘了剛才打架的事。

晚上的時候，丁浩抱著自己的小枕頭跑去李盛東那裡自薦枕席。

「李盛東，你別難受，你還有我呢。」小丁浩一邊拍打自己的枕頭，一邊告訴李盛東，模樣還很認真，「以後我們就是親兄弟，我有的，都給你一半。」

李盛東臉上還有丁浩留下的牙印，悶不吭聲地翻了個身，一聲也沒理丁浩。

丁浩鍥而不捨地追過去，恨不得趴在人家臉上，額頭、鼻子貼得緊緊的，小肉手也捏著李盛東的臉，逼他看自己，「李盛東，我把我媽媽也分給你一半。」

兩人湊得很近，李盛東看不太清楚丁浩是什麼模樣，但是眼裡那份忍痛割愛的神情他看懂了。丁浩最愛黏著丁媽媽，能把自家親媽分給別人，可見他下了多大的決心。

李盛東用鼻子嗯了一聲，主動蹭了他一下。

丁浩立刻露出一口潔白的小牙，彎了彎眼睛，伸手摟住李盛東，跟他抱著睡，嘟囔道：「好啦，好啦，今天可以睡個好覺了，我擔心你……好幾天晚上都沒睡好……」

李盛東的心裡忽然高興起來，勾著丁浩的手略微動了動，握得更緊了，「丁浩，我們要當一輩子的好兄弟。」

「好！」

「丁浩，我們一起上小學、上國中好不好？」

「那得看你的本事啦，我上次得到了五個小紅花，你只有三個！」丁浩笑嘻嘻地看著他眨了眨眼睛，「李盛東，你得努力一點才行！」

「哼，你才應該努力，你沒聽過老師說嗎？『浩浩』讀書！」

「呸！那是好好讀書！你想打架是不是！！」

「誰輸了誰就是孫子！！」

很多年以後，李盛東和丁浩還是好朋友。

哪怕他媽再婚之後，他搬了家，丁浩也跟丁媽媽去了市裡。

哪怕白斌突然冒出來，搶走了那個原本一直都屬於他的位置，他也沒能和丁浩按照小時候的約定上同一所學校。

哪怕丁浩那時候已經跟在白斌身邊，成了白斌最親密的人，而他身邊情人不斷……

李盛東心煩的時候有個毛病，和丁浩一樣喜歡往熱鬧的地方湊。他看著眼前的群魔亂舞，手邊的第一瓶紅酒早就喝光了，現在第二瓶也喝下了一大半，還加入別的洋酒一起喝下去。

幫他倒酒的人怕他醉了，又端了一杯冰水過來。李盛東拿著玻璃杯晃了兩下，裡頭的冰塊發出碰撞的清脆聲響，透過杯子去看，桌上那瓶紅酒的顏色更是透著血色的發黑。

李盛東瞇著眼睛看了一會兒，也不知道想起了什麼，嘴角有點上揚。

耳邊喧嘩的人群聲有些模糊，像攪成一團塞進耳朵裡，連對面幾個人的笑聲都聽不真切。李盛東覺得自己快醉了，可是偏偏又很清醒，能想起很久之前的事。

他還記得丁浩小時候最愛跟在他屁股後面玩，被他打到哭了也不跑，一直跟著。他心軟後，剛想回頭摸摸丁浩的腦袋幫他擦眼淚，這個兔崽子立刻就看准了機會，冷不防張嘴一咬——那一嘴咬得夠狠，他的大拇指到現在還有一個疤呢。

再後來，白斌就來了。丁浩不再跟在他屁股後面又哭又鬧還一直跟著了，這傢伙變了很多，要不是那個改不掉的臭脾氣，李盛東幾乎都要認不出來了，因為丁浩居然也人模人樣地變成了菁英人士，還他媽一本正經地去上了大學，呵。

李盛東一直以為丁浩會跟他混很多年，很多年。

居然，就跟白斌那畜生走了……

李盛東摸了一下右手的大拇指，關節處微微凹進去一小塊，像是牙印。他摸著那裡，忽然又想笑，大概是真的喝太多了，洋酒很烈，他竟然連這種陳穀子爛芝麻的事都能想起來。

陪他喝的人也醉了，這時候也聽不清楚李盛東在說什麼，呵呵笑著又去跟別人碰杯，繼續去喝下一輪了。

李盛東歪在沙發上，看著自己身邊一張張年輕漂亮的臉，瞇著眼想從他們身上找出一絲相似。

但是都不是，活得任性又放肆的生命太多，但都不是他想護在身後的那個人。

李東盛的右手拇指動了兩下，抓緊，又鬆開。

# 第七章 如果還來得及愛你

## ——你是否相信，前世今生？

丁浩有定期保養手機的習慣。他一直藏著一隻手機，黑殼的諾基亞，上面還帶著一些過去留下的痕跡。

丁浩也說不清楚他對這支手機有什麼感覺，但是總覺得要把它放好，妥善保管才對。

他有定期保養手機的習慣，但是這支手機跟了他二十幾年，很舊了。當初車禍後，丁浩本身還換了一個身體，但它可沒有換，放了這麼久，早就不能用了，只有外殼看起來還很新。

可是這個外殼，也逐漸開始有了細小的裂紋。直到有一天，手機毫無預兆地，突然裂開了。

丁浩心裡有點難受，他還想著保存在裡面，那些白斌傳來的訊息。

這幾年他還怕會弄壞，不敢輕易幫這支手機充電，結果竟然自己壞了。丁浩決定破釜沉舟，把手機拿去修理看看，就在去的路上，又出了事。

丁浩對自己開車有陰影，而那天白斌不在，他就搭車過去。

剛下車，還沒過天橋就碰到了小偷。他隨身攜帶的包包被劃破了，躲開的時候有點匆忙，手機就從包包裡掉下去了……丁浩也顧不得包包裡的其他東西有沒有被偷，急匆匆地就跑下去撿手機。

諾基亞很頑強地保持著機身完整，但就是螢幕四分五裂了。

丁浩拿到手機才感到踏實，現在才發現手很痛，低頭一看，手臂上有一道小傷口正往外滲血，把襯衫染紅了一塊。丁浩沒當作一回事，他經歷了那麼多，下意識地以為死亡已經跟他無關了。

但是手臂上的傷口一直沒癒合，丁浩在第三次換紗布的時候，終於意識到問題的嚴重性。

白斌對他這樣隨意處理傷口很不滿，要帶他去醫院化驗一下。

「你這樣自己弄，萬一感染了怎麼辦？現在又是夏天，很容易傷口發炎。」看到丁浩皺眉不回話，他也不再多說，湊過去抱住他就問，「不是說你們下周要出差去海南，還想去游泳嗎？我看你這一隻手臂怎麼游……」

本來是白斌貼著丁浩的，可是當丁浩真的纏上來，白斌就先放手了。

「別鬧，你手臂上還有傷。」

丁浩不管這個，抱著白斌的脖子就是不放開，「我要是走了，你行不行啊……」

白斌還以為丁浩是在說去海南的事，也沒多想，抵著他的額頭半真半假地說不行，「我一天沒有你都不行。」

丁浩看著他，忽然湊過去與他親吻，帶著一些說不清的迫切與焦急。

「白斌，我不走……我不想走……」

白斌被他的舌頭纏住，第一次有點招架不了這樣的熱情。兩人緊貼著纏綿半晌，這才稍微安撫好丁浩的情緒。

「好好好，不走，不走。我們丁總不去海南考察了，留在家裡，我煮雞翅給你吃好不好？」

丁浩趴在白斌胸前，隔著他的衣服咬了一口，接著又開始用舌尖舔舐。

夏天的衣服很薄，被口水浸濕的襯衫帶著幾分透明，貼在身上更顯得性感……丁浩低頭輕咬，漸漸又加重了力道。

白斌的聲音有些沙啞，揉著他的腦袋低聲警告他，「浩浩，你這是在故意惹事。」

丁浩不聽他的，固執地不肯起來。

白斌看到丁浩手臂上新換的紗布包得很結實，但是做劇烈運動……接下來的想法完全被丁浩打斷了。丁浩自己解開了上衣的紐釦，連腰帶也一起打開。

丁浩買的腰帶有點花哨，要打開很困難，但他還是顫微微地堅持單手解開。

「白斌，你少說這些有的沒的，到底做不做？再不吭聲，我就扒掉你衣服了啊……」

白斌歎了口氣，把張牙舞爪的傢伙攔腰抱起，「做，做。你都這個樣子了，我們總得進房間，到床上做吧？」

丁浩勾著他的脖子，抬頭咬在他下巴上，使勁地磨，「快點！」

白斌被今天有點野性的丁浩吸引，差點沒控制住自己。好不容易大戰幾個回合，能休息一下時，他抬頭就看見了丁浩的手臂，那上面的紗布已經被血浸透了一小塊，血流得不快，但是一直沒止住。

白斌皺了眉。他之前幫丁浩上過藥，那些都是用來止血的，怎麼還是流個不停？

丁浩順著他的視線也看了一眼，懶洋洋地說，「剛才，動作太大了。」

見到白斌將信將疑的，生怕這傢伙張口又要提醫院，丁浩就搶先開口：「白斌，我餓了。想吃你做的皮蛋瘦肉粥，只要瘦肉，不要皮蛋，粥少點……」

白斌被他逗笑了，抱著人親了一會兒，下去為他做飯。

「你休息吧，等等我端過來給你吃。」

丁浩躺在床上，笑咪咪地點頭。

白斌端粥過來的時候，丁浩已經睡著了。白斌放輕聲音，試著喊醒他，「浩浩？先起來吃點東西再睡……」

躺在床上的人睡得很沉，長長的睫毛垂下，在臉上形成一片扇形的陰影，襯得臉色有些蒼白。白斌把粥放在一旁，輕輕幫他換了一個姿勢，不讓他壓著傷口。

他坐在床邊看了丁浩一會兒，看到他睡熟了才出門。

白斌認為丁浩是過度疲勞，他準備出去買一點好菜，做給丁浩吃。

他知道丁浩這幾天有心事，但是丁浩不說，他也只能猜是公司的事。丁浩這幾年獨立性很強，白斌也不好干涉他，只能盡可能地在生活上多照顧一些。

這時，櫃子上的黑殼諾基亞手機忽然亮了，手機螢幕上的數字在飛快跳動，時間漸漸靠近十二月，隨著接近二十七號，又慢慢暗淡下去。最後像沒有電源支撐一般，徹底黑掉了，只剩下被重新拼合、龜裂的破舊螢幕。

床上睡著的那個人，絲毫沒有醒來的跡象，倒像是進入了更沉更深的夢境。

◆

曾經有一位身殘志堅的女性寫過一本書，叫《假如給我三天光明》。她設想了如果自己能重見光明，故事講得美好又打動人心，惹人掉淚。

任何「假如」成立的事情，都能讓人心有感觸。

丁浩現在就有點想哭，他看著周圍的車水馬龍，看著那熟悉到不能再熟悉的市中心街頭——街頭人來人往很正常，但是人們裹著厚厚的羽絨衣，行色匆匆，經過他身邊講電話的人，嘴巴裡呼出來的氣都能變成霧。

沒錯，這是冬天的D市。

所有的一切都跟往常一樣，唯一不正常的，大概就是丁浩本身。

他穿著夏天的半袖，手臂上還包著繃帶，傻乎乎地站在街頭。不知道站了多久，丁浩才反應到他似乎感覺不到冷，而且從周圍的反應來看，他們也看不到他。

如果能看見，憑著這件襯衫，他早就被圍觀了。

丁浩試著跳了幾下，不行，飄不起來，這樣是不是說明，他沒死？

丁浩想不太明白，也試著與其他人交談對話，可是周圍的人都自顧自地走路，並不能看到他、聽到他的聲音。丁浩很鬱悶，他覺得很莫名其妙，不過緊接著，事情出現了轉機。

丁浩看到蹲在前面轉角處的那個人，眼睛都看傻了，想都沒想就立刻跑過去！

那個人穿著一身皮衣，大冬天的，也不肯把外套穿好，半穿半披著，正蹲在那裡抽菸。那是很細的外國菸，一口煙霧噴出，微微瞇起的眼睛帶著一絲放蕩不羈，很騷氣。他看了一眼天，又繼續抽菸——

「丁、丁浩？」

蹲著抽菸的人抬頭看了一眼，含在喉嚨裡的那口煙差點吞下去！嗆得直咳嗽，「我、我靠！你他媽在哪裡整的容……咳咳！咳！！！」

丁浩沒猜錯，這是過去的自己，而且在半披著的外套下面，有一側的手臂也有一道傷口——那是去酒吧喝酒，跟人起爭執時被酒瓶劃傷的，就在出車禍前的第三天。

無論是現在的丁浩，還是過去的丁浩，骨子裡都有欠打的自戀。小皮衣看著丁浩那張臉，他覺得真是再也找不到這麼像的人了，簡直就是在照鏡子。

他再打量時，難免帶了一些挑剔的眼神，「除了比我矮一點，跟我長得還滿像的。」

丁浩想打他。

兩人對視一會兒，還是丁浩先開口：「我不但知道你，還知道你的家人、朋友……」

丁浩也覺得彆扭，他現在看著過去的自己，怎麼看都覺得騷氣。這比李盛東那些花哨的衣服還過分！你看，腰胯都露出來了！還有鎖骨……上面竟然還有不知道是誰印上的印子！墮落！太墮落了！

穿著皮衣的那位在地上按熄了菸，也站起來。他不管丁浩說的，直接提出了自己的問題，「你是誰啊？」

這件事解釋起來有些複雜，丁浩花了很大的功夫，絞盡腦汁才把事情說清楚。

但穿皮衣的那位不耐煩了，「你是說，你是未來的我。而且，我以後會跟白斌愛得死去活來？」

丁浩點頭。

那位看見他點頭，眼神更陰沉了，「我他媽不愛他，就得立刻被車撞死？」

「喔，也沒那麼快。」丁浩示意他看一下手機，確認了是二十四號之後，很肯定地告訴他，「你還有三天就會被撞死了。」

穿皮衣的人臉都黑了，大步向前甩開他，呸了一口，「你腦子有病吧！」

丁浩緊追不捨，跟著他走，「我知道你的名字，還有身分證號碼、銀行……」

「滾！知道這些的人很多！我哪年不寫簡歷啊。」

「我知道你家住哪裡，還有我爸媽的戶口名簿上，戶主是我媽……」

「追我的女人都知道！還有啊，少跟我說我爸、我媽的，我跟你不熟！」

「你小時候不聽勸，非要坐煤爐上，現在屁股後面還有一道疤！你國中時偷看女生胸部，被老師抓出去罰站！你跟李盛東打架，還差點掉了門牙！你在高中時跟一個女人親嘴，一激動，就咬了人家的舌頭……你手機裡偷存了白斌的照片，還是半裸的。」

穿皮衣的那位停下來。

「你對著白斌的相片，還偷偷親過幾次……」

後面的話被那位惱羞成怒地打斷，「放、放屁！就一次！」

丁浩笑了，「你看，就說了我是你啊。我們是一個人，你以前幹過的事我都知道。而且，能長得這麼相似的人，世界上再也找不到第二個了！」

裹著小皮衣的時尚人士還是會冷的，他攏緊衣領，又向丁浩提問：

「就算你是未來的我，坐著時光機器……？唔，不管你是坐著什麼玩意兒、怎麼回來的，你回來就是要告訴我，必須跟白斌那個？」

丁浩看他像在看白痴，「我剛才說的你沒聽見？就三天，你必須跟白斌在一起，不然就得死！」

對那個人而言，從小到大除了丁遠邊，還真的沒有人敢這樣對他說話，氣得連鼻子都歪了，「我要是不要呢？我這三天不出門不行嗎？我就不信我會死在家裡……」

丁浩指了指路過的人，那些路人看著這邊的眼神都有些訝異，「你小聲一點，他們都看不見我，只有你一個人能看見。」

小皮衣壓低聲音，因為他膽小，怕鬼。吞了吞口水，再看一眼那個跟自己一樣的臉，他忽然又不那麼怕了。

哪有自己怕自己的？一不害怕，小皮衣又立刻想起一件事：「你怎麼不早點告訴我！難怪剛才就有人往這裡看……靠！我在這裡自言自語，像傻子一樣！！」

「你要是三天之內不跟白斌在一起，你不但是個傻子，還是一個腦袋被撞破的大傻子。」

丁浩差不多明白了，這就跟遊戲裡打大魔王通關一樣，只要最後的結局扭轉，他應該就能完成任務，回到自己那邊。只是這裡似乎不單單是自己的夢境，倒更像另一個平行世界的自己。

二十四號當天下午，丁浩親眼看見自己被丁遠邊打了一頓。

這個過程很……奇妙。就像看錄影一樣，看著過去的自己被打得連蹦帶跳地逃出去，除了身上不痛，現在的心思也跟以前不一樣了。

丁浩蹲在那個人旁邊，看著那個時候的自己裹著小皮衣，獨自舔傷口。

「很痛吧？下次別去酒吧了，再說，你明明也知道那些人不是真的來投資的……唉，年輕啊，太不懂事了。」

裹著皮衣的人不吭聲，手臂上的傷口又裂開了，但是也沒出多少血，就是看起來有點嚇人。

丁浩瞭解自己，那個時候無非是抱著「一切都有可能」、都要試試看的心理，想做出一點成績給大家看。

「你啊，慢慢磨練幾年吧。要是不喜歡就去經商，被困在公家機關也很沒意思……」

「你說得輕巧。」那個人哼了一聲，還有些不服氣，但是除了丁浩，他又不知道能跟誰這樣說話。也許就像丁浩說的，除了自己，真的再也沒有人瞭解他內心深處的想法了，「我想做什麼又不是自己說了算……」

丁浩笑了，跟他肩並肩蹲在那裡，「那以後就努力變成可靠的人吧。多做點實際的事，慢慢來。」他還想再說些什麼來鼓勵那時候的自己，還沒想好要怎麼說就聽見旁邊的剎車聲。

丁浩抬起頭，就看見了白斌。他看見白斌從車上下來，一身厚外套，隱約能看見裡面的襯衫領子，還有綁得板正的領帶……丁浩的心跳都加快了。

「我聽說了，先上車。」白斌的表情很嚴肅，但是依舊留意到了丁浩衣服上的那抹鮮紅，他的眉頭皺起來，「你的手臂……算了，離開這裡再說。」

他把厚外套脫下來，自己只穿著一身單薄的西裝，直接把衣服遞過去，示意蹲著的人穿上。

丁浩看著白斌遞過去的方向，心裡有點空，又有些釋然。

白斌也看不見他。

穿著皮衣的丁浩猶豫一下，還是接了過來，但是拿在手裡沒穿上。他看見白斌皺眉，還特意解釋了一下，「我手臂上出血了，會把你弄髒……」

「穿上。」

那時候的丁浩很怕白斌，雖然白斌有時候會壓著他做一些過分的事，但是白天的時候，這種嚴肅的表情，他從不敢拒絕。白斌不會無緣無故做一些事情，只有在他犯錯了，或者惹事了才會「教訓」他。

口頭上的教訓讓人難以啟齒，但是白斌的初衷是好的，教育的方向是好的，他無法反駁。

白斌看見他真的穿上，老實地坐進車裡才出發。

「丁叔要在這邊開會，大約三天。我訂了飯店，你先去那邊住幾天……不要再惹他生氣了。」

丁浩也在旁邊坐下，他這副半透明的身體坐哪裡都沒什麼區別。

聽見白斌說話，他跟著一起點頭，覺得白斌教訓得對極了，「快說好，再加一句『以後再也不敢了』。」

小皮衣憤憤地扭過頭去，不看他們，他從沒見過「自己」不幫自己的！

到了飯店，不出意外是一個套房。白斌對丁浩的接觸向來不遮掩，他喜歡丁浩，所以只要有可能，他會利用所有條件讓丁浩待在自己身邊，不過做錯事就一定要受懲罰，這是白斌的原則。

白斌把枕頭和毯子放在沙發上，抬頭看了他一眼，「你睡這裡，我明天要開會，先休息了。」

小皮衣的丁浩正在小心地脫下衣服。血凝結在衣服上了，往下脫的時候感覺像又被撕開一次。

他聽見白斌這麼說，眼睛都瞪圓了，「我、我是病人……」

「你這個傷是自找的。」

小皮衣的眼神立刻悲憤了，他還沒說話，就聽見旁邊的笑聲。

「別上當，他騙你的。」

丁浩在旁邊笑，他好久沒看見白斌這麼壞心了，故意說這樣的話，最後還不是會把房間讓出來。這傢伙最心疼他了，哪捨得他受一點委屈。

「你看他的眼睛，恨不得寫上『逗你玩』了，仔細看看啊。」

那個人冷靜下來，收起爪子，開始仔細地盯著白斌的眼睛看。大概是知道有人在旁邊，心裡沒那麼畏懼白斌了，他盯得還很認真，好像有看出那麼一點意思……

白斌看到那個人的眼睛裡都是自己，好像已經印在心裡一樣，這錯覺讓他心動。

白斌揉了一下他的腦袋，放緩語氣，「騙你的。等等處理好傷口，我睡沙發，床給你睡。」

穿著皮衣的人被白斌近似於「微笑」的表情嚇到了，以至於過了好一會兒他才使勁甩動腦袋，說得有些惱羞成怒，「都、都說了，別亂摸我的頭！會摸禿的！」他扭過頭去，耳朵都有點泛紅。

◆

二十五號——

白斌習慣早起，出去開會前，又打開房門看了一眼睡在床上的人。

昨天晚上他拿消炎藥來給這不老實的傢伙吃，那種藥有輕微的安眠作用……當然，這個人也沒早起過幾次。

白斌把門輕輕關上，想了想，又留下一張字條，告訴他想吃什麼就自己打到餐廳訂。白斌看著那張紙上有些囉嗦的話，猶豫了一下，不過沒再修改。

白斌不知道客廳裡還有一個人就這麼坐著，看了他一夜。如果他能看見那單薄的身影、稍微沾染了血跡的襯衫，肯定又要皺眉了。

是啊，白斌無論是生氣還是擔心，這個時候的表情都是一樣的。

丁浩坐在沙發上，托著下巴跟他一起研究那張紙條。丁浩的嘴角挑起笑，他覺得像看見了青澀年代的自己跟白斌，兩個人都堅持著自己的陣地，白斌要進攻，他就死命堅守。進攻的沉默寡言，戰火猛烈；防守的寸土不讓，恨不得同歸於盡……

那個時候的愛，真的很濃烈。

白斌出門去了，丁浩起身，也跟了上去。

他瞭解自己，不睡到中午吃飯時間是不會起來的，這段時間還不如跟著白斌出去看看。

白斌在開會時表情嚴肅，偶爾記下一兩句有用的話。

丁浩仗著別人看不見他，坐在白斌的會議桌上，打著哈欠看他們開會。丁浩聽著上面的老頭們囉裡囉嗦地說著，更是哈欠連連，眼淚都快揉出來了。從某種方面來說，其實丁浩這傢伙無論是過去還是現在都不適應這樣的場合，太悶了。

好不容易等到散會，接下來就是聚餐了。丁浩施施然地跟在白斌後面，一起走進餐廳。周圍的人看不見他，但他看得很清楚。這次開會的人很多，是吃自助餐，也有離家近的人打包，要帶回去吃。而白斌目的很明確，一進門就要了一份外帶回去，他只點了一道菜，一道菜裝了滿滿三盒。

三盒的可樂雞翅。

幫他打包的服務生笑了，「白局，您帶這麼多，吃得完嗎？」

白斌的眼睛瞇了一下，說得隨意，「我養了貓。」

服務生有點驚訝，「貓愛吃這個嗎？我以為貓都愛吃魚呢，對了，今天有新炸的黃花魚，您也帶點回去……？」

白斌謝絕了他的好意，「不用了，他從小不愛吃魚，只吃可樂雞翅。」

服務生搖頭笑了，「這麼有意思的寵物，您從小養起來肯定很費心。」

白斌沒再說話，接過打包好的雞翅，直接到樓上。樓上的饞貓該醒了，要趁熱吃飯才好。

房間裡的人剛醒來，看樣子正準備出門。白斌叫住他，讓他過來吃飯，「先吃完再出去。」

那個人穿好小皮衣，剛想拒絕，就看見對面的「自己」正黏在白斌身上——真的是黏上去，簡直恨不得手腳並用地把白斌整個人抱住！

白斌看著他一直瞪著自己，還在疑惑，「不想吃這個嗎？」

丁浩在旁邊對小皮衣使眼色，看他傻乎乎地站著，乾脆側過臉貼近白斌，做出要親吻的樣子。

小皮衣立刻返回客廳，一屁股就坐下！他恨恨地看著那邊的「自己」，「我吃！」

吃飯的氣氛還算不錯，白斌從來沒有被人這樣盯著看過，尤其還是自己喜歡的人。

吃到一半的時候，白斌終於忍不住抬起頭來，「你在看什麼？」

小皮衣咬著雞翅，眼睛裡都快冒火了，「看個鬼！」

對面的丁浩毫不在意，一邊貼著白斌，一邊戳戳白斌吃飯時鼓起來的臉，玩得自得其樂。「你也想這麼做吧？嘿嘿，我懂。我替你做啊……」

小皮衣憤憤不平，他、他才不想這麼做呢！

「啊呸！」

白斌皺眉，「又怎麼了？」

小皮衣看著丁浩伸到白斌懷裡的爪子，還有瞇起來的眼睛，牙齒磨得咯吱作響。

「……咬到雞骨頭了。」

吃過飯，白斌還有事先走了。不過臨走前還是小小教訓了他一下，跟以前的方式一樣，按在沙發上使勁咬了兩口。

小皮衣被白斌親得臉色發紅，嘴巴上更是濕潤得不行，想抬腳踢他……卻讓白斌有了機會，又湊過去親熱一把。

白斌用手捏了一下他的臉，「下次別再惹事了，不然就再教訓你。」

小皮衣瞪了白斌一眼，看他又要湊過來「教訓」，連忙推開他，「知、知道了！」

他多少有點狼狽，這次房間裡還有別人，雖然是「自己」……但是更彆扭。

◆

二十六號——

在白斌這裡休養了兩天，手上的傷口也不怎麼痛了，被圈養不久的心也開始發癢。小皮衣打理好自己，趁白斌開會沒回來，自己出去晃了一下。

丁浩在旁邊跟著他，走得也很悠閒。

這次沒走多遠，因為剛走出飯店不多久就被人叫住了。叫他們的也是熟人，李盛東。

李盛東那個時候剛有點錢，玩得很厲害，玩完房子又玩車和女人。他一玩，李老太太就著急，看李盛東這副鼻青臉腫的樣子，估計是昨天又被叫回家用擀麵杖教訓了一頓。

李盛東穿得很騷，跟丁浩一樣的小皮衣，站在一起就像好兄弟。他笑著說出來的話也很有兄弟義氣，「丁浩，有地方住嗎？我先去你那邊住兩天。」

小皮衣搖頭，他還是被丁遠邊趕出來的呢，「沒有。」

李盛東繼續追問，「那你昨天睡哪裡？賓館？也幫我訂一間，我出來得太急，錢包都沒帶……」

小皮衣從丁遠邊的拳腳底下逃出來時也很匆忙，身上一樣沒錢。他剛想搖頭拒絕，就聽見旁邊的人說話：「你右邊的口袋裡有幾百塊。」

小皮衣愣了一下，伸手進去，果然摸到了幾張大鈔。不用說，會做這種事的只有白斌一個。

丁浩在旁邊告訴他，「等一下李盛東會說謝謝，並且邀請你晚上一起去酒吧喝酒，提前幫你慶祝生日。」

李盛東接過錢之後，果然豎起了大拇指，「不愧是好兄弟！謝了，丁浩，今天晚上出去聚聚吧，後街剛開了一間酒吧，大家說好要提前幫你慶祝呢！」

小皮衣的頭皮有點發麻。預知這種事，其實滿讓人害怕的，尤其是旁邊那個人還說過……

丁浩自然知道他心裡在想什麼，替他開了口，「你要是答應李盛東去酒吧，第二天早上，就會出車禍。」

小皮衣站在那裡沒說話，等到李盛東走了，依舊在沉默。

丁浩陪著他。

小皮衣掏出手機，靠在牆壁上假裝打電話。他有點事想向丁浩問清楚，至少，想從未來的自己嘴裡聽到一個保證。

「白斌，對我是認真的吧？」

「是啊。」

「我爸接受得了？還有白斌家裡……」

「唔，得被打一頓。」

「……我的感情可沒有他那麼深，以後說不定膩了就去找個女人結婚生子。白斌那個人太認真了，我……」

後面的話還來不及問出口，就聽見耳邊的手機鈴聲大作！小皮衣嚇了一跳，半天才反應過來是真的有電話打來了。

打電話來的是白斌的媽媽，白媽媽再次向他提出了邀請。

這個精明了一輩子的女人，還是在自家兒子的事情上栽倒了。她跟上次一樣，希望能用金錢來補償丁浩，求他跟自家兒子在一起。

『丁浩，我知道上次說的那些話傷害了你，我很抱歉。你看這樣好嗎？你跟白斌在一起之後，不用辭職在家……不過最好還是不要從政。白斌以後的路還很遠，這樣對他、對你們都不好。當然，作為補償，我贊助你一筆資金，你可以嘗試從商……』

後面的話沒有說完，就被小皮衣按了掛斷鍵。

丁浩在旁邊安慰他，「愛情也是要金錢的嘛……白斌的錢就是你的錢，白斌他爸媽的錢，也是你的錢。你跟自己家的錢賭什麼氣？」

小皮衣不吭聲，抓著手機沉默半天，轉身又回去飯店。

丁浩也有點不曉得自己要幹什麼，只記得當初收到白斌媽媽的那筆錢時，差點氣暈。雖說現在想開了，可是那個時候是真的很生氣。

他可以和白斌互不相讓，甚至可以被白斌武力鎮壓，但是不能用錢來侮辱他……

小皮衣回到飯店後沒房卡，也懶得去叫服務生來開門，就蹲在門口，一直等到晚上。

白斌很晚回來，看樣子有點累了，旁邊還跟著大祕書董飛，兩人正在說些什麼。

白斌看見蹲在門口的人有點吃驚，因為他下午打過幾通電話到房間，聽到沒人接，就知道丁浩走了，他沒想到丁浩會自己跑回來。

白斌打開房門，讓丁浩先進去，轉身對董飛又叮囑了幾句，「不用說了，這件事我會處理。」想了想，又補充道，「你幫我轉告她，希望她不要再插手。這是第二次，同樣的情況，我不希望出現第三次。」

董飛有些猶豫，「可是白夫人她……」

白斌揉了揉眉心，他覺得這件事被自家母親弄得更複雜了，「照我說的去做。」

董飛看了丁浩一眼，他家白少也只有在丁浩的問題上會如此固執。

「好，我明白了。」

白斌進去換了衣服，再出來的時候，客廳裡那個人還在站著等他。

穿著小皮衣的人深吸一口氣，有些話，他必須在今天跟白斌說清楚，「白斌，我……」

白斌伸手打斷他，「你的手機拿出來讓我看一下。」

小皮衣醞釀了半天的情緒一下子就沒了！他張著嘴，半天才問出一句話，「啥？」

白斌乾脆過去自己拿，一手抓住他的手腕，一手從他貼身的口袋裡掏出手機，「我看看。」

小皮衣急了，「白斌！沒有人像你這樣的！誰讓你看了？裡面有我的隱私，隱私，你懂嗎！不能隨便亂看……」

白斌抓著他的手沒放開，給的解釋合情合理，「下午的時候，我媽是不是又打電話給你了？」

「沒有！」

小皮衣不給他看，但他的手機是觸控螢幕的，這樣搶來搶去，也不知道按到了哪個鍵，螢幕突然轉到一張圖上——準確來說，是一張照片。

小皮衣的心都快從喉嚨跳出來了，手忙腳亂地把手機搶過來，一把塞進懷裡！

就知道這張照片早晚會惹事！

白斌還在看著他，這時候也不再追問電話的事了，他對丁浩手機裡的那張照片更感興趣。

小皮衣被白斌盯到怒了，「看什麼看！沒見過能拍照片的手機啊！」

白斌的眉毛挑了一下，「見過，可是你拍的是我。」

小皮衣的臉更紅了，「那、那也是我拍的！我拍的就是我的！」

白斌的嘴角挑了一下，他的心情好了許多，連心臟都因為這傢伙的一句話變得柔軟起來。

「下午那通電話是不是告訴你，只要你答應跟我在一起，就會給你好多錢？」

小皮衣站著不出聲。他聽說過上次白斌發怒的事情，不想再讓他們母子冷戰。說到底，丁浩對待長輩還是很容忍的，只是這個脾氣確實需要改改，倔強得像一頭驢，咬著一句話死不鬆口。

「沒有。」

白斌聽到這句話，目光柔和起來，「比上次多一些吧？」

「都說了沒有！」

白斌看他真的要生氣了，才放棄追問。他很喜歡此刻生動的丁浩，喜歡到有些難以自持，想了一會兒，乾脆動手去脫那件小皮衣，「丁浩，別躲。」

站在那裡的人果真沒再動，只是微微發抖的手腳出賣了他的心思，他在害怕。

白斌脫下他的一件衣服，就丟在地毯上，「我不會給你那麼多錢，不過，我可以把工資卡交給你保管。」

那個人站著不動，不肯配合白斌，也不肯離去。

「我想，既然你也對我有一點動心……我們就在一起吧，好不好？」白斌湊近他，試著去親吻他，「我會照顧你，也會讓你學會怎麼照顧人。丁浩，你總要學會長大，總要有人陪你一起生活。」

站在那裡的人顫抖了一下，不知道是因為那句話，還是因為白斌的親吻。

「喜歡的話，就不要動。」

他聽見白斌這麼說，接下來，就被親吻淹沒。脖頸、鎖骨、前胸、腹部……乃至於那個不能啟齒的地方……

他從來不知道，白斌會如此熱情，熱情到他差點招架不住。

心裡有一點奇怪的情緒在作亂，那張照片被看到之後，似乎也戳破了他們之間的隔閡。丁浩被從蝸牛殼裡抓出來，被狠狠地擁抱著。

他按照白斌說的，一動也沒動。他雖然倔強，但是也很坦白，他對白斌是有一點動心……

地毯上的衣服亂七八糟，裡面還夾雜著白斌剛換下的衣服，難得不再整齊。

客廳裡的燈光很柔和，照在赤裸的兩人背上，像是撒了一層微亮的光芒，隱約能看見他們身上的汗珠。

趴在上面的人低頭悶笑，大概是很久沒笑了，表情有點不自然。不過聽聲音，還是很快樂的，「不是說好不動嗎？」

下面那個人怒了，扭得跟麻花一樣，不停地試著逃離。

「屁！我哪知道會這麼痛啊……啊啊啊……輕一點！嗚嗚，白斌你輕一點……痛死我了……」

上面那位不捨得他掉淚，低頭親了一下，果然放慢了動作，「好。這樣？」

下面的人還得寸進尺，「你出去，行不行？」

白斌笑了，重重地頂一下，「還得等一下，現在可不行。」

丁浩沒有看自己春宮戲的愛好，躲在房間裡盯著掛鐘，一眨也不眨地看著時間。

外面的聲音一直不間斷，丁浩撓了撓耳朵，原來自己覺得痛時會嗷嗷叫嗎？

眼看就快到十二點了，外面那兩個人這才結束。丁浩聽到沒動靜了，出去看了一眼，果真都累到睡著了。

那張沙發很大，兩個人是抱著睡的。

白斌的嘴角帶著很淺的微笑，丁浩覺得這跟他收到的戒指一樣珍貴。

這兩樣，都是他才能給白斌的，也只有白斌，才能套住他。

白斌笑得很好看，丁浩忍不住又多看了一眼，用手去觸摸。

指尖已經開始變透明了，時間又開始流動。

丁浩低頭看了一眼地毯上的那隻黑色手機，不知道是被誰踩了一腳，有一隻黑色的腳印，帶起了如蛛絲一樣的裂紋。

秒針的聲音逐漸變大，一點一點地指向十二點。手機上的裂紋像會生長一般，逐漸蔓延開來，丁浩甚至能聽到它發出清脆的斷裂聲……

◆

周圍的東西很模糊，天花板上甚至還有裂紋的痕跡。丁浩眨了眨眼，再睜開眼的時候，就只能看到雪白的牆面。

之前的事像夢又像是真的，讓他的腦袋有點發脹，略微翻了個身，繼續躺著。

沒一會兒，臉上就有什麼溫熱的東西在擦來擦去。擦拭的動作停頓一下，緊接著傳來白斌的聲音，「浩浩，快起來。」

濕毛巾還是很有用，丁浩漸漸清醒了。他睜開眼就看見了白斌，還綁著他們家的小碎花圍裙。

丁浩眨了眨眼，「白斌，我好像做了一個很長的夢。」

白斌敲了他額頭一下，笑了，「是滿長的，你這一覺都睡到第二天早上了。快起來吃飯，我等等帶你去醫院，仔細檢查一下手臂上的傷。」

丁浩也笑了，「不用啊，我的手臂好了。」

白斌看了一下，果真已經不再滲血了，他也鬆了一口氣，「你這段時間是太累了。就不要去海南了吧？在家裡多休息幾天。」

丁浩點了點頭，起床伸了個懶腰，「白斌，我要吃可樂雞翅……要吃三大盒！我在夢裡看見別人吃，饞死我了。」

白斌親了他一下，「早就做好了，就等饞貓來吃了，呵呵。」

這件事還有一個小小的後續，唔，也算不上後續，是丁浩單方面打電話去找丁旭，試著跟他講了一下這件事情。

這件事很詭異，完全沒有前因後果可言，有些地方更是說不通，丁浩結結巴巴地，試圖完整表達出來。

「現在的我好像回去了……啊，就是回到過去那個我的身邊，但又不太像過去發生的事，唔，丁旭你說，那過去的我是現在的我嗎？我覺得，是不是還會有個未來的我……？」

丁浩把自己繞暈了，講了半天也無法解釋清楚，而且連他自己都弄糊塗了，丁旭哪聽得懂！

丁旭美人的業務繁忙，不想再聽這些虛無縹緲的事了，『丁浩，你應該是工作太累了，休息幾天吧。』

丁浩抗議，「我真的不是太累了！我看得一清二楚……不對，丁旭，你當初不是還跟我說什麼三個月嗎？」

丁旭說得很直白，『那是我騙你的，誰讓你半夜打騷擾電話來！而且丁浩，我當初是說三個月，你怎麼過了三年還來找我？』

「啊，可是真的有事情發生，我的手機也壞了……」

『我不會賠給你的！』

「不是，我是說真的啊，我那幾天特別倒楣，還受傷了……」

『我也不會給你醫藥費！！』

# 第八章 再給我三天，來愛你

——你是否相信，前世今生？

白斌第一次見到丁浩的時候，是在小學二年級。

丁浩從小就長得格外漂亮，帶著一股機靈，烏溜溜的眼睛一轉，就能帶出一個鬼點子，笑起來時露出來的小白牙和淺淺的酒窩看得人心裡發甜，讓人忍不住想跟他一起笑、一起鬧。

可是白斌不行，他從小接受的教育告訴他不可以這麼做。所以他就那麼一直遠遠地看著丁浩，直到有一天，有點克制不了自己的心情，開始接近他。

如果說，一個人的一生中非要強求一點什麼，那麼白斌這輩子最想要的就只有一個人，丁浩。

他也說不出為什麼會一下就陷進去了，等他發現的時候，已經是非他不可了。

白斌自幼跟著白老爺一起生活，他學習的課程很早就超越了周圍的同齡人，他的家庭和生活環境讓他太早熟，但是白斌第一次真正的成長，是跟「離別」這個詞連在一起的。

白斌一直都知道，他的將來被規劃得很清楚，早晚有一天會離開這裡，丁浩也會離開。也許是大學，也許是高中，甚至是更早的時候，他們終究會逐漸疏遠。

白斌明白，他無法阻止「將來的某一天」到來，他能做的只有再多看看丁浩，多記住他一些。

但是這個「某一天」，在丁浩的一句話後，突如其來地到來了。

丁浩那時候還在讀國中，他揹著書包，踢著一個球網裡的足球，笑嘻嘻地跟一幫男孩子勾肩搭背地走過去。丁浩的嗓門大，說起話來，大老遠就能聽見，「我跟你們說啊，我爸答應讓我去市二中啦，到時候我們就是對手了，再踢球，我可不會讓你們啊！哈哈哈！」

「真的啊，丁浩，你真好，到時候跟著李盛東，還能溜出去看電影……我也一直很想去！」旁邊的男孩一臉羨慕，還在丁浩肩膀上捶了一下，擠眉弄眼的，「我聽說了，李盛東還找了一個國三的學姐當『女朋友』呢！」

「亂講！」丁浩義正言辭地反駁，「那是李盛東去追人家，就他那副模樣，哪有人看得上啊！哼，等老子過去……」

白斌坐在車裡，靜靜看著丁浩他們走過去，囑咐司機跟在後面。等到幾個孩子在回家的路上散開之後，他才攔住丁浩，從半開的車窗裡對丁浩說了一句話，「上車。」

白斌那時候正值變聲期，聲音有些低啞，但是帶著幾分難言的磁性。

丁浩有些抗拒，他認識白斌，知道他是他爸以前頂頭上司家的公子，「幹、幹嘛？」

他也不想結巴，但是見到白斌，他就忍不住緊張。

白斌打開車門讓他上來，往旁邊讓出一個位置，「你家裡有點事，丁叔叔讓我來接你。」

丁浩抱著足球就坐進去了，他坐在車裡還是很緊張。車椅上是軟軟的白羊毛套墊，腳底下也是乾淨的，旁邊坐著的那個人自然是一如既往的高貴優雅。

丁浩偷偷往旁邊瞥了一眼，看著白斌側坐在一旁看書的安靜模樣，覺得這個人跟他真的不是同一個世界的人，這個人太完美了，像是從書裡印出來的模範學生，都恨不得不食人間煙火了。

丁浩把懷裡的足球抱得更緊了一些，有些不知所措，覺得玩得一身髒兮兮的自己簡直跟白斌身邊的一切都不搭。

白斌側過臉來，在空氣中聞了聞。
丁浩更尷尬了，他微微把頭側開，道：「我剛踢完球，汗味有點重吧……」
白斌又湊近了一點，鼻尖幾乎快貼到丁浩的肩膀上，「嗯。」
丁浩覺得哪裡有不對勁，想推開他但是又不敢，「我、我爸怎麼突然叫你來接我？到底是什麼事啊？」
白斌看他小臉紅通通的，帶著一股青春活潑的氣息，混合著衣衫上的青草和汗水的味道，真是讓人著迷。他咳了一聲，退開了一些，道：「我爸回來了，敘舊。」
丁浩又喔了一聲，低頭用手指摳裝著足球的網袋。
白斌伸出手握住丁浩的，絲毫沒有嫌棄他的那雙小黑爪子，「聽說，你要去市二中了？」
丁浩被他握得渾身難受，像是一隻被按住爪子，強制順毛的小野貓，「唔，是啊，我過幾天就轉學了。那個白斌，我的手很髒，別弄髒了你的手……」
白斌喔了一聲，放開一些，道：「你是為了李盛東轉學的？你跟他關係……很好嗎？」
「嗯啊，我們是好哥們，說好了要一起讀書。」
丁浩的手終於被放開了，稍微舒服了一點，小心地在自己的短褲上蹭兩下，像是從主人腿上跳下來抖毛的貓。
白斌在心裡默默將他這句話回味了一遍，又重新拿起那本書繼續看，一路上並未再說話。只是他握著書的手比平時捏得緊一些，翻頁的速度也慢了許多。
這次聚會是一個小型的家宴，大多都帶了家屬來參加，跟著來的小孩也不少，但是就屬丁浩最刺眼。丁浩穿著一身剛運動過的運動服，身上黑一塊白一塊不說，還提著足球，何況他旁邊站著一身整潔，像貴公子的白斌。一對比，高下立見。

丁浩他爸的眼睛都快瞪出來了，拚命對丁浩使眼色，讓他快滾過來。丁浩抱著足球連忙跑過去，他覺得被他爸踹兩腳也比在白斌身邊舒服，在白斌身邊，讓他感覺到一陣陣說不出口的壓力。

丁浩被他爸打了兩下，到底還是親爸，捨不得下狠手，拿起桌上的濕毛巾就讓他擦手，快點吃飯。但是丁浩他爸看到丁浩把那塊白色的濕毛巾擦成黑色的時候，再好的脾氣也沒了，往丁浩的頭上拍了一巴掌，「又偷偷去踢球了是嗎？快去洗手間把手洗乾淨！下次再玩成泥猴，不管你奶奶讓不讓，我都會打一頓。」

丁浩被打到皮厚了，也不在乎這兩下，吐了吐舌頭就跑到外面去找地方洗手了。

屋裡的大人們發出一陣善意的哄笑，他們都是看著丁浩長大的，很喜歡這個漂亮又愛運動的小孩。

白書記今晚很有興致，笑道：「老丁啊，別管太嚴了，丁浩這孩子不錯，孩子還是活潑的好。你看白斌，這個性子恐怕改不了了，少年老成，話比我還少呢。」

丁浩他爸立刻擺手，「哪會啊，白斌這是做事穩重，我們家那隻皮猴子比不上！」

周圍的人也跟著誇讚起來，白斌的優點多，一時半會還真的說不完。

平常誇獎自己，白書記是不會當一回事的，但這次是誇獎自家兒子，白書記聽到，心裡舒坦，又端起酒杯來，讓他們乾了一杯。

飯店的洗手間比較高檔，鑲嵌的大塊玻璃也很漂亮，丁浩洗完手忍不住還照了一下鏡子，覺得自己真是越來越帥了。他正在臭美時，看見白斌也進來了。

白斌在旁邊洗了手，慢條斯理地擦乾，也不急著出去，只是在丁浩從他身邊經過的時候一下抓住了他的手腕。

「丁浩，你真的要轉學？」這句話問了第二遍。

丁浩也有點惱羞成怒了，他甩了一下沒甩開，乾脆道：「是啊，我要轉學，我轉學關你什麼事啊！」

白斌的手握得緊緊的，不讓他掙脫，盯著他道：「為了李盛東嗎？」

「是！」

丁浩毫無自覺地往火上再澆了一桶油。

他原本只是覺得市二中管得很寬鬆，日子好過，但現在聽見白斌一而再再而三地提起李盛東，乾脆就順著他這樣說了。

丁浩抬頭瞪著白斌，看著白斌乾淨的襯衫、梳理整齊的頭髮，還有那張沒什麼表情的冰塊臉就忍不住一陣窩火。他從進門就一直被大人當成和白斌對比的對象，他討厭什麼都比白斌差的感覺。

「我就是為了李盛東轉學的，怎麼樣？我喜歡跟他一起玩！」

白斌反過手，跟他十指相握，一把將小孩拉到自己跟前。

他比丁浩大兩歲，也比丁浩高出一顆頭，就那麼居高臨下地看著他，眼神都恨不得結冰了，「你再說一遍。」

丁浩瞪眼，「我喜歡跟李盛東一起……唔！」

白斌這次沒等他說完，就狠狠俯下身，堵住了那張讓他生氣的嘴。

丁浩揮拳頭，他就抓住小孩不安分的手；丁浩想躲，他就乾脆單手按住他的後腦勺，加深、加長這個吻。

這是白斌少年時代的第一個吻，他也確定，這也是丁浩的第一個吻。他們都很生澀、熱烈，只是他是因為喜愛才熱烈，而丁浩恐怕是因為生氣。

這原本是一時氣不過的懲罰，但是當舌尖互相滑過的時候，那種甜美的味道，簡直讓白斌忘了他的初衷。他有些沉迷地親了許久，直到那個被他壓制住的人都服軟了，才戀戀不捨地放開他。

丁浩被他親得眼睛裡都泛著淚花，一邊大口喘氣一邊抖著伸手推開白斌，「你你你、你腦子有病啊！」

白斌看著丁浩，丁浩的額頭上還帶著一些薄汗，白斌覺得自己的手也開始有點冒汗了，「丁浩，我喜歡你。」

丁浩看著他的眼神立刻就變了，指著他罵道：「變態！」

白斌的臉色也變了，他雖然還握著丁浩的手，但是指尖已經開始發涼，那股涼意順著指尖蔓延，連心臟也忍不住縮了一下。

「我不是，我只是……對你……」

丁浩啪地一下甩開他的手，眼神裡也帶了一股輕蔑，「白斌你這個變態！別碰我！」

白斌的臉色有些蒼白，他用了很大的力氣才收回自己的手。

他抿了抿唇，靜靜地看了丁浩一會兒，看清了這個他一直喜歡的小孩眼裡所有的厭惡，以及少年的驕傲得意，並看著他轉身離開。

白斌在洗手間裡待了好一會兒，他看清了鏡子裡那個頹敗的自己，也看清了現在的自己沒有任何辦法留住那個人。

等到白斌回來的時候，酒宴已經快要結束了，白書記正在跟大家說話，「這次我來，也是要謝謝各位這幾年的幫助，我呢，下一步就要去H省上任，白斌以後……」

「我跟您一起去。」白斌站起身，眼睛看了對面的丁浩一眼，丁浩立刻扭過頭去。

白斌垂下眼睛，手指緊握到有些發疼，「我想過了，我想轉學，跟您一起去那裡。」

白書記看了旁邊的兒子一眼，有些驚訝，但是很快就笑著接話，「對對，這次回來，我就打算帶著白斌過去。我和他媽媽都在那邊，也方便照顧，呵呵。」

他和白斌的媽媽常年不在家，白斌一直都是由爺爺照顧到長大的，他們對白斌也懷抱著一份虧欠。這次回來，白斌本來不同意轉學，現在不知道為什麼又改口了，不過這是好事，他自然是答應的。

白書記調任省委的事，大家一直都有聽說，這次親口聽到，更是祝賀不斷。他們都是跟著白書記爬上來的一批人，算是老部下，心裡的算盤打得劈啪作響。

白斌在這段期間一言不發，他在算著自己的將來，算著自己的籌碼，還有……丁浩。

白斌再次見到丁浩的時候，是兩年後。那個時候他回來看望爺爺，順便跟白老爺商量報考的學校。

◆

回來的第二天，就聽說丁浩家裡出事了，白斌連夜開車過去，抵達時看到那個哭得撕心裂肺的小孩，自己的心臟也跟著微微抽痛起來。

丁浩的奶奶走了，他哭著不許別人說這句話，不許任何人搬動丁奶奶。

旁邊有一個女孩起身想要離開，但是很快就被丁浩扯住衣服，起了爭執。

女孩長得跟丁浩很像，如花朵般漂亮，但是此刻卻被丁浩嚇到了，紅著眼眶喊道：「丁浩，你瘋了，你幹什麼！」

丁浩的眼睛比她還紅，固執地抓著她不放，「拿出來！」

女孩被嚇得快哭出來了，一邊使勁掰開丁浩的手，一邊喊大人：「媽！媽！丁浩瘋了，妳快來管管啊！」

丁浩下手俐落，「啪」一聲，一記耳光就搧到女孩臉上，一字一句道：「拿、出、來。」

女孩的臉色紅白一片，還想再爭辯，又被響亮地抽了一記耳光。旁邊的大人都急忙上前，有人還朝丁浩衝過去。

白斌有點擔心，幾步上前邁進門去，但是不等他進去，就看到周圍的人都散開了，被圍在中間的女孩哇哇哭著，交給丁浩一個東西。丁浩小心地接過來，轉身跪在丁奶奶旁邊，並把丁奶奶的手拿出來，小心地將討回來的那個東西幫奶奶戴回手上——是一個樸素的銀色老戒指。

丁浩跪在那裡，握著奶奶的手，絲毫不嫌棄她已經僵硬冰冷，幫她把戒指戴好。

他咬著牙不說話，可是大顆的眼淚不停往下砸，眼前視線一片模糊，他無法控制地抖著肩膀，發出小聲的嗚咽聲。

周圍的大人有人忍不住哭出來，沒有一個人再去阻止丁浩，連之前張牙舞爪、要去攔著丁浩動手打女孩的大人也不敢上前去。他們臉上紅成一片，不知道是因為羞愧還是悲傷。

白斌站在門口沒進去，他見到周圍的人沒有難為丁浩，悄悄地看了一會兒就離開了。

他一直以為自己喜歡的是那個張牙舞爪、像小貓的丁浩，喜歡他那份張揚的生命力，喜歡他笑起來陽光燦爛的模樣，可是經過今天，他有了更奢侈的願望。

他有點奢侈地希望，將來有一天丁浩也會這樣對他，也願意將這份濃烈的感情放在他身上。不止是喜歡，不止是愛情，那是一種超越了親情、愛情的感情。哪怕他的身體僵硬冰冷，哪怕他已經變得醜陋不堪，還是會有人將他的手握起，不顧一切地維護他到最後。

他想要丁浩，笑著的、哭泣的、憤怒的或者悲傷的……都想要擁入懷裡珍惜。

如果說，每個人都有一根軟肋，那麼他的就是丁浩。

如果說，每個人心中都有一塊無法觸碰的逆鱗，那麼他的還是丁浩。

如果說，每個人都有一個無法滿足的黑色欲望，那麼他的，依舊是丁浩。

白斌上大學的時候，每天的課程密集到令人髮指，有時候連白老爺都看不下去，會讓他休息一會兒。

白斌是個一旦有了明確的目的就會全力以赴、一步步做到的人，他憑藉著自己的聰明和刻苦，慢慢朝自己心中的那個方向靠攏。

◆

等到白書記察覺到白斌的不對勁時，已經晚了。

白斌第一次對家人提出反對意見，是在一次過年的家庭聚會上。白書記那時已經調回京城，邁出了更高的一步，白斌的母親也在商界有了一番作為，弟弟白傑也逐漸長大，是個有擔當的小男子漢。

白斌很坦然地跟父母表明了自己的性取向，他沒有說出自己喜歡的人是誰，但態度很堅決——他這麼多年努力打下的根基，也讓他有這份堅決的魄力。

白斌當即就否定了父親安排好的仕途，「很抱歉，我已經有了自己的想法，我想去D市。」

「可是，那邊的條件不是最好的……」白書記微微皺眉，他在白斌十幾歲後才把他接到身邊，一直忽略了兒子，很希望能借此補償一下，「白斌，我和你媽媽都希望你能留在H省，畢竟這邊的經濟比D市好很多，你不用擔心相處的問題，我……」

白斌打斷他，「D市就夠了。」

白斌的固執讓白書記有些尷尬，他看了旁邊一眼，旁邊的妻子也有點紅了眼眶。她當初也選擇了發展自己的事業，兩個人這麼多年來，一直想要奉獻自己的愛子之情，但等接回兒子的時候，他已經長大了，並且有了自己的主意，不再是當初抱著他們、求他們不要離開的那個小孩子了。

並且，兒子還喜歡上了一個男人。

白斌的媽媽輕咳了一聲，把哽咽的聲音儘量壓下去，道：「那好吧，白斌，我們聽你的。那裡也有你爺爺以前軍區的戰友，我們……我們也放心。」

過年幾天假日，對白家父母的衝擊不小，他們很難理解一直以來如此優秀的兒子為何會這樣選擇。他們去查，但是沒查到任何一個跟兒子太過親密的人；他們想要苛責白斌，但白斌那麼優秀！他們從小嚴格培養，白斌對自己比他們還狠，彷彿不把自己的最後一滴精力榨乾就絕不放鬆，做任何事情都做到極致。

終於，白家人放棄了，他們順從白斌，並且在心裡隱隱期盼，或許白斌並沒有喜歡的男人呢？畢竟這麼多年，他身邊沒有任何人啊。

白斌像是在衡量自己的極限，拚命努力過後，便會獲得回報。他逐漸成長，羽翼漸豐。

白家人有些惶恐不安，他們太瞭解白斌這個孩子了，也越來越害怕他表現出來的那份發狂的執著。

白斌是冷靜的，也是驕傲的，他犧牲了自己的所有，全力以赴，似是為了積攢全部力量，達成一個願望。

那一天終於來了。

白斌認真地看著腕上的手錶，他從丁浩的父親——也就是D市的某位局長那邊得到消息，丁浩要過暑假了，今年會來這裡。

是的，從他一開始踏入仕途就在留意丁浩身邊的一切，包括他的家人。丁浩注重親情，無論如何他都會跟父母在一起，只要他來到D市，丁浩早晚會來這裡和他重逢。

白斌開車去了保護區，他知道依照丁浩不安分的個性，一定會去那裡看個新鮮——這麼多年，他收集了無數關於丁浩的資訊，恐怕比丁浩自己知道的都要詳細。

轉了一會兒，果然就碰到了丁浩。

丁浩長得比以前還漂亮，也跟以前一樣倒楣，白斌遇到他的時候，那孩子的車沒油了，剛從加油站捧回一個塑膠瓶，拿著瓶子往油箱裡倒汽油，一身緊裹在身上的小皮衣擋不住深秋的寒風，凍得瑟瑟發抖。

可憐又好笑。

白斌看了他一會兒，看他試了幾次都打不開油箱蓋，實在想哭了才開車過去。

天氣又冷又乾，風一吹過，丁浩的牙齒就咬得咯咯作響，白斌能感覺得到他緊靠著自己，一邊用手抓緊小皮衣的領子，一邊眼巴巴地看著他加汽油。那種依賴的感覺，讓白斌的心裡柔軟起來。

他喜歡丁浩這樣依靠自己，讓自己為他做什麼。

可是丁浩卻忘記了他，以為他們是第一次見面。

白斌站在那裡看著他晃晃悠悠地開車離開，身邊是半人高的枯黃蘆葦，大片在寒風中搖曳，荒涼又孤寂。

他想聽丁浩說一聲「好久不見」，想了很多年。

再後來，他們在一起了。

丁浩抗拒他、逃避他，卻無法逃出他花費這麼多年設計好的這張網。

第一次觸碰丁浩的時候，丁浩的臉上很紅，又氣又怒，可偏偏眼神濕漉漉的，讓人克制不了地嘗了再嘗。白斌親吻著丁浩的耳朵，哪怕是事後也不願放開他片刻，時不時撫摸他的後背，感受擁入懷中的這份溫暖。

丁浩不知道他喜歡這樣的親昵和溫馨，更甚於肉體的交合。

白斌覺得自己跟丁浩在一起的時候才是活著的，才有些對明天的期待和想法，他希望自己能和丁浩拼湊出一個新的人生。

他親吻著丁浩，想到丁浩在他進入、熟悉之後並沒有十分抗拒，忽然有些欣喜，「丁浩，我一直都在留意你。」

懷裡的人似乎還在賭氣，又像是睡了，靜靜地趴著一動也不動。

「白斌喜歡丁浩，喜歡了十年。」

在耳邊的歎息很輕，但是那堅定的語氣和炙熱的呼吸，讓沉睡中的人身體微微抖了一下。

白斌對任何人都淡淡的，但是，自從丁浩畢業後進辦公大樓上班，他比平時多了一個小愛好。

他會傳訊息給丁浩，打上幾句簡單的句子，問一些瑣碎到不能再瑣碎的日常小事。丁浩顧忌他的身分，五次裡總有一次會回覆，說的話跟他的人一樣，有張牙舞爪似的挑釁。白斌看到會想笑，可是他挑了挑嘴角，卻無法完成那個笑容。

他已經很久沒有感覺到發自心底的開心了，每次只要想到丁浩是因為他的身分，迫不得已才敷衍他，牽強地陪他玩這樣的「遊戲」，就無法再笑出來。

手機滴滴作響，這次不再是訊息，而是丁浩打來的電話。

『白斌！我就在你隔壁，你天天傳訊息，你……你覺得有意思嗎！』

壓低的聲音帶著幾分不甘心，甚至能隔著電話，想到他此刻氣鼓鼓的小模樣。

白斌淡淡地道：「我覺得滿有意思的。」

對方立刻氣得跳腳，壓著聲音嚷嚷了半天，估計是沒人了，說的話也很放得開，什麼「昨天晚上答應過不亂傳訊息給我了」、「弄得我腰都快斷了，你有沒有人性？」、「去你的打樁機！」都說出來了。

白斌聽他說完，最後只說了一句，「到我辦公室來，立刻。」

丁浩的脾氣可是軟硬都不吃，可是他怕白斌，猶豫了一會兒，最後還是進來了。

白斌看了他一眼，道：「過來。」

丁浩還在門口磨蹭，悄悄地握著門把，似乎還想跑，「我、我又沒說錯，你昨天晚上就是……就是騙我！」

白斌挑眉，拿起桌上的一份文件，「這是你弄的吧？資料錯了，你過來把這裡改好。」他看了一眼丁浩有點不太正常、微微分開的腿，「私事我們稍後再談。」

丁浩臉上一下子紅了，他走過去看向桌上的那份文件，上面白斌已經畫出了一部分，每句話都有批註，錯的地方不少，白斌又說得毫不留情面，一時讓丁浩低下頭。

白斌看著他一點一點改好，拍了拍自己的腿，「好了，過來坐下，我們談談私事。」

丁浩的反應慢，還來不及跑就被白斌拎著衣領，按著坐在腿上。白斌腿上的熱度透過薄薄的布料傳遞過來，讓丁浩整個人繃緊。他心跳不由自主地加快，握著筆的手都在出汗，有點拿不穩。

白斌的手臂環繞過他的腰，說的話近在耳邊，「昨天晚上，我怎麼騙你了？」

「你你、你昨天晚上明明說……」丁浩的臉皮還是薄了一點，當著白斌本人的面說出來都會臉紅，「說我如果聽話，就讓我換辦公室，還有不會再亂傳訊息給我了……你還騙我用嘴……」

「你不願意跟著我做事？」白斌拖長尾音，看到丁浩抖了一下，覺得真是有趣，「光這一點，就很不聽話了。」

丁浩抬頭瞪他一眼，很是不甘心，「白斌，沒有人像你這樣的！你說話不算話，我……」

白斌握著他的手，一點一點地捏著，「把新區那塊土地競標的事告訴李盛東的人，是你吧？你倒是跟他很好，事事都想著他。」

丁浩垂下眼睛，不敢說話了。

新區有項目投資，這是機密，他真的不該說，但是李盛東跟他是最好的哥們兒，他忍不住就偷偷告訴他了。

「李盛東倒也有點本事，竟然還真的能弄到手。」白斌用鼻尖蹭了蹭丁浩的，「但是這件事不能就這麼過去，丁浩，你得知道自己錯了，知道嗎？」

丁浩被他這麼親昵地抱著，臉都紅了，彆扭地想躲開，卻讓肢體糾纏得更親密，心跳像在打鼓。

「白斌，你別這樣，我、我爸是讓你教我，可沒說讓你這樣教！」

「那要怎麼教？你可不是個好學生。」白斌不為所動，面無表情地把手伸進丁浩的衣服裡，自上而下地撫摸著，「不聽話的學生，要懲罰。」

「我不要！」

丁浩還在反抗，卻被白斌一把抱起來，拖進了旁邊的更衣室。

這裡的辦公室是套房，裡面有一個小房間，放著一張沙發和簡單的幾個衣架，讓長官休息。白斌經常留在這裡加班，慢慢就放了些衣服在這裡，成了更衣室。

房間很小很黑，丁浩被白斌抱得很緊，覺得自己閉上眼睛就能聞到白斌身上的味道。

白斌半摟半抱地擁著他，寬大的手掌撫摸到丁浩最敏感的地方小心地揉弄，幾下就看見手底下的小傢伙起了反應。

丁浩羞憤了，忍不住趴在白斌肩膀上咬了一口，他不敢使勁，但是也表現了自己的不滿。

白斌哼了一聲，也沒推開他，只是將丁浩牢牢地按在小沙發上，困在自己和沙發中間。他的氣勢強硬，但是手上的力度適中，像是帶著小小的電流，舒服到讓丁浩都腿軟了，沒幾下就發出壓抑的喘息。

周圍很黑，白斌頂進來時感覺更鮮明，那麼熾熱的溫度和堅硬，讓丁浩的眼裡都浸了濕氣。他不願意讓白斌聽見自己發出來的聲音，好像怕輸一樣，張嘴咬住白斌胸前鬆開的領帶，想把那膩人的喘息也一起咽回自己肚子裡。

白斌深深進入丁浩的身體裡，就著連接的姿勢俯下身親吻他，吻到自己的領帶的時候，慢慢用牙齒將它扯出來，「放開點，讓我親親你。」

丁浩的所有感覺都集中在下半身，那裡的小洞被白斌撐開闖入，被塞得滿滿的，簡直讓他渾身都緊張，好像、好像要被玩壞了一樣……

「不、不行……這太大了……白斌別再進去了……嗚！」丁浩胡亂求饒，但是他越說，那個嵌入自己身體裡的火熱硬物就更粗壯，簡直快讓他哭出來了，「白斌我錯了，我錯了還不行嗎！」

白斌像要讓他安心，抱著丁浩小心地換了姿勢，讓他轉身靠在自己懷裡。

丁浩因為轉身而不受控制地縮緊的地方，緊致到讓人幾乎快失控。白斌的鼻息重了一點，下身也忍不住輕微地頂弄幾下，就這麼兩下，立刻讓丁浩發出小聲的求饒。

白斌握著丁浩的手，讓他自己碰那個吃進去的地方，「我的……都進去了，沒事的。」

丁浩的手指無意識地在那裡觸摸兩下，還沒反應過來，就被白斌抱住腰，反覆穿刺頂弄，肉體發出的濕潤響聲讓他面紅耳赤，他也沒有任何可以依附的東西，只能抱住白斌橫在自己腰腹上的手臂。

丁浩覺得自己快被幹死了，明明昨天晚上已經強迫他做過兩次了，怎麼今天白天還能發情……要不是白斌技術好到能讓他也有感覺，丁浩還以為白斌是剛開葷的處男。

簡直就是毫無節制！

外面模糊地響了兩聲，似乎是有人在敲門，丁浩的身體都繃緊了。白斌忍了一下，讓自己停在丁浩身體裡。

「有人嗎？白局在不在？」外面的人似乎推開了辦公室的門，離這個小小的密封隔間不過幾步的距離，甚至能聽到皮鞋踩過的聲音，「奇怪了，丁浩那裡沒人，怎麼這邊也沒人啊……媽的，批個破文件這麼麻煩！」

丁浩使勁睜大了眼睛，這個聲音是李盛東！

白斌沉默了一下，繼續抱著丁浩，慢條斯理地抽插了一會兒。丁浩渾身都緊張得發抖，底下夾得特別緊，一下一下的，像要把白斌吸進去一般濕軟。

李盛東進來之後沒有馬上離開，他先在外面的辦公室閒晃，最後還一屁股坐上白斌的老闆椅。李盛東在上面試了好幾下，硬皮做的老闆椅發出沉重的嘎吱聲，但也無法掩蓋這個暴發戶的那句口頭禪，「我靠，真他媽結實，在辦公室玩就夠了！」

丁浩在小房間裡聽得很清楚，臉上燙得不得了。他被白斌按在那裡反覆操弄，拚了命才壓下那陣喘得厲害的聲響。

「停，別弄了，外面有人……啊……白斌，你別再進去了，唔嗯……」丁浩扭了幾下，試圖掙脫。

白斌按住他，「怕什麼，這比你平時玩的那些差多了，不如等等就讓李盛東看看你這個樣子，是不是比跟他出去時更享受一些。」

白斌說的時候，還在丁浩體內不緊不慢地抽送，每每戳到丁浩最酥癢的那一處嫩肉，便能感覺到那個人無法控制地發抖、絞緊。

丁浩從喉嚨裡發出壓抑的低聲，他被頂弄到眼前已經有些模糊，鼻音也帶了濕漉漉的味道。

李盛東在外面時不時發出一點聲音，並沒有離開，而白斌就在這個狹小的房間裡跟他做著，隔著一道牆的距離……這讓丁浩渾身都羞愧得無法放鬆。他死咬著嘴，死活都不肯發出一聲呻吟，哪怕白斌在他耳邊一直說話，一直在他體內折磨他。

白斌從後面勒住丁浩的腰，慢慢抽出來，再慢慢頂進去，接著在丁浩身體最敏感的那一處黏膜上來回摩擦刺激。他呼吸沉重，但說話聲還保持著幾分往日的冷靜，「你跟李盛東……是怎麼回事，嗯？」

「……滾蛋！我的事不用你管！」

丁浩的倔脾氣終於忍不住了，他低頭狠狠啃了白斌一下，用更為激烈的動作作為回應。

丁浩被狠狠地貫穿，力度大到他還以為自己會死在白斌身上。

他從來沒這麼狂烈地做愛過，處於下方更是第一次，被頂到快噴出什麼來了。

丁浩的喉結滾動幾下，咬著白斌的肩膀不放開，心裡似乎有什麼也被摧毀了。

他不甘心，但是身體無法阻擋那股甜美爽快的感覺，他渾身的血液都在沸騰，無法阻止自己的欲望。

丁浩被體內那根硬熱的東西刺激到噴薄而出，精神放鬆下來，一時有些恍惚，等到他回過神的時候，已經被白斌抱著來到門口。白斌的手握在門把上，只要輕輕一轉便能推開——

丁浩拚命踢了兩下，卻被白斌按在門上，胸前赤裸的接觸讓丁浩的腦袋幾乎都要炸開了。

白斌俯下身來，一邊按著他一邊跟他親吻，力道很大，大到丁浩都覺得舌頭發疼了。原本還勉強掛在身上的衣服三兩下就被扯開，白斌這次的接觸更為徹底和赤裸。

「……丁浩，說你是我的。」

白斌掰開丁浩的雙腿，讓他張開腿纏在自己腰上，承受一次比一次重的衝撞。每一次都是最大限度的進入，恨不得把整個人都融入對方的身體。

丁浩忍住呻吟，咬著嘴巴不吭一聲。

白斌抱著他，抵在門上，一邊挺腰一邊輕輕擺動，動作纏綿到讓人幾乎陷入了他的溫柔。炙熱滾燙的感覺從結合的地方蔓延而上，被白斌觸碰過的地方彷彿都變成了最敏感的地方，丁浩隨著頂弄的加深，無法抑制地顫抖。

他無法拒絕地跟著白斌一起扭動，喘息聲和呻吟聲也有些壓制不住地洩露出來。

白斌一邊進入，一邊伸手撫上丁浩再次脹大起來的地方，來回撫弄，反覆摩擦，拇指在頂端狠狠碾過，又爽又辛辣的感覺惹得丁浩嗚咽了一聲，破碎不堪的聲音甚至帶了哭腔。

丁浩想伸手推開他，反而被按住，任由白斌劇烈地頂弄。肉體交纏發出濕潤的咕啾聲，終於擊潰了丁浩的最後一道防線。他勉強轉過頭來，顫巍巍地親了白斌一下，在黑暗中找不到位置，親到了嘴角上。丁浩就那麼小心地親吻著、舔著，帶著顫動的鼻息求饒。

滑膩的肉體交纏、嘶啞的喘息和斷斷續續的求饒，讓這一片狹小黑暗的地方情色得要命。耳邊不曾間斷的嘖嘖親吻聲、肉體進入時發出的淫靡水聲，還有丁浩最後那聲帶著哭腔的「我是你的」，終於讓白斌釋放了出來。

白斌緊緊摟著丁浩的腰，一邊感受他內部的絞緊快感，一邊將自己炙熱的種子全部噴發在他體內。

丁浩已經被做到昏過去了，白斌幫他整理好、抱出去的時候，李盛東已經走了。白斌把丁浩放在寬大的椅子上，讓他好好休息。

他知道，知道丁浩和李盛東並沒有什麼，只是那個時候看到丁浩那麼在乎李盛東的看法，就忍不住想要狠狠地欺負他一下，甚至覺得，就這樣讓李盛東看見也好。

白斌覺得自己的靈魂已經開始不像自己了，有什麼不停地剝落，又不停覆蓋上別的顏色，染上別的欲望。他忍不住在丁浩身上放縱自己，在他身上尋找自己失去已久的那份溫暖，並貪婪地汲取著，一時一刻也不肯放開。

白斌到底還是心疼丁浩的，他看丁浩鬱悶了幾天，怕他悶著，弄了一條金毛犬來給丁浩養。那是他妹妹白露養的狗。白露去上軍校了，臨走時求白斌幫忙照顧兩天。白露從小崇拜她哥哥，她的愛犬，只有讓她哥照顧，小女孩才肯放心。

那隻金毛犬叫查理，三歲，正是活潑好動的時候，見到丁浩的第一面就把人撲倒了。丁浩被金毛犬查理撲倒在地毯上，連滾帶爬都沒辦法躲開。他昨天被白斌幹了三次，腰都快斷了，捂著腰哎喲哎喲地叫，眼淚都快下來了。

白斌在旁邊看著，看到丁浩活潑了一些，眼神中有些讚許的意思。

丁浩快氣死了，白斌欺負他還不夠，還弄一條狗來欺負他！

不過很快，丁浩的臉色又變了。他看了看那隻體型碩大的成年金毛犬，又看了看白斌，嚇得說話都在發抖：「白、白斌！你把牠帶回來，不會是想……」

「嗯？」白斌坐在一旁，把裝著零食的餐盒放下，「我今天帶你出去玩，我看你悶了好幾天，外面陽光很大，不出去太可惜了。」

丁浩喉結艱難地上下滾動幾下，看著白斌的眼神簡直可以說是驚恐，聲調都變了：「什麼？還、還要去外面——！！」

白斌也發覺到不對勁了，他看著丁浩捂著胸前的小背心，一臉驚恐地看著他和金毛，忽然覺得這下誤會大了，連忙解釋：「丁浩，不是你想的那樣，我只是……算了……你等等換上衣服，跟我來吧。」

丁浩瞪了他一眼，「做！夢！」

他雖然原則不多，但在這點上還是很有原則的，又不是李盛東那個畜生……不對，這種事連李盛東那種畜生都辦不到！

白斌拎著丁浩出門，而丁浩的脖子上掛著一個布袋，裡面裝著幾盒零食，跟在後面的金毛犬查理則叼著一個網袋，裡面有一個足球，查理蓬鬆的大尾巴甩得歡快異常。

丁浩不得不承認，跟金毛犬查理玩的過程還是很愉快的。這隻狗最喜歡足球，丁浩在草地上踢足球來回跑的時候，牠就開心地跟著他到處衝，叼到足球就拚命往白斌那邊跑，一臉諂媚地將足球放到白斌腳下，還用嘴巴往白斌那邊蹭了蹭，大尾巴甩得啪啪作響。

丁浩玩得很高興，要白斌也一起來踢球，他原本只是隨口說了一句，沒想到白斌真的脫下西裝外套，來跟他一起踢球了。

兩個人加一隻狗，玩的無非就是傳球、斷球，丁浩第一次發現白斌踢球時也是那麼帥，哪怕是一身白襯衫和西裝褲也不顯得突兀，反而有一種……白斌式的魅力。

白斌挽起襯衫的袖子，微微淩亂的頭髮顯得生動了許多。他拿了一瓶水給丁浩，自己也開了一瓶，兩個人肩並肩坐在草地上，隨意聊著什麼，「你為什麼不打籃球了？我記得你高中的時候，好像更喜歡籃球。」

丁浩差點被水嗆到，咳了一聲道：「我、我念舊不行啊！我小時候就喜歡踢足球……」

白斌喔了一聲，看著丁浩轉過去的腦袋、那雙微微透著粉紅的耳朵，識趣地沒有再問下去。

後來白露從軍校回來，小女孩對哥哥的尊敬簡直可以算是頭號粉絲，而丁浩終於知道金毛犬查理的那份諂媚是從哪裡學來的了。

白露揹著相機幫他們照相。小女孩拍照很認真，她哥指指丁浩，她便拍一張丁浩，她哥不說話，她便一直拍哥哥。

丁浩跟金毛犬查理玩得很高興，笑起來格外燦爛，頂著一頭略長的頭髮，身邊有一顆足球，跟當初白斌見到他的時候一模一樣。

丁浩看到白斌站在那裡恍神，將手邊的足球拋給他，笑道：「給你！替我跟查理玩一會兒，我累了，得躺下休息一下。」

白斌接過足球，看了丁浩好一會兒，道：「好。」

他心裡忽然蔓延出一種難以言說的感情。他想起多年之前，他見到丁浩的時候，小孩似乎也在和別人一起踢足球，抱著他的足球，寶貝得不放開。那時候白斌就想，假如有一天丁浩能把寶貝著的足球交給自己，讓自己幫他保管，那就是已經信任他了吧？

白斌想，他不願再放縱自己這樣佔有丁浩了，他想和丁浩好好地、認真地說一下將來。

他和他一起的將來。

金毛犬興奮地跑過來，汪汪叫著，身上的毛髮在陽光下散發出淡淡的金色光芒，跟那天的天氣一樣讓人炫目，溫暖一片。

再後來，丁浩死了。他才二十三歲，那麼年輕。倒在雪夜裡的車子被撞得亂七八糟，人也是一身血汙。

白斌看了好一會兒才認出那是丁浩。或者說，他不想承認他的丁浩再也不會說話，再也無法對他胡鬧，對著他笑了。

白斌在雪地裡，小心地擦著丁浩滿是血跡的臉。他的手很穩，但是漸漸抖了起來，像是抑制不了似的，眼睛裡酸澀不堪，心裡更像被挖走了什麼，冰冷一片。

心臟的那個地方，恐怕再也無法拼湊齊全了。

丁浩死的那天，白露哭得很傷心，她哭著讓白斌放了丁浩。

白斌顫著聲音，讓董飛送白露回去。

他無法放開手，他放不開丁浩，就像他放不開自己。

白斌抬頭看著天空，雪飄落下來，他就那樣一直看著，直到肩上落滿了雪。

聽說靈魂有二十一公克的重量，他的丁浩此刻是不是正安靜地飄在夜空中？丁浩是不是也能看到他此刻雙眼中湧出的淚水……

丁浩，你知不知道？我是拼湊起來的，心是，人生也是。

沒有你，一切都不完整了。

丁浩走後，白斌連續工作了三個月，不肯休息。他把自己所有的時間都投入到工作上，讓自己忙到無法去想任何事，連吃飯和睡覺的時間都少得可憐。

白老爺派來的醫生說再這樣下去，白斌整個人恐怕都會廢掉。白家人無法坐視不管，他們來看白斌、來勸他，甚至是求他，但是看到那個形容憔悴，已經失去往日神采的白斌，便無法再多說。

白露來了，小女孩為丁浩戴了一朵素白的胸花，一直未曾摘下，連眼眶都紅著。

她為丁浩難過，更為她哥哥難過。丁浩走了，她哥也像不再在意任何事一樣。她看著白斌埋頭工作，看著他不分晝夜地忙碌，像在努力尋找什麼，將自己支撐起來，更像在尋找最後活下去的意義。

白露看到她哥的手臂上有針孔，掀起袖子來看的時候，被那一大片針孔的痕跡震懾住了。她的眼淚忍不住在眼眶裡打轉，哽咽到幾乎要說不出話來，「哥、哥你這是……」

「只是幾針營養劑。」白斌放下袖子，把那些針孔痕跡遮擋起來，如果不是這樣，他恐怕早就撐不住了。白斌語氣淡淡地說，「白露，妳回去吧，我還要繼續工作。」

「哥，你不能再這樣下去了！」

白露一把拉起白斌，幾步走入隔間，那裡被白老爺強行放了一張床，是留給白斌休息的。白露把她哥推過去，讓他坐下，從口袋裡翻出一疊照片，並咬著唇將照片塞到白斌手裡，轉身就走了。

那是丁浩留下來的照片，白露那天揹著相機拍的。照片裡的丁浩和金毛犬查理在一起，坐在綠油油的草地上，丁浩笑到打滾，整個人都滾在草地上，頭髮上沾了一點草屑，笑容燦爛。

其中有一張是白斌站在不遠處轉身講電話，丁浩就坐在地上，一邊玩著大金毛的爪子，一邊偷偷看他……

白斌撫摸著相片，眼角忽然有點濕潤，他覺得很累，想閉眼睡一會兒。

白斌知道丁浩是任性的，帶著幾分還未長大的孩子氣。他親自教著丁浩，但是又私心地想把丁浩這份性子留著，讓丁浩越來越依賴他，也只能依賴他。

如果說丁浩會發生那樣的事，會出現無可挽回的結果，多半也是因為他——因為他的寵，也因為他的不肯放手。

「傻瓜，我不會再勉強你了……」

從他們再次相遇的那天開始，他就讓丁浩說著那句牽強的愛語，此刻回想起來卻苦澀不堪。

白斌忍不住問自己，他從一開始就布下的這個局是不是對的？他從丁浩小時候就開始小心地圈養著他，不著痕跡地不讓周圍的人跟他太過親近，也不讓他離開自己的視線，所以丁浩覺得寂寞，就逃了。

首先是李盛東那裡，接著又想從他心裡逃開。

他那麼聰明，聰明到幾乎毀掉了自己和丁浩。

白斌從不信神，但此刻，他甚至想問問滿天神佛，如果能放下所有、拋棄一切，他是不是也可以去丁浩所在的地方？

可是沒有你，我又會是誰？這樣的生活，對我來說是最大的痛苦與折磨。

如果用這一生，能換來與你相愛，哪怕只有幾天也好……

白斌像做了一個漫長的夢，他夢到丁浩重新活了過來，在他身邊笑容明亮，露著一口小白牙，叫他起床。

「白斌！」丁浩推了他一下，不但不像以往一樣躲著他，還瞇著眼睛壞笑，「你快起來啊，白露等等就來了，她看到你這樣，會以為我昨天晚上把你怎麼了，哈哈哈！」

白斌慢慢地坐起來，有些無法相信眼前見到的人。他伸出手，輕輕摸過丁浩的臉頰，是溫熱的，柔軟的，他張開嘴喃喃道：「丁浩？」他的聲音有些沙啞。

「怎麼了？你的嗓子怎麼沙啞了，是不是生病了啊？」丁浩皺眉說著，用額頭抵住白斌的試了試溫度，「奇怪，昨天還好好的……」

「我病了，不過見到你就好了。」白斌伸手將他抱在懷裡，在他臉上蹭了兩下，「我以為，再也找不到你了。」

他這番話說得亂七八糟，丁浩也沒放在心上，笑著反手抱住白斌，還拍了拍他，道：「我要跑去哪裡啊?等等還得讓你帶我出去踢球呢!」

白斌看著他,眼睛也微微瞇起來,露出一個略顯僵硬的微笑,「好,你要去哪裡,我都陪你。」

哪怕是一個夢也好,哪怕再短暫也好,擁有你,就是我做過最美好的夢。

這次去踢球的還是原先的陣容,金毛犬查理一馬當先地跑來,一雙大耳朵也跑得亂晃,很是有趣。

牠停在白斌和丁浩前面,沒有管丁浩的招呼,而是對白斌聞了聞,似乎在確定這個熟悉又不太熟悉的味道。但是很快,金毛犬查理又汪汪叫著,去蹭白斌的褲管了,牠看起來比以往更喜歡白斌了。

白斌和丁浩踢球時,金毛犬查理負責截球,白露一邊笑一邊拍照,看見丁浩被金毛犬查理撲倒在草地上,舔了一臉口水,笑得都拿不住相機了。

白露高興得不行,對丁浩嚷嚷道:「丁浩,你快起來啊,這樣躺在地上的話,查理會以為你在和牠玩呢,等等會舔得更猛!我教了那麼久的規矩,碰到你就全毀了,哈哈哈……」

丁浩被舔得暈暈乎乎,好不容易才推開查理的大腦袋,氣呼呼地反駁白露,「白露,妳是怎麼教的啊!這能怪我嗎!妳家這隻狗……」

丁浩忽然說不出話了,他看到白斌逆光站在自己前面,那一瞬間,丁浩覺得自己像看到白斌身後多了一對翅膀。那柔軟的頭髮、溫柔的笑臉,在陽光下,整個人簡直熠熠生輝。

文藝點的說法是，那一刻丁浩的人生又被照亮了；通俗點就是——丁浩第二次初戀了。

白斌把丁浩從地上拉起來，幫傻乎乎的人弄乾淨衣服上的草屑，嘴角挑起輕柔的微笑，道：「摔得很痛嗎？」

丁浩的眼睛直愣愣地盯著白斌挪不開。他見過白斌笑了那麼多次，唯獨這次格外好看。他忍不住伸手在白斌的嘴角摸了一下，卻被白斌含住了那根手指，輕咬一下就鬆開，那個掛在唇角的笑容更深了。

丁浩啊了一聲，趕緊把手抽出來。他的喉結上下滾動幾下，結結巴巴地道：「那個、那個……白斌，你別誤會啊，我就是覺得你今天笑得特別好看，跟、跟以前不一樣。」

白斌揉了揉他的腦袋，將他抱在懷裡，柔聲道：「那我以後多笑。」

丁浩用力點頭，悶悶的聲音在他懷裡傳來，「好！」

金毛犬查理叼著足球，老老實實地蹲在一旁，灰藍色的眼睛裡一點雜質也沒有，清澈見底。牠似乎很高興見到白斌，身後的尾巴一直搖個不停。

晚飯過後，丁浩帶金毛犬查理去散步，白斌在旁邊聽他笑嘻嘻地說著有趣的事。

他們去附近的操場上繞，依舊是那片綠草如茵的草地，白斌瞇起眼睛，能看到當初那個在球場上奔跑揮汗的小小少年。那時候的丁浩玩到一身大汗，眼睛快活地彎起來，毫不在意地脫下身上的球衣、擦掉額頭上的汗水，露出小白牙的招牌笑容，漂亮得讓人目眩。

白斌伸手握住丁浩的，跟他十指相扣，感受到丁浩悄悄合起手指，跟他交叉得更親密時，心裡暖成一片。

「浩浩，你為什麼高中去打籃球了呢？」

丁浩的耳朵有點紅，用手指撓了撓，嘟囔道：「你還記得啊，我聽人家說打籃球能長高，所以就去了啊！」接著又憤憤道，「那些人胡扯，我打了一年，周圍的人都比我高了，就我一點都沒長高！哼，我還是踢我的足球算了。」

白斌想笑，但是看丁浩那麼認真地生氣，忽然又覺得世界上再也沒有比丁浩更可愛的了。

金毛查理的心思單純得要命，就像牠喜歡誰，就會忍不住對誰拚命搖尾巴一樣。牠看見操場上有一群人熱熱鬧鬧地踢球，一雙眼睛頓時就亮了！

牠喜歡跟人玩，尤其喜歡去人多的地方，丁浩帶牠來操場散步算是來對了。金毛查理興奮地看了半天，眼睛跟著那個在人群中來回滾動的足球，大爪子在地上磨啊磨，終於忍耐不住，嗷嗚一聲就衝了過去！

丁浩正在跟白斌說笑，措不及防，差點被牠拉過去，多虧白斌拉了他一把，要不然他肯定會摔出去。

金毛犬查理拖著一根長長的鏈繩，「汪」了一聲，想朝那顆黑白相間的足球跑去！

丁浩的聲音都在發抖了，連忙喊查理的名字，「完了完了，不會要跑丟了吧？白露要是知道，會活劈了我啊……」

不等丁浩跑下去，金毛犬查理就叼著什麼歡快地朝他們奔來，跟訓練了許多次一樣。金毛查理將嘴裡叼來的足球畢恭畢敬地放在白斌腳邊，用嘴巴往白斌那邊推，諂媚地汪了一聲。

玩球的那幫孩子過來了，小聲地說想要回足球，白斌笑了笑，將那個足球還給了他們。

但是很快，查理再次飛奔出去，剛要回足球的那個孩子還沒發球，就被查理再次撞翻！那些孩子趕來的時候，大查理正歡快地搖著尾巴，一隻爪子按著足球，一隻爪子按著他們隊長的腦袋。那幫孩子都被震驚了，半天才敢去扶他們隊長起來。

那孩子最倒楣，頂著滿頭青草葉子就算了，臉上都沾到了青草汁，狼狽極了。

丁浩更是樂不可支，以前都是他被金毛查理撲倒，如今看見別人也摔倒了，覺得很有意思，「小孩，這球還給你們！」

還好當隊長的那孩子自尊心不怎麼強，拍了拍身上的爪子印就爬起來了，捧著丁浩從大查理嘴裡摳出來的足球去玩了。

可是剛把足球還給他們，金毛查理又追出去，依舊叼著球就跑到白斌這邊來。丁浩對牠呲牙咧嘴地嚇唬了半天，把球踢回去還給人家。查理一見到球飛了，立刻高興地往那邊竄……牠以為這是一個遊戲，而且一直到三天後，牠依舊對這個追球回來交給白斌的遊戲樂此不疲。

白斌在旁邊看著丁浩，看著周圍鮮活的一切，每天的生活幸福得有些不真實。他模模糊糊地覺得時間快要到了，但是一時又說不清楚是什麼意思。

日子一天一天過去，白斌享受並珍惜著這樣的生活。他曾想過，趁著現在還有時日，要帶丁浩去最美的地方看一看，但是看到丁浩晚上在自己胸口酣睡的模樣，忽然就覺得去哪裡都不重要了。

如果可以，他願意每天陪著丁浩。他送丁浩去讀書，丁浩陪他一起工作，兩個人一起做晚飯，飯後還要帶金毛犬查理出去散步。如果可以，真希望就這樣過一輩子。

金毛犬查理很黏白斌，每次散步都積極地跟在白斌旁邊，只除了一種情況——遇到食物的時候。查理很乖，牠在散步的時候見到食物不會撲上去，也不叫喚，會規規矩矩地蹲坐下來，然後一臉渴望地盯著人手裡的食物，口水嘩啦流下來——丁浩當時就捂住自己的臉，這他媽太丟人了。

查理遇見熟人拿著食物，蹲下來流口水；遇見陌生人拿著食物，蹲下來流口水；遇見一個五六歲的小孩拿著玉米棒，蹲下來流口水……那孩子估計還小，沒見過這種陣仗，哇一聲就哭了。

丁浩連忙再去買了一個玉米棒給她，也買了一個給金毛犬查理，好說歹說地把狗拉走。如果丁浩不買吃的給牠，查理就會滿是委屈地垂著腦袋離開，背影寂寞得跟什麼一樣。

這招很靈，丁浩看起來嘴巴壞，其實心很軟，十次裡總有八次能成功。

白斌覺得這樣不妥，沉吟片刻，告訴丁浩，「下次別買給牠了，你認真地哄哄牠。」

於是下次遇到食物攤販的時候，丁浩就跟金毛查理犬一起蹲在那裡，嘴裡連連求牠，「寶貝，我求你了，我們走吧！這不好吃，很難吃，是酸的……」

這些話剛開始還有用，但是說多了也不管用，查理生氣了，牠蹲在烤腸攤前不肯走。丁浩在那邊勸查理，烤腸攤子的老闆聽到臉都黑了，扇子搖得嘩啦作響，一股燒烤的濃煙直接撲過來，跟老闆現在的火氣成正比。

丁浩苦勸無果，又不敢隨便給牠東西吃，權衡之下，只能可憐巴巴地看向白斌。

白斌被丁浩求救的眼神秒殺，二話不說就掏錢買了烤腸給丁浩——最後的解決辦法就是，丁浩吃掉烤腸，把插烤腸的棍子拿給查理，讓牠一路叼回家。

金毛犬查理叼著那根小棍子，異常興奮，走路的時候尾巴都一甩一甩的。牠一身金色的皮毛像緞帶一樣閃閃發亮，迎著陽光站著的背影會讓人忍不住愛上牠。

丁浩覺得，如果不是那隻狗的表情太蠢了，他對牠的愛會深沉許多。想著想著，丁浩就忍不住湊過去偷偷跟白斌咬耳朵，「白斌你看，其實查理跟白露滿像的，心眼單純，力氣又大，一哄就傻笑。」

白斌想笑，可是忽然覺得有點疲憊。他扶住旁邊的欄杆，努力讓快要失去意識的感覺穩定下來。但是在穩定之後，又覺得有些事情變模糊了，好像記不清楚了一般。

「白斌，你怎麼了，是不是又不舒服了？」丁浩牽著查理趕過來，把白斌的手搭在他的肩膀上，一臉擔心，「我們去醫院好不好？」

白斌搖搖頭，他隱約能感覺到，自己的時間似乎已經不多了。

白斌看著丁浩，「浩浩，你有沒有想去的地方？」

丁浩有些疑惑，抬頭問他，「我們要出去旅行嗎？」

白斌的臉色有些蒼白，微微露出一個笑，「也不算旅行，就在附近，我們以前上學的地方，你還記得嗎？」

他們以前上學的地方是在市中心花園那邊，那裡有個小學，丁浩和白斌最初就是在那裡相遇的。

晚上，小學裡的學生都散了，空蕩蕩的教室安靜下來，一排排桌椅似乎已經無法找到過去記憶中的模樣，白斌卻看得很仔細。他走上講臺，對丁浩道：

「浩浩，你還記不記得？你剛開始來上學的時候，只有這麼高，像個小蘿蔔頭。」白斌的聲音柔和，眼睛裡帶著微微的笑意，「你一來就走錯了教室，非說自己是二年級的學生，老師讓你走，你就哭個不停。」

丁浩站在那裡聽著白斌說話，眼睛裡忽然蓄滿了淚水，「你是、你是……」

他說不出話，看著那個站在講臺上、帶著略顯僵硬的微笑的人，忽然沒出息地哭了。

——這個人是白斌啊，是那個他辜負了的白斌，是那個永遠都只記得他的好的白斌。

白斌的臉色越發蒼白，眼睛卻更加明亮了，他看著丁浩，輕聲道：「白斌喜歡丁浩，從一開始就喜歡了。」

丁浩胡亂擦了一把眼淚，哽咽地想回他一句話，喉嚨卻像被堵住了一樣無法發出聲音，只能站在那裡看著他。

白斌看著丁浩，努力帶著他剛學會的微笑，慢慢一字一字地對他認真地說，「白斌喜歡丁浩，喜歡了十年。如果可以，我還想再喜歡你很多年……很多……年……」

白斌的眼角有些濕意，臉上卻是笑著的。他指了指自己的心口，對丁浩道：

「你別擔心，我一直在這裡，跟你在一起。」

無論是過去，還是現在，乃至將來，我都是最愛你的那個人。

他張了張嘴，終究沒有說完最後的那句話。

告欄

丁浩看得很清楚，他的口型分明是在說——謝謝你，還能讓我繼續愛你。

「白斌——！！」

三歲大的金毛犬查理蹲坐在小學教室的門口，委屈地嗷了一小聲，趴在地上像送走了自己過去的主人。金毛犬查理蹭了蹭自己的爪子，深棕色的眼睛裡濕漉漉的。

在那之後——

「浩浩，我那天怎麼會突然去學校的教室？」

白斌拿著書，還是有些不懂自己那天的舉動。他對自己怎麼過去的一點印象也沒有，不過說起來，那三天的記憶都很淡，想不起來做了什麼事。

丁浩不出聲，過去抱著白斌，伸手摸到他的胸口。那裡的心臟強烈有力地跳動著，讓丁浩的鼻子有點酸意。

◆

「白斌，這裡還會痛嗎……」

白斌揉了揉趴在自己胸前的腦袋，安慰他，「沒事了，我那天也不知道怎麼回事……只是有點控制不住。」

他也說不上來，那天在小學教室醒過來的時候，眼裡竟然還有止不住的淚水。

也是在那天之後，他好像忘記了一些事，又好像心臟裡多了些什麼。

「白斌，你相不相信有過去和未來的自己？」

丁浩在白斌懷裡安靜地呆了一會兒，忽然有點迷茫。

「的確有人提出過這一個研究課題。時間本來就很微妙，或許我們是生活在一個平行空間，每一個時期的我們都是獨立的。」白斌一邊伸手摟住他，一邊繼續翻頁看書，「怎麼了？突然想這麼深奧的問題。」

丁浩伸手抱住他的腰，悶聲悶氣地道：「那是不是還有一個過去的你？白斌，你在過去……」

「錯了，是我們。」白斌笑了，在丁浩腦袋上敲了一下，「你這麼會鬧，我可從來不敢放鬆，不管是過去還是現在，我都會緊盯著你。」

丁浩捂著腦袋，看了白斌一會兒，慢慢露出一點笑意，「嗯，也是，你盯得可真緊。」

「那過去的我們，也一定很幸福。」

白斌伸手摟住丁浩，在他額前親了一下。

「跟現在一樣幸福。」

# 後記

一個人最珍貴的是什麼？我想，恐怕是記憶。我們唯一能帶走的，是我們最後的記憶。所謂的一生，不過是我們一生所記得的，與最愛之人的點點滴滴。過去的白斌用記憶換回了再次相見的一次機會，他沒有選擇回去，而是選擇了「消融」——消融在這一世的自己心裡。

假如給你三天時間，你要跟最愛的人去哪裡呢？

如果是我，我會跟你平凡地度過這三天，像我們這樣過一輩子，然後告訴你：謝謝你，下輩子還能讓我繼續愛你。

大家好，我是天天，很高興還能繼續寫白斌和丁浩的故事，我一直都想幫白少辦一場婚禮，這次總算是圓滿了，這肯定是親兒子啊（笑）寫了所有想寫的甜蜜情節，我自己寫得很滿足，也希望大家看得滿足，那麼我們下次再見啦，鞠躬～愛你們喲！

高寶書版集團
gobooks.com.tw

**FH054**

**全職搭檔（下）（限）**

作　　者　愛看天
插　　畫　EnLin
編　　輯　陳凱筠
封面設計　林　檎
排　　版　彭立瑋
企　　劃　方慧娟

發 行 人　朱凱蕾
出　　版　朧月書版股份有限公司
　　　　　Hazy Moon Publishing Co., Ltd
地　　址　臺北市內湖區洲子街88號3樓
網　　址　www.gobooks.com.tw
電　　話　(02) 27992788
電　　郵　readers@gobooks.com.tw（讀者服務部）
傳　　真　出版部　(02) 27990909　行銷部 (02) 27993088
郵政劃撥　19394552
戶　　名　英屬維京群島商高寶國際有限公司台灣分公司
發　　行　英屬維京群島商高寶國際有限公司台灣分公司 / Print in Taiwan
初版日期　2023年1月

本著作物《沒事偷著樂》、《結婚日記》，作者：愛看天，由北京晉江原創網絡科技有限公司授權出版。

國家圖書館出版品預行編目(CIP)資料

全職搭檔/愛看天著.-- 初版. -- 臺北市：朧月書版股份有限公司出版：英屬維京群島高寶國際有限公司臺灣分公司發行, 2023.01-
面；　公分. --

ISBN 978-626-7201-28-2(上冊：平裝). --
ISBN 978-626-7201-29-9(下冊：平裝). --
ISBN 978-626-7201-30-5(全套：平裝)

857.7　　111017615